MANUAL DE PANADERÍA MÁGICA PARA USAR EN CASO DE ATAQUE

GRANTRAVESÍA

T. KINGFISHER

MANUAL DE PANADERÍA MÁGICA PARA USAR EN CASO DE ATAQUE

Traducción de Mercedes Guhl

GRANTRAVESÍA

Manual de panadería mágica para usar en caso de ataque

Título original: *A Wizard's Guide to Defensive Baking*

© 2020, T. Kingfisher

Traducción: Mercedes Guhl

Diseño de portada: © 2020, Ursula Vernon

D.R. © 2023, Editorial Océano de México, S.A. de C.V.
Guillermo Barroso 17-5, Col. Industrial Las Armas
Tlalnepantla de Baz, 54080, Estado de México
www.oceano.mx
www.grantravesia.com

Primera edición: 2023

ISBN: 978-607-557-684-8

IMPRESO EN MÉXICO / *PRINTED IN MEXICO*

UNO

Había un cadáver de una niña en la panadería de mi tía. Se me escapó un gemido vergonzoso y retrocedí un paso, y luego otro, hasta que salí corriendo por la puerta. La mayor parte del tiempo la mantenemos abierta porque de otra forma los enormes hornos sueltan un calor sofocante. Pero eran las cuatro de la madrugada y nadie los había encendido aún.

A primera vista, supe que estaba muerta. No es que haya visto una gran cantidad de cadáveres en mi vida (apenas tengo catorce años, y ser panadera no es una profesión con altas tasas de mortalidad), pero la sustancia roja que fluía debajo de su cabeza no era precisamente relleno de frambuesa. Y estaba tendida en el piso en un ángulo extraño. Nadie escogería esa postura para echarse a dormir, y menos aún se metería a hurtadillas a una panadería a dormir una siesta.

Sentí que se me retorcía espantosamente el estómago, como si una mano lo agarrara para exprimirlo con fuerza, y me tapé la boca con ambas manos para no vomitar. Ya había suficiente desastre por limpiar, sin tener que añadir el desayuno que me acababa de comer.

Lo peor que yo había visto en la cocina era la ocasional rata… no vayan a tomarlo a mal, que nuestro local es un local tan limpio como se puede esperar, pero en esta ciudad es muy difícil evitar las ratas… y una rana zombi que llegó desde el canal de la catedral, aguas arriba, pues a veces desechan el agua bendita con descuido allá y nos llega una plaga de ranas, salamandras y otras alimañas que parece que vinieran del más allá. (Los peores son los cangrejos de agua dulce. Uno puede deshacerse de las ranas zombi con una escoba, pero para librarse de los cangrejos zombi se necesita un cura.)

Sin embargo, yo hubiera preferido un montón de ranas zombi a un cadáver humano.

Tengo que decirle a tía Tabitha. Ella sabrá qué hacer. No es que mi tía tenga cadáveres en la panadería con frecuencia, pero es una de esas personas competentes que siempre sabe lo que se debe hacer en cualquier situación. Si una manada de centauros hambrientos llegara a la ciudad y se lanzara al galope tendido por las calles, para devorar a niños pequeños y gatos, ella empezaría a montar barricadas con total tranquilidad, y a empuñar una ballesta, como si fuera algo que hiciera todas las semanas.

Desafortunadamente, para llegar al pasillo que lleva a las escaleras que suben a su cuarto, tengo que atravesar la cocina, y eso quiere decir que debo pasar al lado del cuerpo. De hecho, implica pasar por encima de él.

Bueno, bueno… ¿Pies míos, me siguen? ¿Las rodillas también? ¿Vamos a hacerlo juntos?

Pies y rodillas reportaron su aprobación. El estómago no estaba demasiado contento con el plan. Así que me ceñí la barriga con un brazo y con la otra mano me tapé firmemente la boca, en caso de que hubiera una rebelión estomacal.

Bueno, bueno… aquí vamos.

Volví a la cocina. Allí pasaba seis días cada semana, a veces los siete, yendo de un lado a otro para poner masa sobre los mesones y meter moldes al horno. He cruzado la cocina cientos de veces en un solo día, sin siquiera pensarlo. Ahora me parecía una distancia kilométrica a través de un paisaje hostil y desconocido.

Tenía un dilema. No quería ver el cadáver, pero si no lo miraba, bien podía ser que lo pisara, que la pisara a ella, a la niña, y no soportaba la sola idea de hacerlo.

No me quedaba más remedio. Miré hacia abajo.

Sus piernas estaban extendidas en el piso. Llevaba unas botas mugrientas y la calceta de un pie no era igual a la del otro. Eso me acongojó. Quiero decir, era triste que estuviera muerta, claro, a menos que hubiera sido una mala persona, pero morir con calcetas disparejas me parecía aún más triste.

La imaginé poniéndose lo primero que encontró, sin que se le cruzara por la mente que, unas horas después, una aprendiz de panadera y maga en ciernes estaría dando un rodeo de puntillas alrededor de ella y reflexionando sobre las peculiares características de lo que usaba en sus pies.

A lo mejor había una lección moral en todo eso, pero no soy sacerdote. Pensé alguna vez en serlo, pero no les gustan los magos, ni siquiera los más insignificantes, cuyos modestos talentos se reducen a lograr que la levadura del pan leude lo suficiente y a evitar que la masa de repostería se pegue. Más o menos cuando me di por vencida en eso de la vida religiosa, tía Tabitha me trajo con ella a la panadería, y el canto de las sirenas que eran la harina y la margarina se encargaron de sellar mi destino.

Pensé en qué sería lo que selló la fortuna de esta pobre niña. Tenía casi todo su cabello sobre la cara, así que no era fácil calcular su edad, y yo no estaba mirándola muy de cerca. Sin embargo, intuí que era pequeña, no mucho mayor que yo. ¿Cómo había terminado muerta en nuestra panadería? Alguien con hambre o frío bien podía querer colarse aquí, porque es calientita incluso de noche, y siempre se encuentra algo de comer, aunque fuera en la vitrina del pan del día anterior. Pero nada de eso explicaba por qué estaba *muerta*.

Alcanzaba a verle un ojo, abierto. Desvié la mirada nuevamente.

A lo mejor había resbalado y se había golpeado la cabeza. Tía Tabitha siempre jura que voy a acabar desnucándome con esa forma de correr por la cocina, como un galgo enamorado de la harina, pero parece un disparate que uno se meta a hurtadillas en una panadería y una vez dentro empiece a correr como loco.

¡Tal vez la asesinaron!, susurró una vocecita traicionera en mi mente.

¡Cállate, no digas eso! ¡Es una tontería!, le dije. Los asesinatos se cometen en callejones y lugares así, no en la cocina de mi tía. Y es una tontería dejar el cuerpo en un lugar como éste. La ciudad entera está construida sobre canales, y hay cincuenta puentes en cada calle, y los sótanos se inundan cada primavera. ¿A quién se le ocurriría dejar un cadáver en una panadería cuando puede abandonarlo perfectamente en un canal apenas a unos cuantos metros de la puerta?

Contuve la respiración y pasé por encima de los tobillos de la niña.

Nada sucedió. No es que esperara que sucediera algo, pero fue un alivio a pesar de todo.

Miré al frente, di otros dos pasos cautelosos, y luego me largué corriendo. Abrí la puerta con el hombro, y subí las escaleras como una exhalación, gritando:

—¡Tía Tabitha! ¡Ven pronto!

Eran las cuatro de la mañana, y los panaderos estamos acostumbrados a levantarnos a esa hora. La única razón por la cual mi tía estaba durmiendo a una hora tan decadente como las seis y media era porque, desde hacía unos meses, su sobrina había estado a cargo de abrir la panadería (la sobrina soy yo, en caso de que no haya quedado claro). Le había costado mucho decidirse a hacerlo, y a mí me producía un enorme orgullo saber que nada había salido mal desde que yo estaba abriendo.

Me sentí culpable por partida doble por el hecho de que un cadáver hubiera aparecido justamente durante mi turno de trabajo, a pesar de que no era mi culpa. Quiero decir, no es que yo la hubiera matado.

¡Que no digas tonterías, digo! Nadie *la mató. Tan sólo se resbaló. Tal vez.*

—¡Tía Tabithaaaaaa!

—¡Por todos los cielos, Mona...! —murmuró al otro lado de la puerta—. ¿Se está incendiando el edificio?

"No, tía Tabitha. Es que encontré un cadáver en la cocina", eso era lo que yo pretendía decir. Pero lo que me salió por la boca fue algo como:

—¡Tía cadáver! Hay una Tabitha... en la cocina... muerta, la niña está muerta... yo... ¡pronto, ven!... ¡está *muerta*!

La puerta que había al final de las escaleras se abrió y mi tía se asomó, poniéndose la bata. Su bata es larga y rosa y tiene croissants con alas bordados por todas partes. Es horrorosa. Tía Tabitha también es grande y rosa, pero no tiene croissants con alas surcándole pecho y espalda, salvo cuando lleva puesta la bata.

—¿Un cadáver? —me miró entrecerrando los ojos—. ¿Quién me dices que está muerta?

—¡El cadáver en la cocina!

—¿En *mi* cocina? —bajó las escaleras a toda carrera, y como yo no quería cruzarme en su camino, fui retrocediendo ante su paso.

Me hizo a un lado, sin mala intención, y se metió por la puerta que lleva a la panadería. La seguí, asomando la cabeza con timidez desde el umbral, a la espera de la explosión.

—¡Ajá! —tía puso los brazos a cada lado de sus amplias caderas—. Es un cadáver, definitivamente. ¡El Señor nos tenga en su gloria! *¡Ajá!*

Se hizo un largo silencio, mientras yo le miraba la espalda y ella miraba a la niña muerta, y la niña muerta miraba al techo.

—Mmmm… tía Tabitha… ¿qué vamos a hacer? —pregunté al fin.

Ella se estremeció.

—Bien. Voy a subir a despertar a tu tío y mandarlo a buscar a la policía. Tú empieza a encender los hornos, y prepara una tanda de panecillos de azúcar.

—*¿Panecillos de azúcar? ¿Vamos a hacer pan?*

—¡Ésta es una panadería, niña! —me respondió cortante—. Además, jamás he conocido a un poli que no se derrita por un panecillo de azúcar, y vamos a tener una multitud de ellos por aquí. Mejor que sean dos, corazón, no sólo una.

—Mmm —intenté calmarme—. Entonces, ¿comienzo con el resto de las labores normales para hacer el pan?

Frunció el entrecejo y se mordió el labio inferior.

—Nooo… no, creo que no. Vendrán, y van a estar entrando y saliendo de aquí, y armando bullicio durante unas cuantas horas, por lo menos. Supongo que vamos a tener que abrir más tarde.

Se dio la vuelta, y se fue andando pesadamente para despertar a mi tío.

Me quedé a solas con la niña muerta y los hornos.

Podía llegar sin problema hasta uno de los hornos, así que aticé las brasas que quedaban y metí otro leño. Hay un truco para mantener el calor parejo, y es lo primero que uno aprende. Si hay zonas del horno que están demasiado calientes, o más frías, el pan no crece bien y queda con puntos hundidos, como si tuviera grumos o lo hubieran aplastado aquí y allá.

No podía llegar hasta el otro horno sin cruzar por encima de la niña. Luego de pensarlo un momento, le puse una de las toallas de cocina sobre la cara. Era más sencillo si no tenía que ver su único ojo mirando hacia arriba, a la nada. Encendí el otro horno.

Los panecillos de azúcar son fáciles de hacer. Podría prepararlos con los ojos cerrados, incluso dormida, y a veces, a las cuatro de la madrugada, eso es exactamente lo que hago. Eché todos los ingredientes secos en un tazón y empecé a mezclarlos. Miraba las vigas del techo mientras lo hacía, para evitar que mis ojos fueran a tropezar con el cadáver. Vi un fugaz brillo de ojillos de un ratón que me observaba desde lo alto, y luego se escabulló por la viga para meterse de nuevo en su ratonera. (Tener ratones no es una cosa mala, porque significa que ya no tenemos ratas. A las ratas les parece que los ratones son un manjar.)

13

Sobre el mesón había huevos y un bote de cerámica con margarina en un rincón. Rompí los huevos, separé las yemas (debo reconocer que lo hice a la perfección) y vertí todo en un recipiente más grande para luego empezar a batir.

Oí la puerta del frente que se abría y se volvía a cerrar, cuando el tío Albert salió a buscar a la policía. Tía Tabitha caminaba en la parte del frente de la panadería, atareada, y tal vez preparándose para decirle a la primera ronda de clientes que abriríamos más tarde.

Me quedé pensando cuántos agentes de policía nos mandarían. ¿Un par sería suficiente para un asesinato? Los asesinatos son importantes. ¿Vendría también la carroza mortuoria? Era necesario, ¿cierto? No podíamos sacar el cuerpo con la basura, así nada más. La carroza vendría, y los vecinos pensarían que mi tío había muerto… ¡Claro que a nadie se le ocurriría que pudiera ser tía Tabitha, pues era como una fuerza de la naturaleza! Y entonces se acercarían a averiguar, y se enterarían de que había ocurrido un asesinato.

¡Alto! ¿En qué momento decidí que fue un asesinato? ¿No que la niña se había resbalado?

Descubrí que entre mis esfuerzos por no mirar hacia donde estaba la niña muerta y mis cavilaciones sobre los policías, había amasado la masa más de la cuenta. Y si uno se pasa los panes quedan duros. Hundí una mano enharinada en la masa y le sugerí que tal vez no querría endurecerse. Sentí una especie de efervescencia alrededor de los dedos y la masa se hizo más pegajosa. Las masas suelen estar bastante dispuestas a atender las sugerencias que se les hacen, si uno sabe cómo plantearlas. A veces se me olvida que hay personas que no pueden hacerlo.

Dividí la masa cruda en doce bollitos más o menos del mismo tamaño y los coloqué en la paleta de madera, para meterlos luego en el horno, con órdenes estrictas de que no se fueran a quemar. Que no les iba a gustar. Eso de convencer al pan de que no se queme es una de las pocas magias que me resultan muy bien. Una vez que estaba teniendo un mal día, hice esa magia con demasiado empeño, y la mitad de los panes quedaron crudos a pesar del tiempo que pasaron en el horno.

Ya estaban los panecillos de azúcar. Me limpié las manos en el delantal y saqué una taza de harina de uno de los recipientes donde la guardamos. Me faltaba otra cosa que no podía dejar de hacer por más que hubiera un cadáver en la cocina.

Las escaleras que bajaban al sótano eran muy resbalosas porque todos los sótanos están llenos de filtraciones y humedad. Es increíble que sigamos teniendo sótanos. Papá, que había sido constructor antes de morir, decía que eso se debía a que había otra ciudad debajo de nuestra ciudad, y que la gente seguía construyendo encima a medida que el nivel de los canales subía, de manera que los pisos de los sótanos eran en realidad los tejados de casas más antiguas.

En el rincón más oscuro y tibio del sótano había una cubeta que soltaba burbujas perezosas. Cada tanto, una de las burbujas se reventaba, dejando escapar un aroma de humedad y levadura.

—¡Hola, Bob! —la saludé con el tono almíbarado que usarías para acercarte a un animal impredecible—. Anda, ven acá, que tengo un puñado de sabrosa harina para ti.

Bob soltó unas burbujas, lo cual era su versión de un saludo cargado de entusiasmo.

Bob es mi preferimento para nuestra masa madre. Fue la primera magia significativa que logré hacer y, como no sabía lo que hacía, me pasé un poco.

El prefermento es una plasta pegajosa que contiene la levadura y una cantidad de cositas vivientes que se necesitan para hacer crecer y esponjar la masa de pan. El sabor del pan puede variar mucho dependiendo del prefermento que se use. La mayoría se pueden mantener bien un par de semanas pero, en las manos adecuadas, llegan a durar años en buenas condiciones. Cuentan que hay uno en Constantine que tiene cerca de un siglo.

Cuando empecé a trabajar en la panadería tenía apenas diez años, y me angustiaba mucho estropear algo. Mi magia solía hacer cosas extrañas con las recetas, a veces. Así que mi tía me puso a cargo del prefermento, que ella había venido usando desde que había abierto la panadería, y que era muy importante porque el pan de tía Tabitha era famoso.

Y… no lo sé… tal vez fue que le puse demasiada harina o mucha agua, o menos de lo que debería de ambas cosas, pero se secó y estuvo a punto de morir. Cuando me di cuenta, me asusté tanto que metí ambas manos en la cubeta (cosa un poco desagradable por la textura, tengo que reconocerlo) y le ordené a la plasta que no muriera. "¡Tienes que vivir!", le dije. "¡Anda, no te me mueras! ¡Crece! ¡Come! ¡No te seques!".

Bueno, tenía diez años y estaba muy angustiada, y a veces el miedo le hace cosas raras a la magia. Por ejemplo, la recarga en exceso. El prefermento no murió, y más bien creció. ¡Creció *una barbaridad*! Formó espuma que desbordó el frasco y me cubrió las manos y empecé a llamar a tía Tabitha a gritos, pero cuando ella llegó a mi lado, la plasta había alcanzado el saco de harina que yo había estado usando para alimentarla, y se lo había tragado entero. Empecé a llorar, mi tía se llevó las manos a la cintura y dijo: "Está viva todavía, estará bien", y usó una espátula para pasarla a un frasco mucho más grande, y ése fue el origen de Bob.

No sé bien si a estas alturas podríamos acabar con Bob. Una vez que el invierno fue tan duro que la ciudad se congeló y nadie podía ir a ningún lado, tía Tabitha tuvo que quedarse tres días en el otro extremo de la ciudad y yo no podía salir y caminar una cuadra hasta la panadería, así que Bob no tuvo quien lo alimentara. Pensé que al volver lo encontraría congelado o muerto por no haberse alimentado o algo así.

En lugar de eso, la cubeta había atravesado el sótano y allí estaban los restos dispersos de un par de ratas. Bob había dejado sólo los huesos. Así fue como supimos que podía alimentarse por sí solo. Sigo sin entender bien cómo hace para moverse. Tal vez es como uno de esos hongos mucilaginosos que parecen desplazarse. Tal vez sabe arrastrarse. No voy a levantar la cubeta para descubrirlo. Pensé que lo más seguro era que la cubeta ya no tuviera fondo, y no quería arriesgarme a molestar a Bob.

Le caigo bien, tal vez porque soy la que lo alimenta más a menudo. A tía Tabitha la tolera. Mi tío ya hasta dejó de asomarse al sótano. Insiste en que Bob un día llegó a lanzarle un bufido, como gato enfurecido. Aunque imagino que debió ser un ruido entre eructo y bufido.

Solté la harina por encima de Bob, y él burbujeó alegremente en su cubeta y extendió una especie de tentáculo esponjoso. Lo tomé, arrancándolo, y la plasta se acomodó de nuevo para digerir la harina. Parecía que no le incomodaba que yo le arrancara trocitos para hacer pan, y sigue siendo la mejor masa madre de toda la ciudad.

Eso sí, nos cuidamos de decir por ahí que ha llegado a comer ratas.

DOS

El agente Alphonse era alto y corpulento y de cara colorada. Entró a la cocina, se detuvo, y dijo con voz que sonaba sorprendida:

—¡Hay un cadáver aquí!

—¡Pues eso fue justamente lo que le *dije*! —contestó tío Albert, que venía tras él, y se oía irritado.

—Sí, pero... —el agente se interrumpió, aun así quedó suficientemente claro que había creído que un integrante algo histérico del público estaba alborotando sin razón y no que fuera a encontrar un cadáver de verdad en una panadería respetable.

Tía Tabitha intervino:

—Pues sí, es un cadáver. Mona lo encontró esta mañana cuando llegó. Sírvase un panecillo de azúcar.

El agente Alphonse tomó un panecillo, lo masticó pensativo, y decidió buscar una segunda opinión.

El agente Montgomery también era alto y corpulento, pero en lugar de tener la cara colorada, su tez tenía un tinte amarillento. Se comió tres panecillos, confirmó que definitivamente había un cadáver, y luego ambos policías se quedaron en silencio en la cocina hasta que tía Tabitha sugirió, tanteando el terreno, que tal vez debían mandar llamar a la carroza mortuoria.

—Vamos a necesitar al forense —dijo Montgomery, y tomó otro panecillo.

—El forense, eso es —opinó Alphonse.

—Más vale que hagamos otra tanda de panecillos de azúcar —dijo mi tía lentamente—. Y también prepara una jarra de té. Me parece que vamos a estar toda la mañana en esto.

El forense llegó después de un buen rato. Era un hombre bajito, calvo y daba la impresión de ser pegajoso, como una vela a medio consumir. Se comió él solo casi una tanda completa de panecillos, pero no alcancé a enterarme de lo que decía porque, una vez que empezaron a hacer el levantamiento del cadáver, tía Tabitha me mandó al mostrador de la panadería para que atendiera a quienes llegaran.

La mayoría de nuestros clientes son habituales (con sus pedidos habituales), y estaban algo decepcionados porque no había pastelitos, pan ni panecillos, y les preocupaba que hubiera algún problema. Insistí una y otra vez en que todo estaba bien, pero que alguien se había colado en la cocina y la policía estaba investigando. Parecía ser que no se habían robado nada, y confiábamos en poder abrir en regla más tarde ese mismo día.

—Ya nadie está a salvo —dijo la vieja señorita McGrammar (un pastelito de limón, sin glaseado), acompañando su comentario con una inhalación. Golpeó el mostrador con su bastón para marcar cierto énfasis—. ¡Que alguien se meta a una panadería! ¡No cabe duda de que un día de éstos nos van a asesinar mientras dormimos!

—Sí, y unos irán primero y otros después —murmuró maese Eldwidge, el carpintero (dos rollos de canela y una hogaza de pan con queso), haciéndome un guiño.

—¡Pfffff! —resopló la señorita McGrammar, blandiendo el bastón hacia el carpintero—. ¡No es cosa de risa! El pequeño Sidney, el hijo de la señora Weatherfort, la lavandera, desapareció la semana pasada, y desde entonces no le han visto ni la sombra.

—¿No? —me aventuré a preguntar.

—¡Ni la sombra! —golpeó el bastón como si fuera un martillo de juez.

—Probablemente se embarcó como marinero —sugirió Brutus, el vendedor de velas y cebo. (Dame algo que se vea apetitoso del pan fresco, cariño, y una hogaza del pan de ayer, si te quedó algo, para las palomas.)

—¿Marinero? —preguntó la señorita McGrammar escandalizada. Eldwidge se tapó la boca con una mano para disimular una sonrisa—. ¿Sidney? ¡Nada qué ver! ¡Era tan buen muchacho!

—Pues ni siquiera los buenos muchachos dejan de ser muchachos —opinó Brutus sin querer contrariarla, frotándose los antebrazos. Tenía varios tatuajes desvaídos, y sospecho que hablaba por experiencia propia.

—Sidney Weatherfort no huiría para hacerse a la mar —terció la diminuta viuda Holloway (un pastelito de zarzamora, dos galletas de jengibre, *muchas* gracias, querida Mona, y cada vez te pareces más a tu difunta madre, ¿sabes?)—. Él era un mago menor, y ya saben que los marineros son muy supersticiosos a la hora de embarcar a cualquiera que tenga esos dones. Creen que el viento dejará de favorecerlos si llevan mágicos a bordo.

—¿Era mago menor? —Eldwidge pareció sorprendido—. No lo sabía.

—Reparaba cosas rotas —dijo la viuda—. Se ocupaba de cosas insignificantes. Me arregló los anteojos una vez que un lente se me quebró, y pensé que tendría que mandarlos a Constantine para que me hicieran uno nuevo —me sonrió—. Pero sólo eso, cosas insignificantes. Nada como nuestra querida Mona, aquí presente.

Me sonrojé. Entre magos, yo estoy lo más bajo posible, en la base. Incluso maese Eldwidge, que tiene la magia suficiente para remover los nudos de la madera en los tablones, es mejor que yo. Lo mío son la masa y los bizcochos, nada más. Los grandes magos, los que sirven a la duquesa, pueden lanzar bolas de fuego o hacer brotar montañas de la tierra, pueden curar a los agonizantes o convertir el plomo en oro.

Yo, en cambio, puedo convertir la harina y la levadura en sabroso pan, en un buen día. Y de vez en cuando, preparar prefermento carnívoro para masa madre.

A pesar de todo, seguían mirándome, a la expectativa, y yo no tenía nada para darles, así que supuse que debía hacer algo. Metí la mano en la caja donde guardamos el pan del día anterior, y saqué uno de los hombrecitos de jengibre. Estábamos a comienzos de primavera, ya muy tarde en el año para seguir teniendo galletas de jengibre en forma de hombrecito, pero somos una de las panaderías que los produce todo el año, sólo con este propósito.

Deposité al hombrecito en el mostrador, y lo miré atentamente. *¡Levántate! ¡Muévete! ¡Arriba, arriba, arriba!*

La galleta despertó, se desperezó y se levantó sobre sus pies de jengibre. Después, hizo una reverencia a la viuda Holloway y a la señorita McGrammar, hizo un saludo a maese Eldwidge y a Brutus, y luego caminó por el mostrador hasta encontrar un lugar despejado.

¡Baila!, le ordené.

El hombrecito de jengibre empezó a zapatear una danza con cierta destreza. No tengo la menor idea de dónde sacarán las galletas esos bailes. Esta tanda había estado bailando algo que parecían polkas. La anterior bailaba vals, y la que hicimos antes de ésa interpretaba un numerito algo subido de tono que hizo ruborizar hasta a tía Tabitha. Creo que se me pasó la mano de especias esa vez. Tuvimos que añadirles un montón de vainilla para aplacarlas.

No sé cómo aprendí a hacer bailar a las galletas. Al parecer, lo hacía desde muy niña. A tía Tabitha todavía le gusta contar de la vez que armé un berrinche en la panadería, y toda una caja de hombrecitos de jengibre cobró vida, incluso los que aún estaban en el horno. Ésos empezaron a golpear la puerta del horno para que les permitieran salir, y los que ya estaban listos corrieron por toda la panadería, riéndose como poseídos. "Se metieron incluso en las ratoneras", contaba, "¡y pasaron meses antes de que termináramos con ese asunto! Fue entonces que supe que nuestra pequeña Mona llegaría a ser panadera" (y dependiendo de cuánto jerez de cocina ella haya bebido hasta ese punto, me toca una mirada cariñosa o una palmadita enharinada en la espalda. Durante la temporada de pasteles envinados con ron, me llega a tocar algún abrazo).

Ser maga es así, sin más, uno no sabe lo que es capaz de hacer hasta que lo hace, y después, suele suceder que uno no sabe bien qué fue lo que hizo para lograrlo. Tampoco hay maestros que puedan orientarnos. Todos somos diferentes, y por lo general hay un par de decenas de magos o magas en una ciudad. Unos cuantos cientos si es una ciudad grande. A lo mejor en el ejército, los magos de guerra reciben un entrenamiento especial, pero aquí la cosa es cuestión de prueba y error, y muchísima masa de pan desperdiciada.

Bueno, volvamos a las galletas. Para mí, funciona mejor con galletas que tengan forma humana o de animalitos. Tendrá que ver con la magia simpática, según decía el cura párroco (seis hogazas de pan blanco y, bueno, sí, un panecillo de frutos rojos, ¡pero no le vayas a decir al abad!). Y tiene que ser algo hecho de masa. Los titiriteros que montan sus espectáculos en el parque pueden hacer que sus marionetas de madera bailen, pero si yo intentara concentrarme en la madera podría llegar al punto de sentir un terrible dolor de cabeza sin que nada más sucediera. Sólo puedo hacerlo con la masa. No es una destreza muy útil.

A pesar de eso, a veces lo es. Si no alcanzo algo que está en el fondo de un estante, puedo hacer que un hombrecito de jengibre se suba al estante y empuje lo que necesito hacia adelante, para poderlo tomar. Amasamos una tanda cada semana. Tía Tabitha dice que aunque no sirva de mucho, es una buena publicidad.

He oído (no es que me lo dijeran, pues se suponía que no debía enterarme, pero igual alcancé a oírlo), que hay personas que ya no volverán a la panadería porque yo trabajo allí. No sé si las galletas bailarinas les incomodan, o es la idea de que una maga menor esté a cargo de hacer el pan que se comen. Me parece que tía Tabitha perdió un par de clientes habituales cuando yo llegué, pero nunca me ha comentado nada al respecto.

Imagino que, si esa gente permite que algo así los incomode, entonces merecen perderse el mejor pan de masa madre de la ciudad.

El hombrecito de galleta terminó su bailecito con una reverencia, y el público aplaudió. Hasta la señorita McGrammar enderezó un poco su encorvada figura para sonreír, y ella es una de esas personas que creen que un mago menor cualquiera podría de repente sufrir un ataque de locura o explotar en una lluvia de ranas. La galleta le sopló un beso a la viuda Holloway, que soltó una risita como si todavía fuera una jovencita, y luego marchó de regreso a la vitrina.

Gracias, le dije. *Es todo por ahora*. Me hizo un saludo militar. Esta tanda nos salió bastante marcial, ahora que lo pienso. A lo mejor se nos pasó la mano de cardamomo. Y el hombrecito volvió a ser una galleta común y corriente.

—Muy bonito —dijo maese Eldwidge.

—No es nada —contesté, avergonzada.

—Es más de lo que yo puedo hacer —dijo, y me guiñó un ojo. Sé que él también es un mago menor, pero jamás lo he visto hacer nada diferente además de enderezar madera retorcida. Sin embargo, eso es más útil que poner a las galletas a bailar.

Cuando logré sacarlos a todos de la panadería, cosa que tomó un rato en el caso de la señorita McGrammar, volví a la cocina en la trastienda, en el preciso momento en que me acusaban de asesinato.

TRES

—¿Qué?

Había llegado otro señor a la panadería, y no parecía que le interesaran el té o los panecillos de azúcar. Iba vestido con una túnica de color morado profundo que le llegaba por debajo de los tobillos, y el ruedo no tenía ni una mota de polvo. Los barrenderos de las calles hacen un buen trabajo una vez que se derrite la nieve, pero tampoco *tan* bueno. Era evidente que no había llegado a pie.

—Éste es el inquisidor Oberón, Mona —me dijo tía Tabitha, con el tono muy cauteloso que usa cuando hay clientes difíciles. La miré, y ella hizo un mínimo movimiento de cabeza. Una advertencia, obviamente, pero ¿de qué?

—A ver, jovencita —empezó el inquisidor Oberón, cruzándose de brazos—: Eres tú la que dice haber encontrado el cuerpo, ¿cierto?

—Mmmm —era una pregunta un poco enredada de responder—. Encontré el cuerpo esta mañana cuando llegué a trabajar, así es.

—¿A las *cuatro de la madrugada*? —me miró por encima de sus gafas, con un marco metálico diminuto y lleno de adornos, el tipo de lentes que usaría un ave rapaz cuando empezara a perder la agudeza de su vista.

—Soy panadera —respondí—. Siempre llego a trabajar a las cuatro de la mañana... —mi voz se oía débil y asustada, cosa que no era para nada buena. Parecía como si me estuviera disculpando por los horarios de trabajo de quienes nos dedicamos a hacer pan.

—Es verdad, Su Señoría —murmuró el agente Alphonse, en tono de disculpa por haber tenido la osadía de confirmar mi historia.

Por el tratamiento de "Su Señoría", supe que el inquisidor Oberón trabajaba para la Duquesa (si hubiera sido miembro del clero, le habrían dicho "Su Santidad" o "Su Reverencia"). Pero ¿qué hacía un servidor de la casa real en nuestro local? Quiero decir, a menos que la víctima fuera alguien verdaderamente importante, no había ninguna razón por la cual involucrar a la realeza. Y si la niña era así de importante, ¿por qué estaba en la panadería y por qué llevaba calcetas desiguales?

—¿Eres una maga, verdad? —gruñó Oberón.

—Mmmm... algo así... supongo... —miré a mi tía sin saber qué hacer—. Quiero decir, soy capaz de hacer crecer la masa de pan.

—Es una excelente panadera —agregó ella con voz firme, como si quisiera hacer a un lado cualquier cuestionamiento respecto a culpabilidad o inocencia.

—Hay cierta relación con la magia en la muerte de esta niña —dijo el inquisidor, con tal autoridad que no se nos ocurrió preguntarle cómo sabía y a qué se refería sino hasta mucho después—. Fue asesinada aquí, en una panadería que todos saben que emplea a una maga. Una maga que, *convenientemente*, fue quien encontró el cadáver.

El tono que usó al pronunciar ese "convenientemente" hacía pensar que me habían encontrado parada junto al cuerpo, blandiendo una baguete ensangrentada.

—Pero... pero... —empecé y me dio risa. No pude evitarlo. Era absurdo a más no poder—. ¡Si ni siquiera sé quién es! ¿Por qué iba a querer matarla?

—Es una pregunta que intentaremos responder —contestó el inquisidor, empujándose los lentes nariz arriba y enderezando los hombros—. Forense, retire el cuerpo. Agentes de policía, lleven a esta jovencita al palacio.

Dejé de reír. Ya no me parecía gracioso. El horrible apretón en el estómago estaba volviendo.

—¿Al palacio? —preguntó el agente Montgomery, no en tono de pregunta sino tan sólo de sorpresa. No era frecuente llevar a los prisioneros al palacio, sino a la cárcel.

El inquisidor Oberón resopló, exactamente igual que la señorita McGrammar cuando se nos terminaban los pastelitos de limón.

—Su Excelencia, la Duquesa, está preocupada con lo que considera una oleada de asesinatos perpetrados por magos, e insiste en supervisar estos casos en persona. ¡Agentes, si me hacen el favor!

—Pero... —dije.

—Un momento, por favor... —exclamó tía Tabitha.

—Ay, querida... —se lamentó tío Albert.

Y sin importar lo que dijera cualquiera de nosotros, me vi empujada al interior de un carruaje y arrancada de allí para ser llevada al palacio.

El carruaje era de madera oscura, tirado por dos enormes caballos grises con herraduras del tamaño de un plato y tupidas guedejas de pelaje que caían alrededor de sus cascos. Eran unos animales muy bonitos. No puedo decir lo mismo del carruaje. Tenía tantos relieves y ornamentos y florituras y gárgolas y querubines que parecía un pastel de boda hecho de caoba. (De vez en cuando, preparamos pasteles de boda. Los detesto. Son un trabajo de filigrana, y a pesar de que puedo convencer a la masa para que quede lisa y no haya problemas a la hora de cubrirlos y decorarlos, acabo con dolor de cabeza. El glaseado no es tan amigable como la masa.)

Dado que, al parecer, yo era una peligrosa delincuente, uno de los policías venía con nosotros en el carruaje, seguramente para proteger al inquisidor. Imagino que él pensaba que podía necesitar que lo protegieran de una muchachita de catorce años, por el simple hecho de que yo era una maga menor. Hay personas que se inquietan por ese tipo de cosas. La gente como yo no puede servir como testigo en un juicio, a menos que sostenga en la mano un trozo de hierro, porque se supone que así se contrarresta la magia, aunque no hace nada por el estilo. Todo el tiempo uso una sartén de hierro. No es más que una superstición obsoleta.

La verdad es que una sartén de hierro sería mucho más peligrosa que mi magia en este momento. Al menos, podría darle a Oberón un sartenazo.

Hay que reconocer que el agente Alphonse parecía terriblemente avergonzado por lo que estaba sucediendo.

Me senté frente al inquisidor, sintiéndome miserable; él me miraba con cara de buitre estreñido, y el agente se las arregló para apretujarse a mi lado. Habría sido más lógico que yo me sentara junto al inquisidor, pues ambos éramos más pequeños que Alphonse, pero ésa no parecía ser una opción.

Me miré las manos. Estaban salpicadas de harina. También había harina en mis pantalones, y en la parte de arriba de mis botas. Se veía harina en las botas del agente también.

Pero ni una pizca se había adherido al ruedo de la túnica del inquisidor. Al parecer, la túnica era *impermeable* a la harina.

Con todo, no era el peor día de mi vida, pues aquel a los siete años en que me enteré de que mis papás habían muerto de fiebre invernal había sido el peor, pero éste definitivamente competía por llevarse el segundo lugar.

El carruaje traqueteaba rodando por las calles, y cada bache se transmitía desde las ruedas directamente a nuestros huesos. A pesar de toda su ornamentada talla en madera, no tenía buena amortiguación. A lo mejor también había una lección moral en todo eso, pero yo no estaba de ánimo para buscarla. Junté las manos en mi regazo.

Pasamos entre sacudidas junto a la gran torre del reloj. El reloj está detenido desde siempre. Es un punto conocido de la ciudad, no es necesario que además funcione. A pesar de eso, no creo que fueran mucho más de las siete de la mañana. Tres horas. Habían pasado tres largas horas.

De haber estado en la panadería, para ese momento habría casi terminado la hornada tempranera, y estaría por empezar la segunda etapa: la delicada repostería; las pequeñas tartaletas individuales que luego se rellenan; la mezcla de todo lo que necesita enfriarse o dejarse reposar toda la noche para ser usado al día siguiente. Las esponjas de prefermento de pan que deben sacarse para que atrapen levaduras del aire. Como no había hecho nada de todo eso, tía Tabitha tendría que trabajar todo el día, y a pesar de eso seguiría sin tener todo el pan necesario para el día siguiente.

—¿Nos vamos a tardar? —pregunté acongojada.

—Eso dependerá de si eres inocente o culpable —dijo el inquisidor con una voz que no sonaba nada reconfortante. Miré por la ventana y me pregunté qué iría a hacerme la Duquesa.

Todo el mundo se refiere a nuestra comarca como "reino", pero eso es tan sólo un vestigio de otros tiempos, hace unos siglos. Ahora no es más que un puñado de ciudades, cada una con su propio gobierno y su ejército y sus leyes... "naciones-estado", si es que vamos a usar términos domingueros, como el cura párroco. Algunas de éstas tienen reyes, pero sólo gobiernan la ciudad y las tierras alrededor.

Nuestra ciudad se llama Entrerríos, por los canales que la atraviesan. No tenemos rey. Tuvimos unos cuantos duques y un par de condes, y creo que hubo también un príncipe en algún momento. Durante los últimos treinta y tantos años, la persona que ha estado a cargo es la Duquesa.

El palacio de la Duquesa está construido en la cima de una colina desde la que se ve la ciudad, o al menos eso es lo que parece. En realidad, la colina son los restos de unos cuantos palacios que precedieron a éste, que se hundieron en el suelo como todo lo demás en la ciudad, a excepción de uno que se destruyó en un incendio. Como el terreno es más alto, las calles suben en pendiente, y las construcciones que hay allí son más caras porque sus sótanos no se inundan en primavera. Hay historias que cuentan que bajo los palacios hay antiguas catacumbas que solían ser calabozos en otros tiempos, llenos de fantasmas de prisioneros que quedaron allí olvidados cuando esas viejas construcciones fueron tapiadas y clausuradas. También hay historias que dicen que aún hay personas allá abajo que se alimentan de ratas, pero nadie realmente lo cree. No mucho.

Yo esperaba, con todo mi corazón, no llegar a tener nunca la oportunidad de confirmarlo por mí misma.

CUATRO

Llegamos a un patio del palacio, rodeado de altos muros de piedra y con suelo de gravilla pálida, del color del pelaje de los caballos grises. El inquisidor Oberón se bajó de un salto antes de que el carruaje se detuviera del todo.

—Traigan a la prisionera —lo oí decir, cuando la puerta se abrió tras él.

Me tomó un momento darme cuenta de que con eso de "prisionera" se refería a *mí*. Tal vez me estaba viendo lenta, pero había sido una mañana realmente terrible, y una parte de mi cerebro, ésa que antes se había reído histéricamente, aún no se hacía a la idea de lo imposible que resultaba todo esto. ¿Yo, una prisionera? Pero si yo hacía *pan*. Lo peor que había hecho en mi vida, total y completamente reprobable, fue aquella vez, a los diez años, que me colé en la capilla que quedaba en nuestra calle con Tommy, el hijo del carnicero, y nos robamos el vino de consagrar y nos lo tomamos. Me sentí terriblemente enferma. Tommy vomitó. El dolor de cabeza que tuve al día siguiente era tan fuerte que bien hubiera podido ser castigo divino, pero lo cierto es que nada como eso es para que te lleven ante la Duquesa.

Jamás la había visto de cerca. Cuando sale para participar en los desfiles, siempre hay una multitud y muchos guardias a su alrededor.

Traigan a la prisionera.

¿Cómo *sucedió* esto?

¿Quién era la niña muerta en la panadería?

Una mano enorme abrió la puerta. Formaba parte de un guardia, que llevaba puesta una armadura reluciente y se veía muy marcial. Él metió la otra mano en el interior del carruaje y me hizo un ademán para que me moviera, y luego chasqueó la lengua, como si yo fuera un perro.

Miré al agente Alphonse. Se veía tan sorprendido e incómodo como me sentía yo.

Se oyó otro chasquido de lengua, con un dejo más notorio de impaciencia.

Alargué un brazo, que fue atrapado con firmeza, aunque sin brusquedad, y me sacaron del carruaje.

El inquisidor Oberón daba órdenes en el otro extremo del patio. Dejé pasar muchas de ellas sin prestarles atención. Pero la última sí la comprendí bien:

—Lleven a la jovencita a la sala de espera. Será juzgada en la audiencia de la tarde.

Me disgustó la palabra "juzgada", tanto o más que la palabra "prisionera".

Pensándolo bien, tampoco me gustaba la palabra "jovencita" en ese tono de voz. A tía Tabitha le permitía que me llamara "jovencita". A un hombre raro y desconocido, con túnica, que cree que maté a alguien, no se lo permito.

El guardia de la armadura reluciente me llevó a través de unas puertas dobles que había en la pared del patio de carruajes. El interior me pareció muy oscuro luego del resplandor de afuera, y la mano en mi brazo me apuraba para moverme, así que no vi más que manchas vagas de puertas y corredores con pisos embaldosados que brillaban y resonaban bajo mis botas. Los pies del guardia no hacían ruido al caminar. A lo mejor tenía zapatos de suela suave para no maltratar las baldosas, o a lo mejor recibían lecciones sobre cómo caminar sin hacer ruido, aunque llevara herraduras de caballo en los pies.

—Prisionera para la audiencia de la tarde —dijo el guardia, aferrado a mi brazo.

Otra vez esa palabra.

Parpadeé unas cuantas veces. Mis ojos se habían adaptado a la oscuridad lo suficiente para ver a otros dos guardias, uno a cada lado de una puerta pequeña. La puerta era de color azul brillante. Los guardias no eran de ese mismo color azul, y el de la derecha se veía terriblemente malhumorado.

El de la izquierda abrió la puerta. La mano que estaba en mi brazo pasó a situarse entre mis omoplatos, para empujarme con firmeza hacia el interior del cuarto.

Era una habitación pequeña, sin nada particular, con una silla y una puerta justo en el extremo opuesto a la de la puerta por la cual yo había entrado. No había ventanas. Se veía una mesa pequeña y dos candeleros fijos en la pared para iluminar. Y era todo.

La puerta empezó a cerrarse tras de mí.

—¡Oigan! —exclamé, sobresaltada, en tono de protesta—. Esperen, un momento, ¿qué se supone que debo *hacer*?

—Esperar —dijo el guardia malhumorado.

—Alguien vendrá a buscarte —dijo el guardia menos malhumorado.

La puerta se cerró. Oí un chasquido sonoro cuando giraron la llave desde afuera.

Eso probablemente muestre una de las diferencias que existen entre nobles y plebeyos: los primeros tienen salas de espera que se cierran desde afuera.

Con todo, esto podría ser peor, me dije, mirando a mi alrededor, en esa habitación sin nada llamativo. *No es un calabozo. Hay una silla. Y luz. Y no hay barrotes ni ratas ni nada por el estilo.*

La silla no era nada cómoda. La paja de relleno del cojín se salía aquí y allá, y pinchaba, pero al menos había dónde sentarse. ¿En prisión no les dan sillas a los presos, o sí?

Claro, las puertas están cerradas, pero eso no es problema. No es que tenga ganas de hacer pipí ni nada por el estilo.

Apenas lo pensé, me di cuenta de que había cometido un error. Uno no puede pensar en ese tipo de cosas sin que de inmediato le den ganas.

Oh, oh.

Bueno, no es que hubiera tenido oportunidad de ir antes, durante toda la confusión, y después siguió el trayecto en carruaje, que no había sido exactamente fácil para mi pobre vejiga, y esta mañana me había tomado dos tazas de té negro y, al fin y al cabo, todo lo que entra debe salir.

Una búsqueda rápida en la habitación demostró que no había bacinilla. Tampoco había floreros, plantas en maceta, ni siquiera una ventana por la cual poder asomar mis posaderas.

Ay, ay.

Traté de no hacerle caso al asunto. Conté los azulejos del piso… cuarenta y seis, si uno contaba la hilera del otro extremo que era apenas de mitades de azulejo… Y las vigas en el techo, ocho, y después volví a contar todo, sólo por asegurarme de que no había pasado algo por alto. Y no.

34

No vino nadie a buscarme. Conté todo nuevamente, empezando en sentido inverso. No es que fueran a aparecer vigas adicionales espontáneamente.

Esas dos tazas de té estaban empezando a hacerse sentir, en serio.

Me acomodé en la silla. Me pinchaba.

Al menos en un calabozo debía haber una bacinilla, ¿o no? O uno hacía lo que tenía que hacer en un rincón. Miré los rincones de la habitación, pensativa.

Noooo, se van a dar cuenta. Ya me consideran sospechosa de homicidio. No voy a agregar actos indecentes en público a la lista de mis acusaciones.

Era cosa de miedo. Pero el terror no se compara con una vejiga llena. Estaba a punto de que me juzgaran por homicidio, y en lo único que yo podía pensar era: *dios, necesito hacer pipí con urgenciaaaaaa...*

Me levanté y di unos fuertes golpes en la puerta.

—¡Oigan! *¡Oigan!*

No hubo respuesta.

—¡OIGAN! ¡Necesito hacer pipí! ¡Déjenme salir! —traté de hacer girar la perilla desde adentro.

Se oyó un chasquido de la cerradura y la puerta se abrió apenas una ranura. Un ojo oscuro me miró desde arriba.

—¿Qué es todo este alboroto?

—¡Tengo que hacer pipí! —le supliqué al guardia—. ¡Por favor!

—Ése no es mi problema —contestó, y empezó a cerrar la puerta.

—¡Oiga!

—¡Vamos, Jorges! —dijo otra voz—. Es tan sólo una niña. Llévala a que haga lo que tiene que hacer.

—Llévala *tú* —contestó Jorges molesto, al parecer, con el otro guardia—. Estoy desayunando, no pude hacerlo antes de venir a mi turno.\

—Muy bien… —se oyó el crujir del cuero, y el segundo guardia abrió la puerta.

Jorges retrocedió a zancadas a su posición inicial, al otro extremo.

El nuevo guardia me sonrió amistoso; imagino que tendría hijos de mi edad o algo así, y me hizo señas para que saliera:

—Vamos, mi niña, hay un retrete por aquí.

—Gracias —le dije, con la más genuina y sentida gratitud, y me apuré por el corredor.

Él iba delante de mí. Cuando pasamos al lado del arisco Jorges, miré lo que comía: pan negro y queso.

Te sientes muy duro, le sugerí al pan. *Muy viejo. Duro como piedra.* Por lo general, tengo que tocar las cosas para conseguir algo mágico con ellas, pero no para hacer que el pan se vuelva duro. Para eso, basta con que lo vea. Con eso, ya siente el impulso de hacerse viejo. El pan es muy sugestionable.

Y luego me escabullí por el pasillo tras mi benefactor.

El retrete era un retrete y ya. Hay un límite a lo que se puede hacer con un retrete, incluso en un castillo. Sí, tenía un asiento muy liso y pulido, tan bueno como es posible, pero eso no hace que deje de ser, básicamente, una tabla con un agujero donde uno se sienta.

Creo que nunca en mi vida había agradecido tanto el estar ante una tabla con un agujero.

En el camino de vuelta, Jorges, el guardia, estaba tosiendo y movía la mandíbula, desencajado. Al parecer, el pan y el queso no le habían caído bien.

Sin embargo, no pude saborear mi victoria porque apenas un minuto después de que mi guardia me hiciera entrar de nuevo en la sala de espera, el inquisidor Oberón llegó por mí.

—Arriba —dijo, haciendo un gesto con una mano.

Otra vez me estaban tratando como un perro. Sentí el impulso de gruñir y lanzarme a sus tobillos, pero no veía cómo eso fuera a mejorar la situación, por más satisfactorio que pudiera ser.

—¿Qué pasa? —exigí saber, sin levantarme de mi asiento.

Repitió el gesto con la mano, y juntó las cejas.

No tuve suficiente ánimo para desobedecerle así que me levanté.

—¿Qué pasa? ¿Adónde me lleva?

Podía ver que se debatía entre el desagrado de contarme y el disgusto de tener que aguantar mis preguntas.

—Tienes una audiencia para recibir la sentencia por tu crimen —dijo por fin.

—¡Pero si yo no he hecho nada!

—Eso es algo que los jueces tendrán que determinar —me hizo de nuevo el gesto, y tuve la impresión de haberlo llevado al límite de su paciencia.

¿Qué otra cosa podía hacer? Fui con él.

CINCO

Esperaba que el salón de audiencias fuera imponente, lleno de ecos e intimidante. Jamás había visto uno, pero me parecía lógico que fuera así, algo construido a escala del amplio patio de los carruajes, o el santuario de la grandiosa catedral. Algo así.

Pero no. Era una estancia desnuda, en una escala que yo no podía comprender. Grande, pero no más que, digamos, el salón en la taberna en nuestra calle. Los muros estaban cubiertos con tapices, y aunque eran muy bellos, su belleza era más bien utilitaria.

Un hombrecito gruñón, vestido de un color morado menos intenso que el del inquisidor, estaba sentado en un escritorio en el centro de la sala. Detrás de él, en el extremo más alejado de la sala, había una mesa grande y, tras ella, en una poltrona de gran tamaño, que era definitivamente una poltrona y no un trono, se encontraba una mujer de edad madura que reconocí de los desfiles.

La Duquesa tenía más o menos la edad de tía Tabitha y más o menos la misma contextura, sólo que ésta era un par de palmos más baja que ella. Nuestra gobernante no era una reina guerrera o una princesa juvenil ni nada por el estilo. No somos ese tipo de ciudad. Era tan sólo una mujer, algo rolliza, de mirada cansada y profundas arrugas en la cara.

A pesar de haberla visto en desfiles antes, a pesar de verla ahora sin el velo y pensando que parecía una persona común y corriente, como alguien que bien podía entrar a la panadería a comprar pastelitos... es curioso que nada de eso me hubiera preparado para estar en la misma habitación que ella. Sentía como si las rodillas no me fueran a sostener, y los oídos me zumbaban sin razón alguna.

—Se da inicio a la audiencia del caso que involucra un suceso acontecido en una panadería de la calle Gladarat —dijo el hombrecillo de púrpura, con una voz tremendamente aburrida—. Presenta el informe el inquisidor Oberón.

Había varias personas más en la mesa. Me avergüenza confesar que no me fijé en la mayoría. Tenía la vaga impresión de figuras, y algunos guardias detrás de la poltrona de la Duquesa, pero la única otra presencia en la sala en la que yo verdaderamente reparé era un hombre vestido de paño color azafrán, sentado al lado de nuestra gobernante.

De inmediato supe de quién se trataba: Lord Ethan, el General Dorado. El mago que comandaba los ejércitos de su excelencia en batalla.

Lord Ethan.

Era *famoso*.

Sólo había alcanzado la victoria en la batalla del Granero de Wight, y cuentan que, cuando los mercenarios carex estaban saqueando las granjas de las afueras, hace unos años, capturó a su líder y lo colgó cabeza abajo del borde de un acantilado, pendiendo de un puño hecho de nubes.

Podrá parecer absurdo que yo me perdiera en ensoñaciones alrededor de un hombre famoso justo cuando me estaban acusando de asesinato, pero... bueno, era *Lord Ethan*, nada más ni nada menos. Lo más cercano que teníamos a una leyenda viviente, como uno de esos héroes en las leyendas antiguas, que descabezaban monstruos. Tenía la quijada muy marcada y una cabellera ondulada del color de la mantequilla derretida y ojos oscuros como la canela y hombros anchos y... A ver, no estoy haciendo un buen retrato de él, porque parece que estuviera describiendo un bizcocho. Dejémoslo en que se veía heroico, como si más bien debiera tener puesta una armadura reluciente y empuñar una espada cantora.

Más que eso, se veía como una persona *agradable*. Tenía los labios curvados en una sonrisa, y se inclinaba hacia la Duquesa para susurrarle algo al oído.

Ojalá me dirigiera la palabra a mí. Sin importar lo que me dijera. "Dame una docena de panecillos de arándano" me hubiera venido tan bien como "¡Sígueme! ¡Juntos salvaremos el reino!". Pero incluso sería mejor lo primero, porque al menos sé lo que debo hacer cuando alguien quiere comprar panecillos de arándano.

Me di cuenta de que el inquisidor estaba hablando. Probablemente llevaba hablando ya un rato, pero yo estaba con la cabeza en las nubes, pensando en Lord Ethan y los panecillos. Como fuera, acababa de pronunciar la palabra "asesinato", que es una palabra muy adecuada para hacer que uno se concentre.

—Esta jovencita fue encontrada con el cuerpo —continuó el inquisidor, con tono aburrido.

—¡Yo *encontré* el cuerpo! —exploté—. ¡No fue que me encontraran a mí *con* el cuerpo!

El hombrecillo de morado me miró irritado, dando claramente a entender que yo estaba demorando el proceso. Si me apuraba, y me declaraba culpable, podríamos terminar más pronto. Al resistirme a colaborar, estaba haciendo perder el tiempo a todo el mundo.

Eso me enfureció. Para ellos podría ser simplemente trabajo, ¡pero para mí era algo de lo que dependía mi vida! Hundí las manos en el delantal y las cerré en puños.

—*Encontró* el cuerpo —dijo el inquisidor con un suspiro—, muy bien. La obvia sospecha en este caso es suficiente…

—Discúlpeme —dijo una voz de mujer.

La Duquesa había hablado.

El inquisidor pareció sorprendido. ¿Sería que ella no solía abrir la boca durante estos procesos? ¿Acaso todo sucedía entre los dos hombres de morado, y la Duquesa se limitaba a estar allí presente?

Tengo catorce años. La política no es mi fuerte. A pesar de eso, lo que estaba sucediendo no me parecía correcto.

—Dime, mi niña —se dirigió a mí con amabilidad—, ¿tus padres saben dónde estás en estos momentos?

—No, señora, mis padres ya murieron… —*¡Huy, pero si estás hablando con la Duquesa, no con una clienta!*—, digo, Su Excelencia.

—¿Y no tienes familia que se ocupe de ti?

—¡Oh, no! Quiero decir… sí… trabajo con mi tía Tabitha, en la panadería, mi señ… digo, Su Excelencia —en realidad, vivía en mi propia habitación, encima del taller del vidriero, a seis puertas de la panadería, porque en la casa no había una habitación disponible y nadie creyó que fuera buena idea dejarme dormir en el sótano con Bob. Además, pasaba los siete días de la semana en la panadería, así que me parecía bien tener otro lugar aparte al cual ir, y mi cuarto sobre el horno del taller era calientito y agradable, sobre todo si a uno no le importaban los ocasionales chasquidos de vidrios rotos. Y mi tía era amiga de la esposa del vidriero, así que me subía algo de sopa cuando no me encontraba bien.

Todo eso parecía muy complicado para explicárselo a la Duquesa. Por fortuna, no se vio interesada en hacer más preguntas.

Se volteó para hablar en voz baja con Lord Ethan.

La mano del inquisidor se posó en mi hombro, y apretó con tal fuerza que me hizo dar un brinco. Pensé si me atrevería a zafarme. ¿Sería capaz de maltratarme en presencia de la Duquesa? ¿Al verme, pensaría que yo era una joven víctima de maltrato o más bien como una alborotadora?

Cerré los puños con más fuerza bajo mi delantal, y apreté la mandíbula.

—Dime, mi niña —preguntó la Duquesa—, ¿eres una maga?

—No, Excelencia. Quiero decir, no una maga de verdad... no como... —los dedos del inquisidor se clavaron con brutalidad en mi hombro. Dejé de mirar a Lord Ethan para concentrarme en la Duquesa, con cara de desesperación.

Ella me sonrió levemente, cosa que yo no me esperaba. Eso me dio el valor para continuar.

—Puedo hacer magia con pan, Excelencia. Consigo que la masa crezca, o que los panecillos no se quemen en el horno, o que no se queden pegados a sus moldes. No puedo hacer magia sino con pan. Bueno, a veces con glaseados y cubiertas dulces, pero eso me cuesta más...

Estaba divagando. Me callé. Lord Ethan se inclinó y susurró algo más al oído de la Duquesa.

—¿Podrías matar a alguien con tu magia? —preguntó la Duquesa, con voz calmada, pero en tono severo—. Perdona que te pregunte estas cosas, mi niña, pero debes entender que nosotros, los que no tenemos el don de la magia, no siempre entendemos cómo funciona en ustedes, los que sí lo tienen.

—¡No! —sin querer, me adelanté un paso, y el inquisidor tuvo que soltarme o verse arrastrado hacia delante. Creo que ninguno de los dos esperaba eso. Podía sentir su mirada taladrándome la nuca, pero al menos ya no me estaba apretando el hombro hasta cortarme la circulación—. Quiero decir, de ninguna manera, Su Excelencia. No sé... quiero decir, sólo me funciona con pan. ¿Cómo haría para matar a alguien con pan?

A Lord Ethan le dio risa y se cubrió la boca con la mano. Tuve la esperanza de que eso quisiera decir que estaba de acuerdo conmigo.

El hombrecillo gruñón vestido de morado puso los ojos en blanco.

—No está dentro de los propósitos de esta investigación que... —comenzó el inquisidor.

—Creo —dijo la duquesa con voz imponente—, creo que en su... en su muy *comprensible* celo, Oberón, para llegar al fondo de esta oleada de asesinatos, usted ha confundido a un espectador inocente con un malhechor. Hágame el favor de liberar a la niña con nuestras disculpas.

Se oyó una fuerte exhalación detrás de mí, casi un resoplido, y entonces el inquisidor se acercó al frente e hizo una fluida reverencia ante la Duquesa.

—Como Su Excelencia ordene. Mis más sinceras disculpas por el error cometido, y por abusar del valioso tiempo de Su Excelencia.

La Duquesa me estaba liberando. Me iba a permitir marcharme. Sabía que yo era inocente, o Lord Ethan le había dicho que...

Saqué los dedos que tenía metidos en el delantal y traté de hacer una genuflexión, pero tarde me di cuenta de que vestía pantalones y no falda, y tuve que cambiar rápidamente a una torpe reverencia. Cuando me enderecé, la Duquesa estaba ojeando unos documentos, y parecía haberse olvidado de mi existencia. Miré furtivamente a Lord Ethan y nuestros ojos se encontraron.

Me sonrió. Una sonrisa franca y abierta. El General Dorado sonriéndole a una niña panadera.

Sentí que todo se derretía dentro de mí, como mantequilla al fuego.

—Muy bien —dijo el inquisidor sobre mi cabeza. No parecía como si las cosas anduvieran bien. Sonaba molesto, a decir verdad. Me sorprendió reconocer una emoción tan superficial como ésa en su voz.

No había pronunciado palabra en todo el camino desde la sala de audiencias hasta el corredor exterior, y yo me había visto demasiado ocupada, alternando entre el alivio (¡Era libre! ¡Me permitían marcharme!) y la euforia (¡El General Dorado se había fijado en mí!) como para decir algo.

Lo que sucedió después *no* fue tan sorprendente, supongo, aunque a mí sí me dejó perpleja.

Sentí que me enfurecía.

—¿Cómo? *¿Muy bien* y eso es todo?

Me miró, me miró de verdad por primera vez desde que habíamos llegado al palacio, en lugar de dar la impresión de mirar a través de mí o a algún punto en el fondo de mi cráneo.

—¿Esperabas algo más, jovencita?

Uno de los guardias sofocó una risa.

Se me cruzó por la mente el hecho de que estaba contestándole a un inquisidor, un hombre que me había arrastrado a la presencia de la Duquesa, que quizá podría ordenar que me metieran a un calabozo acusada de falta de respeto hacia, no sé, los inquisidores o algo así y la furia se esfumó, dejándome en ese embrollo.

—Al menos podrían pedir excusas —murmuré.

Las cejas del inquisidor se levantaron. Se inclinó hacia el frente, y por un instante pude ver algo oscuro y ardiente en el fondo de sus ojos, como brasas brillando en un horno.

La furia regresó y me hizo inclinarme también, a modo de respuesta, a pesar de que el resto de mí intentaba alejarse.

—*Esto no ha terminado, pequeña bruja* —gruñó.

Y de repente se terminó todo, porque el inquisidor pareció darse cuenta de que estar ahí, enfrentado nariz con nariz con una joven panadera era algo muy por debajo de su dignidad, así que se dio media vuelta para irse.

Un guardia me tomó por el hombro, sacudiendo mi cabeza. Mi hombro empezaba a cansarse de este tratamiento. Me iban a quedar las marcas de los dedos en ese brazo por días y días.

—No tienes idea de lo afortunada que eres, maga menor —dijo con sarcasmo, apurándome para que siguiera caminando por el corredor.

Mi parte enfurecida no quería dar el asunto por cerrado, y no le gustó que me llamaran maga menor en ese tono de voz:

—Pero...

Abrió la puerta y me empujó para que saliera.

—Pero...

—Puedes irte, eres libre —dijo el guardia—. Te sugiero que te *vayas*. Ahora.

Y cerró la puerta.

Me quedé ahí, mirándola un buen rato.

Estaba en uno de los extremos de ese largo patio al que habíamos llegado esa mañana. No había carruajes en ese momento, y todos los guardias parecían estar haciendo un esfuerzo deliberado para no mirarme.

Estaba a unas buenas tres horas a pie de la panadería, suponiendo que pudiera encontrar el canal indicado que me llevaría allá, y que fuera fácil seguirlo.

¿Cómo se atrevían a llevarme hasta el palacio, encontrarme inocente, y luego no ofrecerme una manera de regresar?

Pensé en estallar en llanto. La furia había cedido y lo que me quedaba era una sensación de picazón ardiente detrás de los ojos.

Después, oí un rumor suave y un salpicar conocido, y miré al suelo y vi una creciente cantidad de puntos grises sobre la superficie.

Había empezado a llover.

Tenía que caminar de regreso a casa, por horas, a través de una parte de la ciudad que no me resultaba familiar, bajo la lluvia.

Aunque parezca una locura, empecé a reírme. Era absurdo. Nadie podía tener tan mala suerte, ¿cierto?

Al menos consideraron que eras inocente, susurró una vocecita en mi cabeza. *Eso se llama tener muy buena suerte.*

Dejé de reírme.

La suerte no tiene nada que ver, pensé enojada, cruzando los brazos para atravesar el patio a grandes zancadas, hacia el camino distante. *No les quedaba otro remedio.*

¿Estás segura?

Era el colmo, sobre todo con la lluvia. Pues claro que tenían que declararme inocente. La idea de que el inquisidor tuviera la potestad de declararme culpable de un asesinato que yo no había cometido era algo en lo que yo no quería ni pensar.

La lluvia empezó a caer con mayor entusiasmo.

Me detuve un momento a un lado de la puerta de entrada. Iba a terminar empapada. Ya me había mojado bastante, y la lluvia apenas estaba arreciando.

Miré a los guardias que quedaban atrás. Estaban poniéndose sus impermeables de hule, y no parecía que ninguno fuera a acercarse hasta mí para ofrecerme un carruaje que me llevara a casa.

Tenía hambre, estaba cansada y de mal humor, y además, me hallaba lejos de casa. El trabajo no iba a avanzar hasta que yo no llegara de regreso. Y si no se horneaba... pues estaríamos en problemas.

Y no iba a adelantar en mi camino a casa si no empezaba a caminar.

De manera que apreté la mandíbula con fuerza, y empecé.

SEIS

Había dejado de llover.

Resultó que mi cálculo de tres horas para regresar a casa había sido más bien optimista. Me tomó casi seis. No se necesitan seis horas para atravesar nuestra ciudad, así que es lógico pensar que di muchas vueltas sin razón. Seguí una calle que me pareció conocida durante casi cuarenta y cinco minutos, con la esperanza de que se convirtiera en la avenida del canal del Puente de las Aves, que podría llevarme a casa. Pero luego me topé con una pared. Literalmente, choqué con la pared lateral de una iglesia que no reconocí. El ángel tallado sobre la entrada era bastante más alto que una persona y tenía los ojos cubiertos por una venda de piedra. Parecía como si llorara. A sus pies se leía, grabado en la piedra: "Nuestra Señora de los Ángeles Acongojados".

Pensé en entrar para pedir que me orientaran, sólo que no estaba de ánimo para hablar con más desconocidos ese día, así que me di la vuelta y seguí caminando. Tal vez eso fue una tontería, pero había tenido un día espantoso, y probablemente ni la misma Virgen de los Ángeles Acongojados quería tener que ver nada conmigo.

Al final, logré encontrar la calle indicada y llegar al Puente de las Aves, que está adornado con relieves de martines pescadores y ostreros, y los extremos de sus alas se difuminan bajo el musgo verde y húmedo. Después del canal del Puente de las Aves seguí a través del barrio de los sastres, donde todo el mundo estaba metido bajo los toldos de lona para mantener secas sus mercancías, hasta la Calle del Mercado, que cruza todos los canales grandes. Por esa calle se puede llegar a todas partes, incluso a la panadería de tía Tabitha, pero implica dar un buen rodeo.

Por otro lado, si uno tiene temple de acero, o si no se puede dar el lujo de retrasarse un poco, puede tomar un atajo desde donde termina la Calle del Mercado a través de una callejuela serpenteante conocida como el Codo de Rata, y por ahí se sale apenas a una cuadra de la panadería. El Codo de Rata no es un sitio tan terrible, pero de esa callejuela salían otras, y la mayoría de ellas llevaban a Nido de Ratas, que sí es un lugar poco recomendable. La cerveza es barata allí y la sangre, más barata aún, o al menos eso es lo que dicen.

No sé cuánto cuesta la sangre aquí, a decir verdad... No es que la necesitemos para la panadería, pero seguramente es más barata en Nido de Ratas. (Lo que sí usamos es cerveza oscura. Cuesta seis peniques el barril en la taberna de nuestra calle, y mi tía dice que es un vil robo, pero jamás ha propuesto que compremos la cerveza en Nido de Ratas.)

Para cuando llegué al Codo de Rata, la lluvia se había convertido en una llovizna indecisa. El sol no se decidía a brillar en todo su esplendor, pero había unos parches más claros de nubes. Podía verlos reflejados en los charcos en medio de la calle empedrada.

El problema de esta callejuela, incluso si nos olvidamos de lo mucho que su nombre remite al Nido de Ratas, es que está inclinada hacia un lado, así que la calzada tiene una gran pendiente del lado norte hacia el lado sur. Eso hace que las casas del costado sur queden ladeadas hacia el centro de la calle. Varias generaciones de propietarios de esas casas han puesto vigas para soportar las paredes inclinadas, apoyándolas sobre la misma calle, con lo cual es imposible que un carro o carreta circule, y la mitad de la calzada siempre queda a la sombra de las casas. Además, hay un verdadero problema de drenaje. Aunque la lluvia ya se había acabado hacía un rato, el costado derecho del Codo de Rata parecía un lago, con agua estancada arremolinándose alrededor de los escalones de entrada de las casas (y a veces por encima de ellos).

Varias personas me miraban desde los escalones mojados. Había gente en los porches y en las ventanas abiertas y oscuras. No hacían nada amenazador. Conversaban y jugaban a las cartas, y una mujer con cara inescrutable tendía la ropa recién lavada en una cuerda, parada en el agua marrón que le llegaba hasta la rodilla. Nadie me decía nada, y no me miraban con fijeza, pero sabían que yo estaba allí, y yo sabía que ellos sabían, y ellos sabían que yo sabía que ellos sabían, todo eso en una siniestra y frágil maraña de reconocimiento.

Pensé que sería mucho más fácil tomar el camino del Codo de Rata, pues mi tía me esperaba lo antes posible y era capaz de remover cielo y tierra si yo no aparecía. Pero ella no tenía idea de dónde podía encontrarme, y si planeaba buscarme, empezaría en el palacio. Nadie sabía dónde estaba, fuera de la gente del Codo de Rata.

Probablemente no iban a hacerme nada. Eran pobres, claro. De ser ricos, no vivirían allí. Y que fueran pobres no quería decir que además fueran malas personas. Quiero decir, que alguien fuera pobre no significaba, por dar un ejemplo *cualquiera,* que planeara golpear en la cabeza a una jovencita desastrada, para luego revisar sus bolsillos esperando encontrar algo de dinero. Pero eso no significaba que no hubiera alguien *dispuesto* a hacerlo.

Esa mujer está tendiendo la ropa. ¿Acaso lo haría si fuera una mala persona?

No es que yo no tenga nada que valga la pena robarme.

Pero ¿lo sabrán?

Apuré el paso.

Los podía oír hablando en voz baja, y algunos niños habían salido y estaban jugando. Pero se callaban cuando yo pasaba junto a ellos, y después, luego de un minuto, el ruido recomenzaba a mis espaldas.

Ojalá tía Tabitha estuviera aquí.

Ojalá tío Albert estuviera aquí.

Casi querría que Bob, el prefermento para nuestra masa madre, estuviera aquí. No creo que nadie quisiera meterse con él. Al menos, no una segunda vez.

Oí un repiqueteo detrás de mí. Sentí que se me erizaba la piel de la nuca, pero no iba a mirar, no, definitivamente no...

—¡Hey, panaderita!

Me di la vuelta.

Dos cuencas oculares vacías, negras como la tristeza, pendían un poco por encima de mi cabeza. La cara esquelética se prolongaba hacia abajo en huesos largos y lisos que enmarcaban unas fosas nasales cavernosas y taponadas con ramitas. Una mandíbula descarnada se abría y se cerraba con un ruido hueco.

Estaba ante la cabeza de un caballo muerto, y prácticamente me desmayé de alivio.

SIETE

Para decirlo sin pelos en la lengua, Molly, la Matarife, estaba chiflada.

Pero no tenía ni un pelo de tonta. En el fondo de su locura se adivinaba una inteligencia aguda y brillante que había aprendido que era mucho más fácil desempeñar el papel de chiflada si además era una persona útil y con algo de dinero, y si el resto de la gente le tenía algo de miedo.

Molly era una maga muy menor, como yo, pero su don era todavía más extraño. Podía hacer que los caballos muertos caminaran.

No parece un talento muy bueno, pero cuando uno vive en una ciudad grande con calles estrechas, resulta muy conveniente. Los caballos son animales muy útiles, pero se mueren, como todo el mundo. Y cuando están muertos, son como mil libras de carne y hueso que hay que despejar del lugar antes de que empiece a apestar a podrido. Los matarifes encargados de los mataderos en los límites de la ciudad pagan por cada caballo muerto, pero también cobran por ir a recogerlo, y tienen que llevar una carreta, y la carreta ocupa espacio y altera el tráfico y bloquea la entrada de las casas. Y luego, las personas que se encargan de subir el caballo muerto a la carreta quieren que se les pague, y a veces tienen que empezar a descuartizar al caballo ahí mismo si no lo pueden levantar hasta la carreta, y es una cosa horrorosa con sangre y porquería por todas partes, y a los vecinos les resulta muy molesto.

O también puede uno buscar a Molly, la Matarife, y por tan sólo seis peniques ella posará su mano en la cabeza del caballo, que luego se pondrá en pie y caminará sobre sus propios cascos hasta algún matadero. Sigue siendo un espectáculo horrible de ver, pero resulta menos problemático.

A Molly era fácil distinguirla. Andaba por la ciudad montada en Nag. Nag murió antes de que yo naciera, y ya sólo le quedan los meros huesos, así que ella lo forra con trapos y paja y viejos sacos vacíos. Nag parece un nido de urraca ambulante.

La gente a veces nos tiene algo de miedo a nosotros, los magos menores. Quiero decir, así fue como nacimos, y nadie sabe bien porqué... Mis padres no tenían ningún talento mágico, y tampoco nadie más en la familia... Pero si uno empieza a quejarse de los magos menores, siempre existe la posibilidad de que la persona con la que está hablando conozca a alguien que sí lo es, o que esté casado con alguien o tenga a alguien en la familia y se molestan por el asunto. Y es que no todos anuncian sus habilidades. Es de suponer que algunas personas tengan talentos tan insólitos que nunca llega la oportunidad de utilizarlos. Cuentan la historia de una niña que podía hablar con los tornados, que sería una cosa impresionante, pero no ha habido un tornado en nuestra ciudad en los últimos cien años, ¿así que qué tan a menudo pueden salir a la superficie esas habilidades?

A pesar de todo, tenemos suerte. Nuestra ciudad es amigable con los magos menores. Fuera de que tenemos que sostener trozos de hierro ante un tribunal, no se nos da un trato diferente. Algunas ciudades tienen prohibido que los magos vivan en ellas o los obligan a registrarse como tales ante el gobierno. Ciudad Delta tiene el Barrio de los Hechizos, que es una especie de gueto como un Nido de Ratas, sólo que únicamente para magos.

Nada de eso sucede en Entrerríos. Si uno va a ser mago menor, éste es el mejor lugar para vivir.

Si uno es un mago capaz de hacer grandes cosas, impresionantes, por lo general terminará en el ejército o trabajando para la Duquesa. La verdad es que nadie quiere vivir cerca de una persona capaz de hacer caer rayos del cielo. Los demás magos, los que hacemos sólo pequeños sortilegios no muy impresionantes, por lo general nos esforzamos en pasar por personas útiles e inofensivas, para que la gente no empiece a hacer señas que sirven para mantener a raya la mala suerte cuando andamos por ahí.

A Molly, la Matarife, no le importa nada de eso. Si las personas hacen señales para protegerse de la mala suerte cuando Nag pasa al trote a su lado, ella cree que sirven para anunciar sus habilidades.

Molly es la única otra maga menor con la que hablo a menudo, fuera de maese Elwidge. Hay una chica en el mercado de agricultores, y nos saludamos, pero de ahí no pasamos. Creo que la mayor parte de nosotros, los magos menores, no queremos hablar de ese lado de nuestro ser, y tal vez piensan que poner a bailar a los hombrecitos de jengibre es algo demasiado extravagante… Aunque es difícil encontrar a alguien que pueda ser más extravagante que Molly, la Matarife.

—Hola, Molly —le di unas palmaditas a Nag en los ollares. Los huesos son tan viejos que ya no producen asco, se ven secos y lisos. (Los trapos sí son bastante asquerosos). No hay mucho de Nag como tal, pero Molly alguna vez me dijo que le gustaba que le acariciaran el hocico. Así que eso trato de hacer.

—¿Qué andas haciendo por el Codo de Rata, pajarita? —preguntó Molly, logrando que Nag acomodara su paso al mío.

—Intento volver a casa —dije, cansada. Los cascos de Nag sonaban *clonc-clonc-clonc* sobre el piso (los cascos de un caballo normal sonarían *clop-clop*. No tengo idea de por qué los de Nag suenan así).

Me miró desde arriba, su cara arrugada se llenó de más pliegues cuando frunció el ceño.

—Perdóname que te lo diga, corazón, pero te ves peor que el trasero de una gaviota.

Era un comentario bastante insultante, si uno lo piensa bien, pero curiosamente me hizo sentir mejor. Cuando uno se siente tan desgraciado, es un consuelo saber que se ve tan mal como se siente.

—Tu tío no se ha muerto, ¿cierto? Vi la carroza mortuoria en casa de tu tía.

—No, mi tío está bien —seguí andando. La gente ya no me miraba. Al parecer, una jovencita andando a pie por el Codo de Rata era algo poco común, pero una jovencita acompañada de una loca montada en un caballo muerto era algo perfectamente aceptable. A lo mejor había una lección moral en todo eso, pero yo ya había tenido suficiente de lecciones morales ese día.

—Había una niña muerta en la panadería.

—¡Ajá! —dijo Molly, la Matarife—. ¿Quién la mató?

—Pensaron que lo había hecho yo —contesté en tono sombrío.

—¿Lo hiciste?

—¡No!

—Muy bien —se enderezó—. Eres una buena niña, probablemente tendrías una buena razón. No te juzgo. Pero si no lo hiciste tú, ¿quién fue?

—No sé —mis zapatos hacían ruido porque estaba llenos de agua. Nag atravesó un charco y me salpicó los pantalones—. Enviaron a un hombre del palacio. Dijo algo… Que la muerte de la chica era cosa de magia.

—¿Cosa de magia? —Molly entrelazó sus manos con los trapos de Nag—. Meterse en asuntos relacionados con magia y muerte nunca resulta bien.

Y lo dice una mujer que anda montada en un caballo muerto, pensé, pero no lo dije.

—No lo sé. Yo no tuve nada que ver con el asunto. Fui al Palacio y vi a la Duquesa…

Se me ocurrió, mientras lo iba contando, que podía sonar muy emocionante, ver a la Duquesa, y todo lo demás. Ella en verdad me había dirigido la palabra. Se había comportado de manera distante pues estaba atareada, pero evitó que me encarcelaran. Sin embargo, yo no estaba para nada emocionada, sino más bien terriblemente cansada, y puede ser que todavía un poco enojada.

Molly no dijo que le parecía que debía haber sido emocionante. Sólo dijo:

—Ajá —de nuevo, y luego, al minuto—: En todo caso, está pasando algo, ¿ajá?

—Les dijo que me soltaran. Bueno… quiero decir… habló en secreto con un mago, y supongo que le contó…

—¡Magos! —Molly, la Matarife, se inclinó sobre el pescuezo de Nag y escupió en el suelo.

—*Nosotras* somos magas —dije con suavidad.

—No somos como los magos de verdad, pajarita. Tú y yo somos unas personitas insignificantes —le dio una palmada a Nag en su hombro esquelético—. Los grandes magos, bueno. Los magos del *gobierno*. Mantente a distancia de ésos, panaderita. No traen nada bueno para nadie, y menos para gente como tú o como yo.

Cuentan que algunos magos anduvieron por aquí, cuando Molly era joven, para preguntarle si podía hacer que los muertos caminaran, personas muertas, pensando seguramente que, si podía hacer que los soldados muertos se levantaran y pelearan, sería tremendamente valiosa para determinadas personas. Ella no dice una palabra de todo esto. La señorita McGrammar dijo que Molly no lo había podido hacer, pero alguna vez le oí a Brutus, el cerero, que *sí* lo había conseguido, y que por eso se volvió loca. Incluso si sólo logró que los caballos del ejército se levantaran y volvieran a la carga, la hubieran mandado al campo de batalla para hacerlo, y debió ser espantoso, ¿o no?

Quise preguntarle a Brutus más sobre el tema, pero él se limitaba a decir que Molly no estaba más loca que cualquier otra persona, antes de que los magos se la llevaran.

Ahora, ella detesta al gobierno. Es algo que murmura entre dientes muy a menudo, pero también sucede que murmura sobre las pulgas, que según son fantasmas de antiguos filósofos y que están tratando de chupar la verdad de sus tobillos.

Esto no impide que pueda negociar a su favor cuando alguien quiere que vaya a moverle un caballo. Hay quienes han tratado de aprovecharse de ella porque piensan que está mal de la cabeza. Y las cosas no acaban bien para ellos.

—Lord Ethan me cayó bien —dije, recordando esa presencia dorada y deslumbrante en la sala de audiencias, y la manera en que me había sonreído—. Quiero decir, creo que él fue quien le dijo a ella que yo no podía ser la culpable.

—Bah —Molly no estaba convencida—. A lo mejor saluda en los desfiles, pero él es un mago de guerra, tan claro como la luz del sol. A lo mejor te hizo un favor ahora, pero si te atraviesas en su camino te matará, aunque no por maldad como algunos de ellos, sólo te aplastará como un bicho insignificante —buscó entre su pelambrera despeinada durante un minuto y extrajo de ella un ser diminuto que se retorcía—, como un *bicho insignificante* —con la uña del pulgar mató al bicho.

—Por lo menos no es mala persona —dije en voz baja. Lord Ethan era capaz de conjurar tormentas del cielo para doblegar al enemigo. Las canciones que cantaban los juglares en las esquinas narraban que era capaz de controlar rayos y relámpagos. Y a pesar de eso, no lo podía imaginar aplastando a alguien como si fuera un bicho.

—Quién sabe si sea malo o no, panaderita —se enderezó—, y aquí estamos, casi de regreso.

—Oh… oh… —miré a mi alrededor, sorprendida. Habíamos salido del Codo de Rata hacia la calle y yo ni siquiera me había dado cuenta—. Ay, gracias.

Molly, la Matarife, se encogió de hombros.

—El Codo de Rata no es tan terrible como otros lugares, pero una debe tener cuidado. Nunca viene mal tener a un amigo contigo, incluso si no es nadie más que el viejo Nag —se inclinó por encima del pescuezo del caballo muerto y me hizo un gesto—: Ven acá, niña panadera.

Sin muchas ganas, fui hacia ella. Estaba agradecida porque me había escoltado, pero eso no quería decir que ella no estuviera loca, o que yo no notara que apestaba tanto que su olor llegaba hasta el cielo. La mayor parte de esa peste era el olor a mujer sin bañar y a ropa sin lavar, pero también había algo del hedor característico de los mataderos que se le quedaba adherido.

—Un consejo —susurró, inclinándose hacia mí. Procuré no hacer gestos, a la espera de que su aliento fuera tan hediondo como el resto de ella, pero resultó inesperadamente dulce, como menta—. Ándate con cuidado, niña panadera. Las personitas insignificantes, como nosotros, corremos peligro en estos tiempos. Mantente atenta y cuídate.

—¿Q-qué?

Sus ojos quedaron fijos en los míos.

—Cuídate del Hombre Color Retoño.

Parpadeé...

¿Quién?

Molly se enderezó y encajó los talones en los flancos de Nag, que se dio vuelta con la gracia de una montura de desfile y se encaminó hacia el Codo de Rata. No se me ocurrió sino hasta después de que ella se había ido que debía haber corrido para alcanzarla, y tal vez preguntarle qué era lo que había oído o quién se suponía que era el Hombre Color Retoño, o incluso qué era lo que eso quería decir.

Pero estaba a sólo una cuadra de la panadería, y había sido un día muy muy largo. Seguir a una mujer a lomos de un caballo muerto que se internaba en la parte más pobre de la ciudad no parecía un esfuerzo justificado en ese momento, sobre todo porque ese Hombre Color Retoño del que hablaba posiblemente no era más que otra creación de su imaginación, como las pulgas que le chupaban la verdad.

A pesar de todo, el nombre me produjo desazón, y las pulgas nunca me habían alterado de tal manera.

—¡Qué estúpida! —me dije, crucé los brazos con fuerza y me fui corriendo hacia la panadería—. Un nombre estúpido, un inquisidor estúpido. Y un día estúpidamente largo.

OCHO

Cuando atravesé la puerta, tía Tabitha hizo todos los ruidos que era de esperar, y me hizo sentar con una taza de té entre las manos, a que le contara toda la historia tres veces, y luego regañó a tío Albert para que no insistiera más con el asunto, ¿o acaso no se daba cuenta de que yo estaba exhausta? (aunque lo único que el pobre había dicho en toda la tarde era "¡Ángeles del cielo!"). Y me hizo irme a mi cuarto.

En todo caso, la niña ya no estaba en la panadería. Seguramente la carroza mortuoria había ido a llevársela. No pregunté nada al respecto.

Lo que sí le pregunté fue si quería que dejara el pan levando durante la noche, pero me dijo que ella había estado a cargo de la panadería durante veinte años y bien podía hacerlo un día más, y que yo debía dormir un poco.

Así que salí de regreso a mi cuarto. Había vuelto a llover, a ratos y con goterones dispersos, y el empedrado brillaba húmedo. Ya estaban encendiendo el alumbrado público pero el farolero no había llegado aún hasta nosotros, así que nuestra calle se veía oscura y sombría. Pero eso no me importaba. Estaba apenas a unas cuantas puertas de distancia, menos de una cuadra. Hubiera podido llegar hasta allá con los ojos vendados.

Uno hubiera podido pensar que, tras semejante día, yo estaría paranoica y alterada, pero no era así. Tenía la mente vacía. Sólo podía ver cómo ponía un pie frente al otro.

Y entonces, alguien me sujetó desde la oscuridad.

—¿DÓNDE ESTÁ ELLA? —me dijo al oído una voz áspera, y algo tiró de mí hacia las sombras de un callejón.

¡Madre de todos los ángeles del cielo! ¿Será que este día nunca va a terminar?

Quizá yo tendría que haber sentido algo de miedo. No, *definitivamente* tendría que haber tenido miedo.

Pero en realidad lo que sentía era exceso de cansancio. Quería irme a casa. Quería volver a mi cuarto tibio sobre el taller de vidriería, y echarme en mi cama, para luego taparme hasta arriba con la colcha y quedarme dormida. Y después levantarme absurdamente temprano para irme a preparar rollitos de canela y bizcochos de manzana y hombrecitos de jengibre.

—¿Dónde está *quién*?

—¡Tibbie! —dijo la voz en mi oído, con tono frustrado y asombrosamente agudo—. ¿Qué diablos hiciste con ella?

—¿De quién me hablas? —traté de zafarme. Había un brazo que me rodeaba el cuello, y hacía que me costara respirar, pero mi atacante parecía ser más bajo que yo y no tenía un buen ángulo—. ¡Suéltame ya!

—No, ¡no, hasta que me digas donde está Tibbie!

—No sé de quién me hablas —sujeté el brazo que tenía alrededor del cuello.

—¡No sigas! ¡Te lo advierto! —la voz temblaba, y me arrojaron contra la pared de un edificio. Los ladrillos me rasparon las manos.

—¡Déjame ya!

Logré introducir los dedos por debajo del brazo para doblarlo a la fuerza todo lo que pude, tirando. En la mayoría de los casos eso no me hubiera dado resultado, pero tenía dos cosas a mi favor:

En primer lugar, yo era panadera, y uno no amasa y bate la masa todos los días durante dos años sin desarrollar un par de antebrazos poderosos. Puede ser que yo no sea muy alta y fornida, pero no dudaría en apostar una charola de rollos de canela a que puedo ganarle un pulso a cualquier niña de mi edad.

En segundo, mi atacante era un niño de diez años.

Le retorcí el brazo, me volteé y lo encaré. No era alto. Probablemente no podría golpearme más arriba del cuello. Se veía fuerte, pero flacucho y desnutrido, como un perro callejero. Los ojos parecían ser demasiado grandes para su cara mugrienta, cruzada por los surcos que habían dejado las lágrimas.

—¿Dónde está ella? —preguntó de nuevo con voz exigente, que sonaba a la vez enfurecida y desgraciada. Se meció sobre los pies, como si no supiera si abalanzarse sobre mí o salir huyendo.

—¿Quién?

—¡Tibbie! —dijo, casi con alaridos—. ¡Mi hermana!

—¿Y por qué crees que yo lo *sé*?

—¡Estaba en tu panadería!

Cerré la boca de golpe.

¡Oh-oh!

Me recosté en la pared junto a él. Se me había pasado la rabia. Sólo me quedaba un *cansancio*… un cansancio tan grande…

—Cuéntame qué fue lo que pasó —le dije al fin, pellizcándome el puente de la nariz—. ¿Cuándo fue que se metió a la panadería?

—Anoche —dijo el niño, sorbiéndose los mocos y limpiándose la nariz con el dorso de la mano—. Anoche se metió a la panadería, pero no volvió a salir. ¿Qué fue lo que le hicieron?

Ésa era una pregunta que yo no quería responder en ese momento.

—¿Y por qué se metió a la panadería?

—Hacía frío. Teníamos hambre. A veces hay algo rico de comer ahí —me miró con ojos fulminantes, desafiándome a contestar—. Nos hemos metido a escondidas unas cuantas veces, y sacamos panecillos. Pero no *cosas*. No nos llevamos las *cosas*.

—Bueno… gracias —el cura párroco diría quizá que robar era robar, sin importar si lo robado eran unos panecillos del día anterior o los afilados cuchillos de mi tía, pero el señor cura no estaba ahí. Yo entendía perfectamente la diferencia. Una cosa era la comida. Los cuchillos eran difíciles de reemplazar. Me quedé pensando cuántas veces se habrían colado a hurtadillas en la panadería, pues ninguno de nosotros se había dado cuenta.

—Nunca tocamos nada —dijo, como si me hubiera leído la mente—. Somos muy cuidadosos. Si nos robáramos algo, ustedes pondrían candados y guardias y demás, y entonces no podríamos conseguir los panecillos cuando se nos antojan.

Había algo de lógica en el razonamiento. Decidí no profundizar más en esa parte.

—Así que Tibbie se metió la panadería. ¿Y qué hora sería cuando lo hizo?

—No sé. Pasada la medianoche. Yo también iba a meterme, pero ella dijo que no, que sería más rápido si iba sola. Lo que hacía era meterse a escondidas por cualquier parte, ¿sabes?

—¿Y qué sucedió después?

El muchachito se encogió de hombros.

—Entonces, se apareció el otro hombre.

—Espera un momento… ¿de qué otro hombre me hablas?

—Tú sabes. Tu tío, o algo así. Uno que iba vestido de verde y amarillo.

La idea de tío Albert deambulando por ahí pasada la medianoche y metiéndose a la panadería por la parte de atrás me resultaba muy extraña. Pero la idea de que llevara puesto algo diferente a los delantales blancos de panadero o su raída vestimenta negra era absurda del todo. Él tenía gustos estrictamente monocromáticos, tal vez por culpa de tía Tabitha y sus batas.

"Cuídate del Hombre Color Retoño", me había advertido Molly.

—Ése no podía ser mi tío. ¿Quién era?

—¿Y yo qué voy a saber? ¡Es tu panadería!

Me pellizqué de nuevo la nariz.

—Así que este hombre se metió a la panadería.

—Ajá —dijo el niño sorbiéndose los mocos de nuevo y miró a los sombríos aleros por encima de nosotros.

—¿Y qué más pasó después?

—Después, él salió. Y tú entraste un rato más tarde. Y después, fue todo el alboroto y yo no pude acercarme más para saber qué estaba pasando, y después vinieron y te llevaron con ellos.

Me acordaba de esa parte. Suspiré.

—Pues… mira… sacaron un cadáver de la panadería. Creo que debía ser tu hermana. Lo lamento mucho.

Tal vez había una mejor forma de darle la noticia, pero estaba demasiado cansada.

Me miró unos momentos y luego resopló. Ésa no era la respuesta que yo estaba esperando.

—¡No seas estúpida!

Ten paciencia, me dije. *Sé buena con él, que acaba de perder a su hermana. Está conmocionado.*

—No está muerta, no seas tan *estúpida*.

No soy tan buena como debería. Me dieron ganas de plantarle un bofetón.

—Lo lamento —dije, en lugar de hacer lo que quería.

—Te equivocas —dijo. Se dio la vuelta, y esperé que saliera a la carrera, pero giró de nuevo hacia mí—. Déjame ver.

—¿Qué te deje ver qué?

—La panadería… déjame verla. Ella debe estar ahí todavía, o a lo mejor logró salir de nuevo. Tal vez, me dejó una señal.

—Está bien —me metí las manos en los bolsillos. Quería irme a la cama. En verdad, *sólo* quería irme a la cama—. ¿Ahora mismo?

—No. Cuando esté de verdad oscuro. No quiero tener que darle explicaciones a un montón de personas grandes. Ellos también son estúpidos.

—Como quieras —señalé escaleras arriba—. Aquí es donde vivo. Ven a buscarme cuando ya sea lo suficientemente tarde según tú, y te llevaré a ver.

Asintió una vez, muy decidido, y luego se escabulló a la carrera por el callejón, como si lo persiguieran unos cangrejos zombis.

NUEVE

Apenas mi cabeza se posó sobre la almohada, quedé dormida como un tronco, y aproximadamente cinco segundos después, alguien me estaba zarandeando para despertarme.

—¿Fshhhh? —abrí los ojos.

Era el niño otra vez. Al ver que ya estaba despierta, dio un paso atrás y se cruzó de brazos.

—Vamos. Ya casi es medianoche.

—¿En serio? ¿Medianoche? —me senté en la cama, mirando la ventana con los ojos entrecerrados. Pues sí, estaba muy oscuro afuera. Había dormido varias horas. Pero no me pareció suficiente. La cabeza me martilleaba de dolor. Además, tenía mucha hambre, a pesar del recuerdo patente de haberme devorado un par de rollitos de canela fríos antes de irme a la cama.

También recordaba con claridad haber cerrado la puerta con llave.

—¿Cómo entraste?

Me miró, y luego volteó hacia la puerta y después hacia mí, con esa cara de total y absoluto desdén que sólo puede tener alguien menor de doce años.

—Toqué a la puerta primero —dijo—. Pero tú no contestaste.

Con eso, se desvaneció cualquier duda de que ellos se hubieran metido a la panadería. Mi tía había conseguido una cerradura muy resistente para mi puerta, ya que iba a vivir sola. Me quedé pensando cuánto tiempo le había tomado forzarla.

—Está bien —bajé los pies de la cama al piso—. ¿Tienes hambre?

Se encogió de hombros, cosa que interpreté como respuesta afirmativa.

—Hay unos panecillos sobre la mesa —me levanté y busqué un suéter en mi baúl de ropa.

Para cuando logré encontrar uno y me lo metí por la cabeza, ya sólo quedaba un pan. El muchachito, como quiera que se llamara, se había comido los demás, al parecer sin masticar. Tal vez sin respirar tampoco.

Pero me había dejado uno, aunque saltaba a la vista que estaba muerto de hambre.

—¿Cómo te llamas? —pregunté, partiendo mi panecito.

Me miró con recelo. Era como si la sospecha y el desdén fueran sus únicas expresiones. No, un momento. También le había visto cara de furia cuando me atacó al principio. Tres expresiones.

—Mira, no tienes que decirme tu nombre verdadero si no quieres, pero preferiría decirte de alguna manera que no sea "oye, tú". Yo me llamo Mona.

—Spindle —dijo al final.

No me cupo la menor duda de que ése no era el nombre que su madre le había puesto porque sonaba a nombre de cosa o de mascota, pero decidí que serviría por el momento.

—Muy bien, Spindle —me limpié las migas del suéter—, vámonos.

Entrar a la panadería a medianoche fue como si estuviéramos metiéndonos a hurtadillas, aunque yo trabajaba allí y a pesar de que cuatro horas después iba a hacer exactamente lo mismo. Cerré la puerta con algo de nervios y me apoyé contra el horno más grande. El calorcillo que todavía conservaba fue un alivio contra el frío del exterior.

—Estaba ahí, en el piso —dije, señalando un punto en el centro de la habitación—. Supongo que tía Tabitha debió limpiar —estaba tratando de decirlo con cierto tacto. Era obvio que había pasado el trapeador porque la gigantesca mancha de sangre ya no se veía ahí.

Spindle examinó la cocina con una objetividad casi profesional. Revisó los mesones y el piso, incluso el techo. Casi me sentía mal porque habíamos limpiado, ya que él parecía estar haciendo una labor mucho más exhaustiva que los agentes de la policía.

Por último, se arrodilló en el piso y miró bajo las mesas. El estómago se me encogió. Estaba de rodillas justo en el lugar en el que se había formado un charco de sangre de su hermana. Quería decirle que se quitara de ahí, pero…

—Mmmm —comencé, sin tener una idea clara de cómo iba a seguir.

—Hay algo aquí abajo —me interrumpió.

—¿En serio? —me agaché junto a él. Tuve que apoyar una mano para no caerme, precisamente donde había estado la cabeza de la niña.

A ver, tienes que olvidarte de eso. Vas a seguir trabajando por años aquí, tal vez durante el resto de tu vida, si es que heredas la panadería… y si vas a hacer esto mismo cada vez que pases por este punto preciso de la habitación…

Me obligué a hacer a un lado el recuerdo y me incliné más.

Pues sí, había algo allí, un trocito de metal que centelleaba a la luz del farol.

—Podría ser algún utensilio metálico —dije.

—No, no lo es —contestó Spindle—. Es algo más. No sé si voy a poder alcanzarlo. Metió el brazo por debajo del mesón, hasta el hombro—. Casi... debería poder... no —sacó el brazo, enfurruñando y sacudiéndose la harina que se le había prendido en la ropa—. ¿Podemos mover este mesón?

—Tengo una idea mejor —abrí la puerta hacia la parte del frente de la panadería y fui hacia allá. Debía quedar todavía algún hombrecito de jengibre de la última hornada, sí.

Estaba empezando a ponerse duro, con lo cual sería más difícil animarlo, y mi dolor de cabeza volvió de lleno, con toda su fuerza, pero apreté los dientes, miré al hombrecito de galleta, y pensé: *Vive*.

El hombrecito se paró en mi mano, desperezándose. Lo puse en el piso.

—Hay algo debajo del mesón —le dije—. ¿Podrías sacarlo y traérmelo?

El hombrecito me hizo un saludo militar, bajó la cabeza, pues era un espacio bajo y estrecho incluso para una galleta, y se metió debajo del mesón.

Las cejas de Spindle habían desaparecido bajo su mata de pelo.

—Eres una maga —dijo.

Su voz no tenía un tono acusador, sino de simple sorpresa. Era mi turno para encogerme de hombros.

—Sólo con masa de pan —respondí—, así que no sirve de mucho.

Asintió.

—Tibbie es maga también.

—¿En serio?

—Se escabulle por aquí y por allá —dijo, haciendo un movimiento serpenteante con la mano, que podía interpretarse de muchas maneras—. Ya sabes.

Yo no sabía nada de nada, pero tal vez se refería a que ella tenía cierto talento para esconderse.

—¿Quieres decir que ella se vuelve invisible o algo así?

—Tal cual —contestó Spindle con orgullo—. En cambio yo, nada de magia. A mí me toca no llamar la atención y estar calladito, pero ella podría esconderse en la sombra de un gato.

Mmmm… ¡qué interesante! No es un gran talento mágico, tal vez, pero comparado con mi magia panadera era muy bueno.

Las palabras de Molly, la Matarife, se me vinieron a la mente: "Las personitas insignificantes, como nosotros, corremos peligro en estos tiempos".

¿Se refería a magos pequeños? ¿O a talentos insignificantes? Además, ella me había advertido del Hombre Color Retoño, y aquí Spindle había visto a alguien vestido de amarillo y verde que atrapaba a su hermana en la panadería, y después lo que había allí era una pequeña maga muerta.

Una racha de asesinatos de magos, había dicho el inquisidor. Yo supuse que se refería a asesinatos cometidos por magos, pero tal vez eso es lo que esperaba que pensara la gente.

—Algo está sucediendo —dije, rodeándome con mis propios brazos—. Alguien está matando a los magos. El inquisidor lo dijo, y también Molly, la Matarife. Deben haber capturado a tu hermana.

Spindle reviró.

—Podrá ser que alguien esté matando a los magos menores, muy bien, eso dicen los rumores por todas partes, pero no atraparon a Tibbie porque ella no está muerta.

Yo no tenía nada qué decir ante eso.

El hombrecito de jengibre salió de debajo del mesón, empujando un objeto metálico. Era una especie de brazalete, una media luna de plata ensartada en una cadena. La cadena estaba rota y tintineó cuando Spindle la tomó.

A la pálida luz del farol, su cara pasó a tener el color del queso viejo.

—El brazalete de Tibbie —dijo—. Perteneció a nuestra madre.

—Lo lamento —agregué.

Se dio la vuelta y salió a toda prisa de la panadería.

Lo llamé a gritos, pero no era un perro para venir cuando gritaban su nombre, y no volvió. Me quedé un rato ahí, en la puerta, con el hombrecito de galleta en el hombro, mirando las calles oscuras y el resplandor amarillo que el alumbrado arrojaba en el empedrado.

Yo sabía que era Tibbie. Era mejor que Spindle también lo supiera. Era mejor saber que no saber. No saber era algo terrible.

Sentí un toquecito en la mejilla. Miré hacia abajo y vi al hombrecito de jengibre en mi hombro. Se sostenía agarrándose con su mano de un mechón de mi pelo, y levantaba la otra mano hacia mi cara para atrapar las lágrimas que yo no sabía que me estaban brotando.

DIEZ

No vi a Spindle en los siguientes días. Yo estaba muy atareada en la panadería. No es que tía Tabitha no me hubiera dejado tomarme un tiempo libre, es que yo no quería. Lo normal era estar horneando. Y si yo podía estar haciendo pan, todo lo demás sería normal. Incluso si alguien andaba por ahí matando magos, era algo que sucedía en otro lugar, al otro lado el mostrador.

A lo mejor no había nada racional en el fondo de todo eso, pero a mí me parecía razonable. En la panadería, yo estaba a salvo. Cuando volvía a mi cuarto en las noches, la cuadra hasta el taller del vidriero, con el agua que rebosaba de las alcantarillas hacia el canal, en ese momento no estaba a salvo. Me arrebujaba en mi abrigo y sentía que había cosas que me seguían entre las sombras.

No recorría la cuadra corriendo, porque hacerlo le hubiera dado razones para perseguirme a cualquier cosa que me acechara en la oscuridad.

Tampoco había nada racional en eso, que no era más que una versión menos infantil de los monstruos escondidos bajo la cama, pero no me podía quitar esa sensación. Así que permanecía en la panadería todo el tiempo posible, y me apresuraba para volver a mi cuarto, caminando ligera, sin llegar a correr. Me levantaba muy muy temprano y salía para el trabajo otra vez, para que cuando tía Tabitha bajara, me encontrara con las manos en la masa, atareada.

A pesar de todo, me preocupaba Spindle, en los momentos en los que no estaba demasiado ocupada para pensar. No es que no tuviera otras cosas de las cuales preocuparme. Las noticias esa primavera eran todas malas. Lord Ethan y el ejército partieron apenas dos días después de que yo estuve con él. Creo que era por un nuevo asedio de los mercenarios carex. Los clientes de la panadería tenían otras ideas. La señorita McGrammar se refería sólo al "enemigo". Brutus, el cerero, decía que era cosa de Mannequa, una de las provincias vecinas, que había contratado a los carex para atacarnos. El cura esperó hasta que el cerero saliera con sus panecillos y me dijo que todo eso no eran más que tonterías, que nadie contrataba a semejantes hombres para nada en estos tiempos, a menos que se les pagara para largarse bien lejos.

Los mercenarios carex son una especie de coco en nuestra ciudad, y probablemente en la mayoría de las ciudades estado del reino. Las mamás amenazan a los niños con que, si se portan mal, vendrán los carex. El problema es que son reales, y una vez que uno crece y se entera de todas las historias, resultan ser mucho peores que el propio coco.

Se supone que hace mucho tiempo tenían su propio territorio, pero dos de las ciudades estado de nuestro reino entraron en guerra, creo que Edom y San Salizburgo, o tal vez era Ciudad Delta, y una de las dos ciudades los contrató para que pelearan en su ejército. Al terminar la guerra, los carex decidieron que les gustaba nuestra ciudad y no se fueron cuando se suponía que debían hacerlo. Al parecer, su lugar de origen no es más que hielo y montañas y seres que tratan de matar a todos los demás, así que uno entiende por qué querían quedarse en nuestro reino, que tiene un montón de buenas tierras y ríos y productos de panadería de primera.

No me vayan a malinterpretar: por lo general, nos gustan los extranjeros en nuestro reino. Nos cae bien cualquiera que tenga dinero y pueda comprar panecillos. Algunas de las grandes ciudades portuarias están abarrotadas con personas de todas partes del mundo, y no los obligan a vivir aparte, en su propio barrio, tal como se hace con los magos. El hombre que le vende a mi tía la canela viene de algún lugar que nadie más puede pronunciar correctamente y tiene tatuajes hasta en el último rincón de la piel, incluso en los pliegues membranosos que hay entre los dedos.

Pero los carex se comen todos los animales de las granjas, hasta los caballos y los perros, y a veces también a la gente, y luego incendian los edificios por pura diversión. No les interesa la convivencia. Se limitan a tomar las ciudades, comerse toda la comida y matar a toda la gente, y después, aprovechan el lugar como base para emprender asedios y saqueos de otras ciudades. Donde quiera que esto suceda, las ciudades vecinas mandan a sus ejércitos para expulsarlos con fuego, y los carex huyen de vuelta a las montañas por un tiempo, para luego volver más malos y hambrientos que nunca.

Quizás era sólo mi imaginación, pero la ciudad me parecía más fría sin la presencia del General Dorado. Se sentía menos segura sin los magos guerreros alrededor. No es que uno quisiera necesitarlos, pues tenían poderes aterradores, como atraer los rayos y arrojar bolas de fuego, pero era preferible saber que estaban ahí, por si acaso.

Una cosa que no me producía la menor preocupación era qué iba a hacer el ejército cuando encontrara a los carex. Sin duda alguna, el ejército ganaría. Nosotros tenemos magia, y los carex no. Ellos odian a los magos. Si uno de sus niños resulta tener algún talento para la magia, lo exponen. Durante mucho tiempo, no supe a qué se referían con eso, pero sucede que dejan a esos niños al pie de un cerro y allí los devoran los animales salvajes. Es el tipo de cosas por las que me alegra vivir en una ciudad civilizada.

Los clientes habituales tenían cada uno su opinión, pero la que nunca conocí fue la de maese Elwidge. Hacía días que no iba a la panadería, y yo empezaba a preocuparme por él.

Una mañana fui a al mercado de agricultores, y allí sucedió algo que me dejó aún más preocupada.

Había una chica que también era maga menor, como yo (sinceramente, creo que ella es mucho mejor). Ella hace malabares, pero cuando los hace con naranjas, puede hacer que se vuelvan azules o verdes, o que parezcan estar en llamas. Su padre vendía fruta, y de vez en cuando ella tomaba unas cuantas naranjas para hacer sus malabares y la gente se acercaba a observar. Al final del verano, convertía los colinabos en palomas.

Se llamaba Lena. Era mayor que yo y vivía fuera de la ciudad, y no es que habláramos mucho, así que me sorprendió que se acercara a mí al verme entre la multitud. No estaba haciendo malabares con naranjas ese día.

—Tú eres Mona, ¿cierto? —dijo—. La de la panadería.

—Así es —contesté.

Asintió decidida, y miró alrededor, como si temiera que alguien estuviera escuchando. Me hizo ir hasta el extremo del mercado, contra uno de los muros de ladrillo.

—¿Vas a irte? —preguntó.

—Pues… tengo que comprar unas fresas para mi tía…

Lena negó con la cabeza.

—De la ciudad. Que si vas a irte de la ciudad.

—¿Y *por qué* me iría? —pregunté desconcertada.

—Pues *ya* sabes —contestó, moviendo la mano alrededor nuestro, como para abarcar la ciudad entera.

—¿Qué? —empezaba a sentir que había llegado tarde a la conversación—. ¿Qué se supone que sé?

Lena resopló, haciendo que su flequillo se levantara.

—¿No te has enterado? Las desapariciones… Los… —miró alrededor de nuevo—, los *magos menores*.

—Molly, la Matarife, dijo algo —comenté con cautela—, pero…

—Nosotros nos vamos —dijo Lena—. Papá y yo. Partimos esta noche. Algo está sucediendo en esta ciudad. Los magos ya no estamos a salvo aquí. Nos vamos con un primo de papá, en Edom —me miró de arriba abajo, calibrándome—. Además, llevaremos al hijo del carretero, el que puede convertir las piedras en queso. Tú también deberías venir con nosotros.

—¿Qué? No —retrocedí un paso, como si ella fuera a raptarme—. Aquí están mis tíos, y la panadería —di otro paso hacia atrás—. Quiero decir… ¡las cosas no pueden estar *tan* mal!

¿O sí?

Intenté pensar en todos los magos menores que conocía. No eran muchos. Lena, Molly, Elwidge… Había una niña que cantaba en una esquina y los pájaros se posaban a cantar con ella… no, ella había desaparecido el invierno pasado, ¿cierto? Desde hacía meses había un hombre con una viola de rueda en esa misma esquina.

Pero… incluso si Lena tenía razón… yo tenía catorce años. ¿Dejar la panadería? Era una locura.

Lena entrecerró los ojos. Retrocedí otro paso. Ella no tenía colinabos en las manos, y yo no estaba segura de lo que podría llegar a hacer con una fresa. Necesitaba esas fresas para las tartaletas de frutas. Si se convertían en palomas, me metería en un problema de verdad.

Pensé que iba a gritarme, pero sólo meneó la cabeza y dijo:

—Buena suerte, entonces. Espero que tengas razón.

Se apresuró a volver al puesto de frutas.

Por el camino de regreso, con las fresas, tomé la calle Peonía, que pasa frente al taller en el que trabaja maese Elwidge, el carpintero.

La puerta estaba cerrada. No se veían luces por la ventana. Parecía un local vacío, y no simplemente cerrado.

Seguí a toda prisa, sintiendo de nuevo que había algo que me vigilaba desde las sombras.

No le conté a tía Tabitha sobre esa conversación. Probablemente hubiera comentado que Lena estaba diciendo cosas absurdas, pero ¿y si no? Pero si se lo tomaba en serio, entonces yo tendría que hacer lo mismo, y eso quería decir que no estaba a salvo tras el mostrador de la panadería.

Me deprimía pensar en eso.

Me lancé de cabeza a trabajar, pero no podía estar ocupada todo el tiempo. Una vez que moldes y charolas entraban al horno y que no era el momento de sacar nada de allí, cuando tenía que esperar diez minutos antes de empezar a ponerle el glaseado a los rollitos de canela, cuando no había clientes, entonces tenía unos momentos libres, y era entonces que los pensamientos volvían a aparecer.

Me escabullía al sótano para alimentar a Bob o, si ya lo había alimentado, apoyaba la frente contra la fría pared de piedra y dejaba que las ideas burbujearan y fermentaran cual levadura en el fondo de mi mente.

A veces, Bob extendía un pegajoso tentáculo de masa y me tocaba el hombro. Creo que sabía que yo estaba preocupada. Ocasionalmente, llegaba a arrastrar su cubeta para estar más cerca de donde yo me encontraba sentada pensando.

Bueno, lo que hacía no era exactamente *pensar*, si eso tiene algún sentido. No me fijaba en los pensamientos en sí. Sólo me daba cuenta de que estaban ahí, bullendo bajo la superficie.

El problema era que, al igual que la levadura, los pensamientos crecían. Muy pronto llegarían a desbordar los bordes de mi cráneo, y yo no podría dejar de hacerles caso.

Por el momento, todavía, podía aplastarlos, como la masa en un molde, y pensar en algo más. Decidí preocuparme por Spindle.

Había dejado panecillos del día anterior en el escalón de la entrada un par de veces, pensando en él. Por la mañana habían desaparecido, pero eso bien podía ser obra de perros o mapaches, o incluso de algún otro niño de la calle. No importaba. Los perros y los mapaches y los niños de la calle tienen que comer también, y los panes viejos no le sirven de mucho a nadie más.

Cinco o seis días después de mi travesía hasta el palacio, fui al puente Sombra de cuervo con media hogaza de pan duro. Es un puente muy adecuado para alimentar a los patos porque no está muy alto sobre el agua, y las barandas tienen suficientes aberturas como para poderse sentar con los pies colgando y arrojarles pedazos de pan a los patos.

Era una tarde agradable. Al fin no llovía, tuvimos una primavera terriblemente húmeda, y tía Tabitha me había dicho que debía salir de la panadería y darme un respiro, y que si no lo hacía, ella me daría un golpe en la cabeza que me *obligara* a descansar. Caminé por la calle que bordea el canal, esquivando los carruajes y los carros que venden bollitos calientes (aunque nada tan bueno como *nuestros* bollitos), y con el hombrecito de galleta sentado en el hombro.

Era el mismo de aquella noche en que Spindle había encontrado el brazalete de su hermana, y estaba ya tan duro que uno podría romperse un diente si trataba de morderlo. Yo no esperaba que siguiera por ahí, pero esa noche estaba muy alterada buscando a Tibbie, había sido un día francamente espantoso, y cuando estaba molesta o enojada, mi magia funcionaba mucho mejor o con más potencia. Probablemente debería haberme dado cuenta de eso con Bob, nuestro prefermento que nada ni nadie podía matar, pero seguía sorprendiéndonos. De cualquier modo, el hombrecito de jengibre no daba señales de perder la magia.

Por mí estaba bien. En las noches lo dejaba sobre la pata de la cama, montando guardia ante la puerta. Se suponía que debía despertarme si alguien trataba de entrar a mi cuarto. No sé si eso hubiera podido funcionar, pero me hacía sentir un poco más tranquila.

Mi tía no había comentado nada, ni siquiera cuando la galleta empezó a mostrar más iniciativa de la normal en lo que preparábamos en la panadería. Un par de veces me había acercado la sal sin necesidad de pedirla, y yo podía decirle que pusiera media fresa sobre cada pastelito y el hombrecito lo hacía con toda la charola.

De vez en cuando me había tentado la idea de tratar de preparar un hombrecito de jengibre a escala humana, para que me ayudara en la cocina. Por suerte, los hornos no tenían el tamaño suficiente para algo así, y empezaba a alegrarme por ello. Mi amiguito de jengibre era más bien bondadoso, pero ¿qué pasaría si yo estaba molesta o nerviosa y terminaba creando una especie de gólem de jengibre descarriado?

No parecía ser algo que yo *pudiera* lograr, en realidad, pero... bueno... más valía no averiguarlo.

Además, entre las advertencias de Lena y de Molly, la Matarife, yo empezaba a pensar que tal vez era mejor no llamar la atención con mi magia. Un hombre de jengibre tamaño natural no hubiera sido nada precisamente sutil. Y en los últimos tiempos, cuando ponía a bailar a las galletas, las risas que se oían siempre dejaban traslucir cierto disgusto.

Habíamos tenido que tirar a la basura tres hornadas de hombrecitos de jengibre. Al parecer nadie los quería comprar. Tal vez no es raro que no se vendan galletas de jengibre en pleno verano, pero uno de los clientes salió sin haber comprado nada.

Y la señorita McGrammar... ¡en fin!

—¿Ya viste los carteles? —me preguntó cuando notó que no quedaba nadie más en el local.

—¿Los qué? —dejé a la galleta en el cajón.

—Ya verás... —siguió entre resoplidos. Sonaba maliciosamente complacida por algo en particular—. Ya lo verán todos *ustedes* muy pronto.

No había explicado más, y no había regresado desde entonces.

Lo bueno era que sólo por ella hacíamos panecillos de limón a diario. En lugar de eso, empecé a hacer tartaletas de zarzamora, y me quedaban mucho mejor.

Recorrí con paso lento y pesado el trecho junto a la baranda del puente Sombra de cuervo, y vi a Spindle sentado allí, mirando el agua con aire triste. Lo había visto de refilón un par de veces, pero esta vez no salió corriendo a toda prisa al verme. Los patos se habían reunido a su alrededor, esperando que les diera algo de comer, y el hecho de que no les arrojara nada estaba despertando unos cuantos graznidos de enojo.

Me senté a su lado. El hombrecito de galleta se sujetó del borde de mi oreja para no caerse.

Spindle no pronunció palabra. Yo tampoco.

Saqué un poco de pan duro y empecé a lanzarlo al agua para los patos. Le entregué a Spindle la mitad de la hogaza. Recibió las rebanadas en silencio y las embutió en sus bolsillos.

Bueno, hasta ahí llegó mi buena idea. Terminé de arrojar todo el pan que llevaba y me sacudí las migajas de las manos.

—¿Todo bien? —pregunté.

Se encogió de hombros. Era una pregunta tonta a más no poder. Tibbie estaba muerta. Eso nunca iba a estar bien. Mis padres llevaban años muertos, desde la Fiebre invernal, y nada estaba bien al respecto, y nunca lo estaría, pero así eran las cosas.

Son asuntos muy densos como para que una panadera de catorce años se ponga a pensar en eso.

Seguimos sentados en silencio mientras los patos husmeaban el agua en busca de migajas que se hubieran quedado por ahí. Una carreta pasó detrás de nosotros, con crujido de ruedas y redoble de cascos. El hombrecito de jengibre miró por debajo de mi cabello.

Spindle volteó a mirarme, después contempló la galleta, pero no dijo nada.

—Todavía no nos hemos enterado de nada sobre la investigación —terminé por decir—. La verdad es que… ni siquiera sé si habrá una investigación. Querían que yo resultara culpable, y no lo era... no sé si alguien está haciendo algo al respecto.

—Nadie hace nada, nunca —contestó Spindle en voz baja—. No para personas como nosotros.

Hubiera querido responderle algo consolador. Hubiera querido prometerle que los guardias encontrarían al asesino. Hubiera querido ser fuerte y decidida y abrigar esperanzas.

Pero costaba creer cualquier cosa de ésas cuando uno pensaba en Tibbie y sus calcetas disparejas.

—Lo lamento —dije en su lugar, y arrojé una piedrita al agua oscura del canal. Un pato la atrapó, y cuando vio que no era nada comestible, graznó defraudado.

—Una vez, en un invierno, ella tuvo que cortarse el cabello casi a ras —contó Spindle. No me miraba, y a mí me daba miedo decir cualquier cosa, por temor a que fuera a callarse—. Tibbie, quiero decir. No podía meterse a hurtadillas a ninguna parte si había demasiada luz. El farolero venía dando vuelta a la esquina con un farol justo cuando ella salía de una ventana de un segundo piso, y había un policía en la esquina y la vio. Empezó la búsqueda de una niña con el cabello muy largo, y por eso se lo tuvo que cortar. Yo robé como una docena de gorros aquí y allá, para ella, y los usó, pero no volvió a sentirse bien hasta que el cabello le volvió a crecer.

Se limpió la nariz con el cuello de la camisa.

—Le dije que tuviera cuidado —dijo, mirando a los patos alborotando en el agua, ahí abajo—. Se lo dije. Habíamos estado oyendo los rumores sobre los magos, ya sabes, eso de que están apareciendo muertos. Alguien atrapó a Willy, el Dedos, la semana pasada, y eso que él no tenía ni la mitad de la magia de Tibbie. Ella me dijo que sería cuidadosa, pero de nada sirvió.

No añadió más. A mí no se me venía a la mente nada que le pudiera decir. No había oído hablar de esas personas pero, tras haberme enterado de lo de Lena y su historia de irnos de la ciudad...

Después de un rato, me levanté y me sacudí la ropa.

—Si necesitas algo...

Spindle me miró con sus ojos oscuros. Tenía la cara pálida y manchada, como si fuera un fantasma sin lavar.

—Ten cuidado —dijo.

ONCE

Otra vez, las cuatro de la mañana. Me despertó el tintineo del reloj de agua y me arrebujé hasta la barbilla en las cobijas.

Uno o dos minutos después, las grandes campanas dieron la hora, un sonido distante que sólo se distingue cuando uno está despierto y atento. Me levanté.

El hombrecito de jengibre que hacía guardia en la cabecera de la cama me saludó cuando me puse en pie. Me arrebujé en mi ropa, dejé que el hombrecito se trepara a su percha habitual, en mi hombro, y salí del edificio.

Las calles estaban silenciosas. A menudo, había mucho silencio a medianoche, pero ahora no se oían ruidos. Todos los que andaban caminando por ahí a esta hora iban hacia algún lugar, y se movían con rapidez, con las cabezas bajas y el aliento volviéndose escarcha en el aire frío. Yo caminaba de la misma manera, salvo que la mayoría de ellos no tenían una galleta animada que los acompañara, sentada en su abrigo.

Llegué a la panadería y abrí la puerta. Los panes del día anterior habían desaparecido del escalón de la entrada nuevamente. Encendí los hornos y estaba agachada sacando la masa que había dejado debajo del mesón la noche anterior para que levara, cuando la puerta se abrió tras de mí. El ruido fue tan inesperado que salté y me golpeé la cabeza con la parte interior del mesón. Di un paso atrás, vacilante, frotándome la parte superior del cráneo, y sospecho que eso me salvó la vida.

El cuchillo que estaba a punto de clavarse entre mis costillas pasó silbando por el aire.

Me quedé mirando la hoja del cuchillo como una tonta, y también la mano que lo sostenía, que asomaba de una manga de color verde amarillento, y mis ojos siguieron la manga hasta el hombro y la cara, y se toparon con los ojos del Hombre Color Retoño.

Tenía los ojos casi del mismo color que la ropa que llevaba, un verde tan claro que era casi artificial, las pupilas dilatadas en una cara pálida y surcada de arrugas. De él emanaba un curioso olor, algo denso y especiado, como incienso. Me hacía difícil respirar, y más aún pensar.

—¿Pe... perdón? —dije, como si lo hubiera pillado manoseando las baguettes o tratando de abrir la vitrina del pan, ¡qué estúpida! Como si no hubiera tratado de apuñalarme, cosa que hubiera ameritado algo diferente de ese "¿Perdón?", pero mi mente no parecía estar respondiendo.

Sin embargo, mi cuerpo sí respondía bien, y se dio cuenta de que estaba ahí en la cocina con un asesino, y antes de que alcanzara a pensar en lo que debía hacer después, mi cuerpo tomó el control, me hizo dar la vuelta y me envió a toda prisa escaleras abajo hacia el sótano.

Estaba oscuro. No había llevado nada para alumbrarme. Estaba negro como el carbón, y aunque yo cruzaba esa habitación al menos tres veces al día, de repente no podía recordar dónde estaba cada cosa. Tropecé con una pila de moldes y los desparramé por el suelo con gran estruendo.

El Hombre Color Retoño se rio de mí desde lo alto de las escaleras.

Su voz no era profunda, sino aguda y filosa como su cuchillo.

—¿Crees que podrás esconderte de mí en la oscuridad?

Eso *era* exactamente lo que yo esperaba hacer, aunque no me estaba saliendo muy bien. Traté de salir de entre las charolas, y en lugar de eso pateé una. El estruendo me subió por la médula.

Mi mente parecía estar funcionando de nuevo, pero no hacía mucho más que repetir:

Dios mío, Dios mío, tiene un cuchillo, Dios mío.

—Puedo oler dónde estás —dijo el Hombre Color Retoño bajando un escalón. Los tablones crujieron—. Puedo oler tu magia, miserable bruja panadera.

Me libré de las charolas traicioneras y me escabullí hacia el fondo del sótano, con las manos extendidas hacia el frente para tantear el camino.

—De una forma u otra hubiera llegado hasta ti —dijo la voz desde las escaleras. Otro paso, otro crujido—. Terminaré por atraparlos a *todos*. Pero esa criatura ladrona se metió aquí y no pude sacarla sin que la viera un guardia y eso… eso te movió hacia el comienzo de la lista, por decirlo de alguna manera —otro paso.

¿Una lista? ¿Existe una lista? ¿Cuántas personas hay en ella?

Me topé con el borde de la armazón que usamos para poner las cebollas y los ajos a secar, y fui tanteando hasta llegar al extremo. El aroma del ajo ayudó a que se me despejaran los pulmones de ese denso olor a incienso. Lástima que tener la mente más clara sólo sirvió para darme cuenta con total certeza de que estaba en un sótano con un asesino que se atravesaba en la única salida que tenía.

—Deberías admitir que eres privilegiada. No tienes los poderes necesarios como para justificar que te deba eliminar tan pronto.

Otro paso. *Cric.* ¿Cuántos escalones había? Por todos los dioses y todos los santos, había pasado la mayor parte de mi vida subiendo y bajando esa escalera, ¿cómo era posible que no recordara cuántos escalones tenía?

—Si ese idiota de Oberón se hubiera hecho cargo de ti como se suponía, yo no tendría que molestarme ahora contigo. ¡Eres tan insignificante! —*cric, cric*—. Pero no, él arma un lío y después yo tengo que desenredarlo… —*criiic.*

¿Oberón?

¿El *inquisidor* Oberón?

No me había caído nada bien, pero… ¿qué tenía que ver él con el Hombre Color Retoño?

Cric.

Se me ocurrió una idea, pero no era una buena idea, que podría acabar matándome, pero la única otra idea que se me ocurría era esperar a que el asesino estuviera ya en el sótano y no en la escalera, para tratar de escabullirme y salir sin que me atrapara. No era mucho mejor como plan. Me alejé pegada a la pared, lo más posible, eso esperaba, y me agaché en cuclillas. Tanteé lo que había a mi alrededor, con la esperanza de haber atinado para llegar adonde quería…

¡Ahí!

Cric.

—No puedes esconderte, bruja panadera. No necesito que haya luz para dar contigo.

Y entonces, soltó una risita.

Tengo que reconocer que me hice pipí en los pantalones al oírlo. Esa risita era un sonido que lo señalaba no sólo como un asesino, como algunos de los matones del Nido de Ratas, sino como alguien que disfrutaba asesinando. Esa risita se fue directo a lo profundo de mi estómago, y la sentí resonar en mis costillas como si fueran teclas de un xilófono. Estaba oscuro como la noche, pero al cerrar los ojos veía unos rayones brillantes, y el corazón no me latía, sino que me *martilleaba*, como un pájaro carpintero contra una canaleta.

Creo que estuve a punto de desmayarme y, si hubiera perdido el conocimiento, no habría mucho más que leer de esta historia. Pero no sucedió. En lugar de eso, me hice pipí, que era un pequeño desahogo. Ni siquiera me avergonzaba el asunto. Si hay un asesino que te persigue con un cuchillo, la vergüenza pasa desapercibida.

No hubo más crujidos. En lugar de eso, oí el roce de pies sobre piedra. Estaba al pie de las escaleras y empezaba a adentrarse en el sótano.

Me tapé la boca con la mano porque mi propia respiración era increíblemente ruidosa, y me encorvé sobre mí para formar el ovillo más pequeño que pudiera. Tenía un arma, y una única oportunidad para utilizarla.

El hombrecito de jengibre se sujetó del borde de mi oreja y se acomodó en mi hombro.

—Estás allá, en ese rincón —dijo el Hombre Color Retoño con voz zalamera, avanzando despacio hacia mí—. Te huelo. ¿Cómo lograste tú, tontuela, librarte de Oberón?

Por favor, pensé, como una plegaria desesperada e incoherente. Por alguna razón, la única persona a la que se me ocurría rezarle era a la estatua frente a la iglesia por la cual había pasado en mi camino de regreso del palacio, Nuestra Señora de los Ángeles Acongojados. Yo no quería ser un ángel, ni acongojado ni de ninguna otra condición. *Por favor, por favor…*

Las pisadas llegaron justo a mi lado. Contuve la respiración y apreté los dedos.

—¡Te tengo! —graznó el Hombre Color Retoño cuando dio el último paso hacia mí, entonces le volqué encima la cubeta que contenía a Bob, el prefermento.

El hombre soltó alaridos. Al principio eran de sorpresa, pero después de dolor, porque Bob estaba *enfurecido*. Yo le había traspasado todo el pánico y el terror a la plasta de prefermento.

Al ataque no era una orden que yo le hubiera dado antes al pan, pero si esas ratas del invierno anterior eran un indicador, Bob sabía exactamente lo que tenía que hacer.

El Hombre Color Retoño gritó de nuevo, y lo oí manotear y estrellarse con algo. Había trocitos de Bob en mi ropa. No me quedé a ver qué más pasaba. Corrí hacia las escaleras, esquivando de alguna manera las charolas de hornear, y subí cual conejo.

—¡Mona, por aquí! —me dijo en susurros una voz desde la puerta.

—¡Spindle!

—¡Vamos! —me hizo gestos frenéticos—. ¡El Hombre Color Retoño te está buscando! ¡Se metió aquí!

—¡Ya lo sé! —corrí a la puerta de entrada—. ¡Y creo que es cómplice de Oberón! ¡Tenemos que buscar a mi tía…!

—¿Quieres que la mate a ella también?

Fue como si me dieran una bofetada. Tragué una bocanada de aire, con tanta fuerza que me dolió.

—Pero…

—¡Ven! ¡No tenemos *tiempo*!

Se dio la vuelta y corrió. Por un momento titubeé, pero entonces oí un crujido en las escaleras del sótano y salí tras él.

Corrimos a zancadas por las calles, patinando sobre el empedrado escarchado. Mantuve la vista fija en la espalda del abrigo de Spindle. No me atrevía a mirar alrededor. Si volteaba a otro lado, podría perderlo de vista… Spindle iba trazando una ruta más enrevesada que un pretzel… y, peor aún, podía ser que si miraba hacia atrás me encontrara con la cara de mi perseguidor.

A lo mejor era una tontería, en una mañana llena de tonterías de todo tipo, pero me preocupaba que Bob no hubiera sobrevivido. No podía ser que, mientras corría para salvar mi vida, me acongojara pensar en un prefermento de pan. Esas cosas sólo me pasaban a mí. Me doy cuenta de que muchas personas ni siquiera considerarían a Bob un ser vivo, pero yo me había encariñado con esa plasta.

Corrimos al menos tres cuadras, y yo ya no podía seguir el ritmo.

—Más despacio… por favor… espera… —sentía una punzada en el costado, tan dolorosa que me hacía preguntarme si después de todo el Hombre Color Retoño no me habría apuñalado.

Spindle volteó la cabeza, con expresión molesta.

—¿Qué? ¿Tan pronto?

—¡Por favor!

Redujo el paso a una especie de caminata rápida.

—Vas a conseguir que nos maten…

Sacudí la cabeza, con la mano en el pecho. ¿Qué importaba que corriéramos? El Hombre Color Retoño había dicho que podía detectar mi magia por el olor. ¿Eso quería decir que podía rastrearme como una especie de sabueso malvado?

Esta vez, me las arreglé para mirar alrededor, justo antes de internarnos en otro callejón. Nos íbamos alejando del Codo de Rata, para adentrarnos más. Ni siquiera protesté. Podía ser que alguien en ese lugar *decidiera* matarme, pero afuera, ya había alguien *tratando* de hacerlo.

A pesar de eso, daba *miedo* estar en el Nido de Ratas. Las construcciones no sólo se veían deterioradas, sino que se estaban viniendo abajo. Algunas parecían incendiadas, y otras se habían derrumbado por completo. Pero hasta las que no eran más que montones de piedras, mostraban señales de estar habitadas. Había una cuerda de tender la ropa desde un agujero en una montaña de escombros hasta el pilar de una columna. Alguien vivía allí, en medio del cascajo.

Un perro muerto estaba en mitad de la calle. A duras penas se distinguía en la media luz, y tal vez yo no lo habría visto de no ser porque Spindle dio un rodeo para esquivarlo… un perro de gran tamaño.

Era demasiado, en una mañana en la que ya habían sucedido demasiadas cosas. Vomité.

Tras unos momentos, sentí que alguien me recogía el cabello en la nuca. Cuando miré hacia arriba, temblorosa y sudando frío, era Spindle.

—Gra… cias… —murmuré, limpiándome la boca.

Se encogió de hombros.

Me sentí levemente mejor. No mucho. Más que nada, tenía frío… no había tomado mi abrigo al salir de la panadería, y el parche mojado en mis pantalones estaba *congelado*.

Aquí la gente no me miraba fijamente, como lo habían hecho en el Codo de Rata. No es que hubiera mucha gente en las calles, pero sí un pequeño grupo en la entrada de cada callejón, y cuando miraba hacia arriba, también había personas en los techos.

Estaban atentas a lo que sucedía en las calles. No sólo a nosotros, aunque en ese momento éramos lo más obvio y visible que había allí, sobre todo, después de que yo vomitara, pero estaban atentas a todo. Caí en la cuenta de que eran una especie de guardias.

No, guardias no… *centinelas*. Eran personas que vigilaban a quienes entraban al Nido de Ratas y, si veían algo, alertaban a *otros*. Y como estábamos en semejante lugar, yo no quería imaginar cómo se verían esos otros o el tipo de armas que podían tener.

—¿Adónde vamos? —pregunté, tratando de andar a la par de Spindle.

Ahora iba a paso rápido, pero ya no corría.

—Lejos. Aquí no viene nadie que no pertenezca a este lugar.

Yo no pertenecía allí, pero no parecía el momento adecuado para decirlo.

Por suerte, fue alguien más quien lo dijo.

—¿Mona? ¿Spindle? ¿Qué están haciendo aquí?

La voz me resultaba familiar, al igual que el sonido de pasos huecos sobre las piedras. Levanté la cara aliviada para quedar frente a la muerta cabeza de Nag y el enredijo de nido de urracas que era Molly, la Matarife.

—Éste no es un buen lugar para ti, niña… ni para ti, Spindle, por más que pienses que eres un hueso duro de roer.

Spindle se encogió de hombros y puso los ojos en blanco. Yo apoyé una mano sobre el hombro de Nag y traté de pensar en algo que pudiera decir, pero en ese momento no se me vino nada a la cabeza.

—Yo… yo…

Molly ladeó la cabeza y me miró desde su montura.

—¿Estás bien, niña?

—Alguien trató de matarme —susurré, y sentí que se me desbordaban las lágrimas por el rabillo del ojo. Un único sollozo dolorido se me escapó, y me mordí una mano, porque el Nido de Ratas no me parecía un buen lugar para ponerme a llorar.

La mirada enojada de Molly se suavizó. Rebuscó en la bola de trapos que era la grupa de Nag y dejó caer una cobija sobre mis hombros. Estaba raída y vieja, y no olía muy bien, pero yo tampoco en ese momento. Y era calientita, lo más importante.

—Vamos —dijo Molly—. Sujétense de la cola de Nag y vamos a llevarlos a un lugar menos desprotegido, allá podrán contarle a Molly lo que sucedió.

Hizo que Nag avanzara. La esquelética cola se movió delante de mí, huesos cubiertos con cintas y listones viejos, con mechones erizados de pelo de caballo que aún quedaban en los bordes. No era nada agradable para sujetarse, pero me aferré. Se sentía como tener una bolsa de ramitas en la mano.

El hombrecito de jengibre trepó por la cola de Nag y fue a sentarse en uno de los huesos de la grupa. Golpeó con los talones, como para decir "¡Arre!".

Spindle murmuró algo entre dientes, pero nos siguió. Dejamos que el caballo muerto nos guiara en las vueltas y revueltas de los callejones del Nido de Ratas.

DOCE

Molly, la Matarife, escuchó toda mi historia, y no hizo ninguna pregunta absurda, como de dónde había saca-do yo la idea de que atacar a alguien con prefermento podría funcionar, o por qué había empezado a llorar al hablar de Bob. ¿Y si había muerto? ¿Y si esta vez sí había *muerto* de verdad? ¿Y si había muerto por salvarme?

Quiero decir, ya podrán pensar que es raro llorar a una plasta de levadura metida en una cubeta (seguro que Spindle creyó que yo estaba loca), pero es que no era cualquier plasta, ¡era *Bob*! Con él se preparaba un pan maravilloso, y yo le caía muy bien, hasta donde una masa se puede dar a entender.

Pero Molly lo entendía. Cuando uno pasa la mayor parte del tiempo con un caballo muerto, aprende a respetar que otras personas tengan mascotas peculiares.

Para cuando iba llegando al final de mi historia, la nariz me goteaba. Molly rebuscó un pañuelo en su bolsillo y me lo entregó. Estaba seco, con unas partecitas desagradablemente crujientes, pero yo no me podía dar el lujo de rechazarlo.

—Bracias —murmuré, sonándome—. Berdón...

—Tranquila, niña, que tuviste una terrible experiencia, no hay duda.

Spindle resopló. Estaba recostado en un rincón con las manos embutidas en los bolsillos y expresión irritada. Se le veía en la cara que creía que yo me estaba comportando como una bebé. Eso me hizo enojar. Apuesto a que nadie había tratado de acuchillarlo a *él* ese día. Me sequé los ojos y tomé aire, furibunda.

Estábamos en la casa de Molly, la Matarife, o al menos en una de las que usaba. Ella la llamaba "madriguera", lo cual me sonó un poco irrespetuoso. Era parte de una casa semiderrumbada en los confines del Nido de Ratas; un lado se veía casi normal, mientras que el otro era un amasijo de vigas colapsadas. Había cajones viejos, retazos de alfombra en el suelo y costales y sacos para cubrir las ventanas.

A lo mejor no era muy segura desde el punto de vista estructural, pero como ya había un esqueleto de caballo por ahí en la habitación y el resto del tejado no se había caído, decidí no preocuparme por el asunto.

Tenía cosas mucho más importantes de las que ocuparme como qué iba a hacer ahora y cómo evitar que me asesinaran.

—Bueno, bueno… —tomé aire y me froté la cara. No quería llorar más. Llorar no me serviría de nada—. ¿Qué vamos a hacer ahora? Deberíamos buscar a la policía, ¿cierto?

Spindle hizo un ruido muy poco cortés.

—De poco o nada nos van a servir. No me sorprendería que ellos hubieran enviado al hombre ese tras de ti.

—¿Cómo se te ocurre? —puse los ojos en blanco—. ¿Me vas a decir que crees que los policías están conspirando para enviar asesinos contra quienes nos dedicamos a hacer pan?

El inquisidor Oberón era una manzana podrida. El Hombre Color Retoño lo había dicho, de cierta manera. Pero de ahí a pensar que personas como los agentes Alphonse y Montgomery estaban aliados con inquisidores y asesinos era absurdo. Eran seres humanos. Comían bizcochos. La hermana de Alphonse vivía a un par de cuadras de la panadería y los días de mercado pasaba a comprarse un panecillo. Ni siquiera se hacían una señal que los protegiera de la mala suerte a mi alrededor cuando pensaban que no los estaba mirando.

—Alguien lo hizo —dijo Spindle con terquedad, bajando la barbilla hasta que le quedó contra el pecho y mirándome con furia—. Los guardias jamás se molestan por personas como nosotros, mientras no les demos problemas. Están tratando de eliminar a los magos, para que *tú* no des problemas. Empezaron con Tibbie, y ahora irán por ti.

Busqué apoyo en Molly, la Matarife.

—Molly, esto es una locura. Tú no crees que los policías estén detrás de todo esto, ¿verdad?

—No, los policías no —contestó ella despacio—. Siguen órdenes, nada más. Y hay alguien que da esas órdenes. Yo ya venía oyendo rumores del Hombre Color Retoño en las calles antes de que tú te aparecieras en el Codo de Rata, niña. Necesito hacer unas averiguaciones, y tal vez cobrarme algunos favores —se levantó—. Quédense aquí un buen rato, niños. No sé bien cuánto me voy a demorar en volver.

—¿C-cómo? ¿T-te vas?

Se subió en Nag, que caminó haciendo crujir los tablones del piso y salió por la puerta. Spindle se apresuró para abrir la cortina de costal de un tirón.

—Tengo que hacer unas averiguaciones, niña panadera —gritó volteando la cabeza, y se alejó.

El resonar de los cascos de Nag se perdió en la oscuridad. Ya casi era de mañana, y podía ver la línea de luz por encima de la parte alta de las casas, aunque todavía no llegaba al nivel de la calle.

Se había ido. Sin más. Sí, estaba un poco desquiciada, claro... andaba montada en un caballo muerto, estaba chiflada... pero era una persona adulta y parecía saber lo que hacía. Por supuesto, yo confiaba en su criterio mucho más que en el de Spindle. Y una persona adulta no iba a dejar a dos niños en una casa cuando había un asesino loco allá afuera tratando de matarlos, ¿cierto?

Al parecer, Molly sí lo había hecho.

Yo me hubiera podido quedar en la puerta, boquiabierta, durante los siguientes cinco minutos, pero Spindle dejó caer el costal que hacía de cortina y tuve que meterme de nuevo.

No pude evitarlo y empecé a lloriquear otra vez.

No era llanto de verdad, no es que estuviera sollozando ni nada parecido, pero había unas cuantas lágrimas y me dolía el pecho como cuando uno tiene un sollozo atravesado que necesita salir. Pero no iba a dejarlo. No con Spindle allí, mirándome como si yo le pareciera algo patético.

No veía por qué tenía que darse esos aires de superioridad. Él había llorado cuando encontramos el brazalete de Tibbie, y yo no se lo había echado en cara ni nada parecido.

Soltó un suspiro molesto y se acurrucó en el rincón.

Toda la situación me parecía horriblemente injusta. Claro, él me había salvado la vida y ahora tenía que quedarse encerrado en esta pocilga conmigo en lugar de andar afuera haciendo... haciendo lo que fuera que solía hacer... ¿por qué tenía que estar así de enojado? Nadie estaba tratando de asesinarlo a *él*.

—Me da mucha pena que esto te produzca tantas molestias —le dije cortante—. De haber sabido que te resultaba tan *inconveniente*, no habría dejado que me atacaran.

Se sonrojó y murmuró algo. Me senté, porque no había nada más que hacer, y nos quedamos en esa habitación envueltos en un silencio incómodo y tenso.

Me pregunté cuánto tiempo tardaría Molly, la Matarife, en averiguar lo que quería saber, o si el Hombre Color Retoño nos encontraría antes.

Afuera estaba clareando, era evidente. Los bordes de los costales que cubrían las ventanas pasaron de ser negros a grises y luego a un beige deslavado. Tía Tabitha estaría por levantarse pronto, y se preguntaría dónde me había metido. Y la panadería había quedado hecha un caos, y Bob había quedado regado por todo el sótano. Probablemente se preocuparía muchísimo.

Podía ser que ni siquiera lograra preparar los rollitos de canela y los panecillos azucarados y las galletas de jengibre y sacar el pan…

Mi estómago gruñó.

Uno pensaría que sería imposible sentir hambre luego de que alguien ha tratado de matarte. Pero no.

—Todavía tengo el pan que me diste ayer —dijo Spindle.

Quizás era un ofrecimiento para dar pie a la reconciliación, pero yo no estaba en ánimo de aceptarlo y, además, hubiera tenido que usar mucha de mi magia para suavizarlo y conseguir masticar ese pan tan duro. Y no tenía la energía para hacerlo.

—No, gracias.

—Es todo lo que tengo —dijo Spindle—, a menos que prefieras comerte esa galleta que llevas en el hombro. No vamos a conseguir más.

—¡No! —cubrí al hombrecito de jengibre con mi mano para protegerlo—. ¡Nadie se lo va a comer! Además, está muy, muy duro —la galleta me retorció la oreja, indignada al oír semejante cosa.

—Puede ser que no tardes mucho en cambiar de idea —contestó Spindle sonriendo burlón—. Cuando uno es fugitivo, no puede andarse con remilgos.

La galleta le hizo un gesto grosero. Mi estómago gruñó una vez más, como para hacer énfasis.

—No soy una fugitiva —dije. Sentía el pecho caliente y apretado, como si me hubieran exprimido las lágrimas hasta extinguirlas. Estaba furiosa, casi tanto como cuando estaba ante el inquisidor Oberón. Sentía como si fuera a partirme en dos justo en medio del esternón—. ¡*Yo* no hice nada malo! ¡Que haya alguien tratando de asesinarte no te convierte en criminal!

Spindle resopló.

—Claro, claro. Diles todo eso a los policías y veremos qué tan lejos llegas.

Ésa fue la gota que colmó el vaso.

—¡Pues mejor voy y lo hago! —me levanté. El hombrecito de jengibre se enderezó apresuradamente para no perder pie.

—¿Qué? No, Mona, ¡no!

—¡*Voy a ir* con la policía! Lo que pasa es que tienes paranoia y piensas que como tú eres una rata callejera, ¡todos los demás somos iguales! —era injusto decirle eso a Spindle y me sentí culpable al momento, pero la rabia que me oprimía el pecho no me permitía detenerme. Di unas zancadas hacia la cortina de costal y la hice a un lado.

Spindle cerró sus manos en puños.

—¡Molly, la Matarife, dijo que la esperáramos aquí!

—¡Y luego nos dejó solos! Sin comida ni explicaciones, ¡nada! —me sentí algo culpable de irme, pero, más que nada, sentía rabia. ¿Por qué no iba a poder ir con los policías? Yo jamás en la vida había cometido un delito, a menos que birlarme una galleta o dos de la vitrina de la panadería contara como tal, y yo era la que había preparado esas galletas, así que no clasificaba como delito. No me extrañaba que personas como Spindle y Molly, la Matarife, tuvieran paranoia, pero yo era una ciudadana respetable. Los policías estaban ahí para *protegerme*.

Salí a la calle.

—¡No seas idiota, Mona! —Spindle trató de plantarse frente a mí, pero yo lo esquivé con un codazo—. ¡Te vas a meter en un gran problema!

Estábamos en los límites del Nido de Ratas. Yo debía estar asustada, pero era la furia la que me movía. De haber estado pensando con claridad, tal vez habría tratado de encontrar la mejor manera de salir de allí. En lugar de eso, tomé la dirección que me pareció adecuada y empecé a caminar, sin hacer caso de los correteos de los centinelas y las caras desconcertadas que me miraban.

—¡Mona!

El callejón hacía un par de vueltas en zigzag y, si yo hubiera tenido el sentido común suficiente para asustarme, no habría seguido las últimas dos, que eran lugares perfectos para emboscarme, y quizá lo que me salvó de que me asaltaran ahí mismo fue la evidente carencia de cualquier cosa de valor. Salí a la calle Varley. Caminé decidida por la acera. Spindle se detuvo en el punto donde el callejón se abría a la calle, y trató de sujetarme por la espalda de mi jacket, pero no lo logró.

Varley es una avenida amplia que corre a lo largo de un canal. Por lo general, está llena de músicos callejeros, porque las aceras son más anchas de lo normal, pero todavía era tan temprano que prácticamente no había nadie. Alcanzaba a oír a alguien afinando su violín algo más lejos… unas cuantas notas tímidas, que se interrumpían, unas cuantas notas más, dispersas como gotas de lluvia sobre el empedrado.

Pero yo no buscaba a un músico callejero, sino a un policía, y allí había uno, recostado contra un poste al otro lado de la calle, como a media cuadra.

Empecé a correr.

—Ven acá. ¿Cuál es el problema? —preguntó el policía, sorprendido al ver que corría hacia él.

—¡Tiene que ayudarme! —yo jadeaba. No era uno de los policías que patrullaban nuestra zona, pero tenía puesto el uniforme, y tenía una cara ancha y amable—. ¡Por favor!

—¡Por supuesto, pequeña! —dijo de inmediato—. ¿Qué sucede?

—¡Alguien trató de matarme! —moví las manos—. Fue el Hombre Color Retoño … iba vestido de verde… yo estaba en la panadería y él tenía un cuchillo…

—¿Trató de *matarte*? —las cejas se le movieron hacia arriba con rapidez—. Color Retoño, ¡qué desgracia! —me rodeó los hombros con un brazo—. Pero ahora todo está bien, pequeña. Estoy seguro de que no ha sido más que un malentendido. Acompáñame y veremos cómo solucionar todo esto.

Sentí que el nudo que tenía en el estómago se aflojaba. Eso era exactamente lo que yo quería. Que algún adulto responsable resolviera el asunto y que luego yo pudiera volver a mi vida normal y preparar rollos de canela.

—Todo va a estar bien, Mona —dijo el policía—. No te preocupes.

Volteó y, como seguía con su brazo alrededor de mis hombros, tuve que voltear yo también. Con la mano libre me cubrió la boca.

—¡Oigan! —llamó.

Más allá en la calle, unas cuadras más abajo, otro policía respondió:

—¡Vooooy!

¿Cómo había sabido mi nombre?

Me sujetaba con mucha fuerza y me retorcí un poco, pero no aflojaba el brazo. Sentí frío de repente, mucho frío, porque estaba segura de que en ningún momento le había dicho mi nombre.

Hice un esfuerzo mayor por tratar de soltarme, pero él me agarró la muñeca en una de sus manos. No dolía, y no creo que pretendiera lastimarme, pero tampoco me dejaba ir.

—Quédate quieta, pequeña —dijo, tratando de sonar serio y tranquilizador a la vez—. Tenemos órdenes de entregarte si llegabas a aparecer. Hay alguien que quiere hablar contigo, eso es todo.

—¡Suélteme! ¡No hice nada malo!

—Entonces, no tienes nada qué temer —dijo el policía—. Estate quieta, niña, que no voy a lastimarte.

—Entonces, ¡*suélteme*!

Le lancé patadas a las espinillas. Contestó reprimiendo un quejido:

—Anda, no seas…

Nunca terminó la frase y ya no supe cómo no debía ser, porque sucedieron dos cosas simultáneamente: Spindle arremetió contra el policía, por detrás de las rodillas, y el hombrecito de jengibre se lanzó de mi hombro a los ojos del agente.

El señor se derrumbó con un alarido quejumbroso, manoteando a la enfurecida galleta. Spindle rodó para no quedar bajo las piernas del hombre, y se puso en pie. Yo recuperé a mi protector de jengibre que estaba en el suelo empedrado. La caída le había hecho perder uno de sus botones de azúcar, pero por lo demás estaba sano y salvo, y me di la vuelta para huir corriendo.

Otro policía venía hacia nosotros desde más abajo en la calle. Se había acercado lo suficiente para ver que algo estaba sucediendo. Miré hacia el otro lado y Spindle me tomó por el codo y gritó:

—¡Por aquí!

Corrimos por la calle Varley y cruzamos un puente peatonal. Escasamente habíamos llegado al otro lado cuando oí pisadas que venían tras nosotros.

Miré atrás. Había *tres* policías persiguiéndonos ahora.

—¡Tenías razón! —gemí, mientras nos agachábamos para perdernos por una calle lateral, saltando por encima de cajas viejas y cajones de madera rotos. Las ratas huían a nuestro paso, chillando molestas—. ¡Tenías razón, Spindle!

—Te… lo… dije —jadeó—. Segura-mente… todos… recibieron… órdenes… anoche…

Había un policía al final de la calle por la que veníamos. Dijo:

—Vamos a ver… —pero Spindle volteó a la derecha y yo a la izquierda, y no pudo atrapar a ninguno de los dos.

Me metí por la grieta de una cerca que era demasiado angosta para un adulto (casi demasiado angosta para mí también), y Spindle venía justo tras de mí, mientras el policía gruñía y trataba de forzar la puerta.

—¡Por encima de esa tapia! —dijo Spindle—. ¡De prisa!

Amasar durante horas cada día consigue que uno tenga brazos bastante fuertes, pero a pesar de eso no era cosa fácil treparse a la tapia y pasar al otro lado. Spindle tuvo que ponerse debajo de mí para empujar mis piernas hacia arriba. Hubiera podido ser motivo de vergüenza, pero cuando uno trata de salvar su vida, deja de preocuparse por esas cosas.

La calle a la que salimos se veía despejada, pero alcanzaba a oír los gritos de "¡Aquí!" y "¡Se fueron por allá!" resonando por las calles. Estaban entre el punto donde nos encontrábamos y el Nido de Ratas. Me di cuenta de que Spindle no estaba seguro de adónde ir, y el corazón me latía con tal fuerza bajo las costillas que pensé que iba a explotar.

Cruzamos veloces una intersección, junto a la violinista, cuyo instrumento dejó escapar un chillido muy poco musical.

—¡Los veo!

—¡Allá!

Si tan sólo hubiera habido más gente en las calles, habríamos podido confundirnos en la multitud. Si hubiera estado más oscuro, habríamos podido escondernos.

Si yo no hubiera sido una terca idiota, no nos habríamos metido en este lío.

Otro puente se vislumbró en la neblina tempranera.

—¡Bajemos! —susurró Spindle, y tiró de mí hacia un lado. Había unos escalones de concreto que descendían hacia el canal. Esos escalones llevaban a los túneles por los cuales se metían los encargados de las alcantarillas para llegar a las cloacas, probablemente para sacar a las ratas y los langostinos zombis, y para revisar que no fueran a colapsar por debajo de la ciudad.

Sé que Spindle pensaba que tal vez podríamos colarnos en el alcantarillado, y así dejar atrás a los policías. Y era un buen plan. Un plan muy ingenioso, sólo que... que había una reja enorme cerrando el paso bajo el puente.

Spindle sacudió los barrotes sin resultado. El candado tenía un pasador tan grueso como mi dedo pulgar. No había manera de romperlo.

—¿Puedes forzar ese candado?

—Claro... si tengo tiempo...

—¡Aquí! —se oyó directamente por encima de nuestras cabezas.

—Están en el puente —susurré.

—Van a llegar en un instante —contestó él en susurros—. ¿Sabes nadar?

Aaaaargh.

Uno no nada en los canales. A menos que sea un pato, y ni siquiera los patos lo disfrutan mucho que digamos. Cuando llueve, las cloacas arrojan todo directamente a los canales. En pleno verano, la ciudad hiede en formas que ni siquiera los poetas son capaces de describir y, en realidad, eso ni siquiera incluye lo que las personas echan a los canales. El agua la obtenemos de los pozos, no de los canales. Y esos pozos se abren bien lejos de los canales. Uno salta a un canal si pretende suicidarse, no si quieres nadar un rato.

—No —contesté—. ¿Y tú?

—No mucho.

—¿Los han visto? —preguntó un policía en la otra punta del puente—. No han pasado por donde yo estaba.

—Entonces, ¿puedes hacer algo de magia? —preguntó Spindle, poniendo los ojos en blanco al oír todas las voces.

—¡Sólo con pan! Trabajo con pan. ¡*Únicamente* pan!

Spindle se tanteó los bolsillos y sacó la media hogaza que yo le había dado el día anterior.

—Bueno, ¿y ahora qué?

Se veía tan a la expectativa que no supe si ponerme a llorar o darle un golpe.

—¡Ahora nada! No puedo hacer nada… quiero decir, a lo mejor si pudiera obligarlos a comerse ese pan —de repente se me vino a la mente una imagen absurda de Spindle tirándoles trocitos de pan a los policías, y ellos graznando como patos mientras peleaban por las migajas flotantes. Sentí que unas risotadas histéricas me subían por la garganta y las reprimí.

Ya tendré mucho tiempo para enloquecer de miedo después de que me hayan atrapado.

Y entonces, esa ridícula imagen de los policías en el agua y los pedazos de pan flotando se me quedó en la mente y ya no sentí el ataque de risa.

Pan flotante.

Pan flotante.

—Dame ese pan —dije.

—Revisen las escaleras —gritó uno de los policías—. Bien pueden haberse escondido por ahí.

Media hogaza. Sin tajar. Bueno, no era tan difícil…

Sostuve el pan con ambas manos y le sugerí que tal vez estaba cansado de ser una sola pieza. Se resistió un instante, y luego se separó en rebanadas idénticas y parejas.

En el otoño pasado me había tomado una semana aprender a hacer que el pan se tajara solo. Al principio, me resultaron un montón de trozos desiguales, y por suerte tía Tabitha creyó en mí porque tuvimos que poner como cincuenta hogazas mutiladas en la pila de pan en oferta, y convertir otras muchas en budín de pan antes de que me saliera bien. Todavía me sucede que los extremos quedan demasiado gruesos, pero soy mucho más rápida que un cuchillo.

Me resultaron cinco rebanadas de buen tamaño, y probablemente sólo íbamos a necesitar cuatro, así que ninguno tendría que usar la tapa de corteza del pan. Y ya estaban viejas y duras, pero les pedí que se endurecieran aún más, tanto que fueran prácticamente piedras. Ese pan no se iba a deshacer en agua. Ese pan *detestaba* el agua. El agua era su enemiga.

Floten, les ordené a las tajadas. *Sin importar lo pesadas que puedan ser, floten.*

Se oyó ruido: uno de los policías que empezaba a bajar por los escalones del canal.

—Toma —le dije a Spindle, entregándole dos rebanadas—. No sé cómo vamos a pararnos sobre ellas, pero es lo mejor que tenemos.

El policía se asomó a la parte más oscura y gritó:

—¡Hey! ¡Ustedes, ahí!

—¡Vamos! —puse mis panes en el agua turbia, tomé aire y me paré sobre ellos, un pie en cada rebanada.

Por supuesto, éramos demasiado pesados. Es imposible flotar caminando sobre pan, y por eso la magia era necesaria. *No se hundan*, ordené. *Tienen que sostenernos.*

Quien haya intentado alguna vez mantenerse a flote sobre un par de tajadas de pan mágicas sabrá de lo que hablo. Si no, lo mejor que puedo decir es que no lo recomiendo. Las tajadas eran de una de nuestras hogazas grandes y redondas de pan de masa madre, así que tenían un buen tamaño, pero mis pies sobresalían un poco más allá de la corteza.

Mantenerse de pie en equilibrio era prácticamente imposible, como tratar de caminar sobre hielo en movimiento. Un pie se me iba para un lado y el otro para el otro, y por poco caigo en la porquería. Después, traté de compensar y casi me voy hacia el otro lado porque mi pie izquierdo se movió en otra dirección.

Spindle encontró cómo hacerlo más rápido que yo. Ya tenía las dos tajadas en el agua y un pie en cada una antes de que yo consiguiera recuperar el equilibrio.

El policía me miraba. Probablemente hubiera podido estirar un brazo y alcanzarme, pero estaba demasiado perplejo. Tenía la mandíbula caída de incredulidad y las cejas tan altas que se confundían con su cabello. Uno pensaría que jamás había visto a nadie montando en tajadas de pan.

El hombrecito de jengibre se llevó las manos a cada lado de la cabeza y le hizo muecas al policía, tanto como se puede cuando uno no tiene una lengua para mostrar.

En algún lugar, hay un río que corre por la ciudad, abriéndose para formar todos los canales, y tarde o temprano va a dar al mar. Eso quiere decir que hay una leve corriente. Nos arrastró, no muy rápido, mientras Spindle y yo manoteábamos y nos mecíamos y hacíamos esfuerzos por no caernos, y el policía nos miraba fijamente como si de repente nos hubieran salido alas.

Pero funcionó. Eso era lo que me decía una y otra vez mentalmente... *Funciona, funciona, Virgencita de los Ángeles Acongojados, ¡funciona!* El pan estaba suficientemente añejo y mi magia era suficientemente fuerte. Flotamos en la superficie del agua y, a pesar de que por momentos nos salpicaba, mojándonos los zapatos, el pan se mantuvo a flote.

—¡Cuidado! —la corriente estaba empujando a Spindle hacia mí. Traté de quitarme de en medio, pero el pan no se presta muy bien para maniobras de escape. En el último instante, me incliné hacia un lado y Spindle hacia el otro, y pasamos a un pelo de distancia.

El avance no se hizo más fácil, pero aprendimos a movernos mejor. Lo más recomendable era agacharse con las rodillas dobladas y juntas, para no correr el riesgo de que un pie o el otro se apartaran demasiado. Había cosas amontonadas en el agua que obligaban a dar un rodeo complicado, pero uno podía apoyarse en lo que sobresalía y afirmarse mejor, así que terminaban por ser más bien una ayuda que un estorbo. Creo que el pan también acabó por entender lo que estábamos haciendo y trató de darnos un piso más firme (no quiero decir que el pan sea pensante, no, pero la magia sí lo es).

En un momento dado, un remolino atrapó una de mis rebanadas, y no me quedó más remedio que girar con ella o caerme al agua, así que preferí lo primero. Al darme vuelta descubrí una hilera de policías claramente visible en el puente, todos mirándonos con la misma expresión de aturdimiento e impotencia. Uno de ellos se separó de la hilera y empezó a correr por la calle, tratando de mantenerse a la par de nosotros, pero la calle daba un giro y nosotros pasamos flotando entre una serie de casas que llegaban hasta la orilla del canal. El hombrecito de galleta en mi hombro agitó el brazo para despedirse de nuestro perseguidor cuando seguimos de largo, perdiéndolo de vista.

—¡Escapamos! —gritó Spindle—. ¡En verdad lo logramos! ¡En panes!

—¡Sí! —dije—. Pero más vale que encontremos dónde saltar a tierra pronto porque no sé cuánto tiempo más pueda lograr que mi magia mantenga el pan seco, y no quiero que haya tiempo de que los polis piensen en algo así como una red para atraparnos.

Spindle asintió.

—O una ballesta —agregó pesimista.

¿Ballestas? No se les ocurriría dispararnos, ¿o sí? Quiero decir... nosotros no... no habíamos hecho...

"Hay alguien que quiere hablar contigo", había dicho el policía.

¿Y si ese "alguien" fuera el inquisidor Oberón?

Y si nada… *¿Quién más podía ser?*

Había una reja delante de nosotros, donde el canal corría bajo el nivel de la calle. Los barrotes estaban lo suficientemente separados como para que dos chicos pasaran entre uno y otro, pero tuve un momento difícil cuando cada una de mis tajadas decidió ir por un lado diferente del mismo barrote, y tuve que sujetarme de él y dar la vuelta torpemente para evitar caerme.

Del otro lado de la reja, el techo era bajo y estaba recubierto de musgo afelpado. Se oía gotear agua en todas direcciones. Spindle y yo nos agachamos sobre nuestros panes y dejamos que el canal nos llevara por el túnel de aguas oscuras.

TRECE

—**P**erdóname por haberte dicho que eras una rata callejera —me disculpé, arrojando una piedra al agua estancada.

—No hay problema —dijo Spindle, y se encorvó bajo su abrigo—. No estás acostumbrada a este tipo de cosas.

Estábamos sentados en una cloaca, o al menos en un túnel que había sido excavado originalmente como cloaca. Ahora eran mucho más amplios, pues generaciones de contrabandistas que traían mercancías río arriba los habían usado para desembarcarlas y meterlas de manera ilegal a la ciudad. Nosotros también estuvimos cerca de terminar en el río, cuando nuestras tajadas de pan se deshicieron por completo. Pero habíamos llegado a una playa diminuta, si es que uno puede llamar playa a un tramo de ribera donde la arena queda por completo cubierta con trozos de cajones de madera y colillas de cigarro, y allí abandonamos nuestros panes y vadeamos hasta la playa.

Apestaba. Quiero dejarlo absolutamente claro. Hubiera podido ser mucho peor, porque el río arrastraba consigo la mayor parte, pero a pesar de todo, apestaba. El tipo de hedor de una letrina a pleno sol del mediodía combinado con la peste de agua estancada verdosa y, además, un leve toque de animal muerto y en descomposición. Luego de vadear entre esas aguas, Spindle y yo también hedíamos.

El hombrecito de galleta se tapó la nariz con la mano, haciendo despliegue de gestos exagerados.

—Deja eso —le dije en susurros—. Creo que tú ni siquiera tienes sentido del olfato.

Se abanicó exageradamente con una mano, pero ni siquiera eso sirvió para levantarme el ánimo.

Voy a pescar alguna enfermedad espantosa. Me matará antes de que el Hombre Color Retoño tenga oportunidad de hacerlo.

—En todo caso —dijo Spindle, desenrollándose las mangas hasta que los puños mugrientos le quedaron colgando, cubriéndole las manos—, tú viniste a caer en todo esto de repente, no naciste en la calle, como yo —enderezó el pulgar para apuntar a su pecho con él y se enderezó—, así que imagino que no es tu culpa que tengas cerebro de tocino.

Tras ese magnánimo discurso, no tenía ganas de discutir, pero… ¿qué yo tenía *cerebro de tocino*? *¿En serio?*

De hecho, hubiera dado lo que fuera por algo de tocino. Ni siquiera el hedor espantoso era suficiente para hacerme olvidar que tenía muchísima hambre.

Mi esperanza era ser la única con hambre allá abajo. Si quedaban langostinos zombis en algún lugar de la ciudad, debía ser justamente por ahí. Escuché atentamente, para ver si distinguía el chasquido de sus terribles tenazas, pero no oí nada parecido.

—¿Y ahora qué hacemos? —preguntó Spindle.

—No tengo idea —a decir verdad, esperaba que él hubiera pensado algo—. ¿Podríamos volver a casa de Molly, la Matarife?

Spindle lo pensó.

—Tal vez. Bueno, probablemente yo sí podría. Pero tú no debes asomarte a las calles hasta que sea de noche. Si los policías te llegan a ver, no sé si consigamos escapar de nuevo.

Mi estómago gruñó otra vez. El de Spindle respondió. Reímos.

—Tenemos que conseguir algo de comer —dije—. Si no, vamos a morirnos de hambre aquí, y no quiero darle esa satisfacción al inquisidor.

Spindle se puso en pie.

—Bueno... esto es lo que se me ocurre. Si seguimos los túneles de los contrabandistas, llegaremos adonde sea que vayan a entregar su carga, y te apuesto lo que quieras a que será una taberna.

—¿Una taberna? ¿Por qué? —me levanté, sacudiéndome lo que tenía pegado a la ropa. El hombrecito de jengibre se sujetó del lóbulo de mi oreja y luego continuó quitando trocitos de algas de mi cabello.

Spindle me miró con aires de superioridad.

—Porque contrabandean alcohol. ¿No te das cuenta de nada? Lo traen desde la costa y se lo venden a las tabernas.

—¿Cómo? ¿Y todo eso lo hacen ilegalmente? ¿En serio? —traté de imaginar a los contrabandistas vendiéndole ron a la taberna de nuestra calle. El tabernero tenía una caspa terrible, y sus hombros parecían una rosquilla azucarada, pero siempre era amable conmigo, así que yo trataba de no mirar sus hombros cuando le hablaba. Yo estaba a cargo de ir allá a hacer el pedido de la cerveza oscura que usábamos para el pan de cerveza, y una vez tía Tabitha había tenido un pedido enorme de pasteles borrachos, así que yo tuve que pedir media barrica... de ron...

Me tapé la boca con la mano. ¿Acaso el tabernero había estado quebrantando la ley todo este tiempo? ¿Tendría idea de eso tía Tabitha?

Spindle rio al verme, pero no de mala manera:

—Entonces, vamos —empezó a caminar hacia el interior del túnel, y fui tras él.

Efectivamente, los túneles nos llevaron a una taberna. Bueno, es probable que llevaran a muchos otros lugares, pero la ruta que seguimos, basándonos en unas cuantas flechas y garabatos trazados con tiza que Spindle sostenía que era "lenguaje de ladrones", fue a dar al callejón que había detrás de un establecimiento bastante sórdido cuyo nombre era "La cabra ahorcada".

—Espérame aquí —dijo Spindle, me dejó en el callejón, y se agachó para pasar por la puerta hacia la cocina de la taberna. Los olores que surgían de ella no eran prometedores pero, como el olor que yo despedía era verdaderamente apocalíptico, ¿quién era yo para criticar?

Me senté en cuclillas en el callejón y no podía dejar de mover las manos. Vi gente pasar caminando por la boca del callejón. Parecían muy normales. Nadie estaba tratando de asesinarlos. En otros tiempos yo era así. Parecía que hubiera sido hace mucho.

Un guardia de uniforme azul pasó por ahí y me arrastré más lejos hasta el montón de basura. Ni siquiera echó un vistazo al callejón. El hombrecito de jengibre me dio un par de palmaditas reconfortantes en la oreja.

Spindle reapareció, sujetando un bulto envuelto en trapos, y me agarró por el brazo:

—¡Vamos! ¡En cualquier momento ella se dará cuenta de que desaparecieron! ¡Pirémonos de aquí!

Así que nos piramos, cosa que al parecer quiere decir "correr muy deprisa".

Dos cuadras más allá nos detuvimos, subimos por una escalera metálica en otro callejón, y Spindle desempaquetó su trofeo: un par de pasteles de carne. Todavía estaban muy calientes y algo aplastados.

—Los robé de la rejilla donde los habían puesto a enfriar —explicó orgulloso, pasándose su pastel de una mano a la otra—. Toma, con cuidado. ¡Te vas a escaldar!

—Grmmmffff —contesté. El relleno seguía hirviendo, y me quemó el paladar, y la masa de la corteza era muy inferior a la que yo hubiera podido hacer. La cocinera había dejado la mantequilla demasiado tibia cuando la preparó. La carne seguramente era de caballo.

Era una *exquisitez*.

—Gracias —le dije a Spindle, que estaba comiéndose su pastel más lentamente que yo—. Acabas de salvarme la vida. Estaba a punto de morir de hambre aquí mismo.

Puso los ojos en blanco.

—Entonces… —dije, cuando él terminó de lamer las migas de sus dedos—, ¿adónde vamos ahora? ¿De regreso con Molly, la Matarife?

—No se me ocurre nada mejor —confesó el—. Pero primero vamos a conseguir algo qué ponernos del cajón de ropa para los pobres en la calle Hanover.

No me gustaba mucho la idea de robar la ropa para los pobres, pero las situaciones desesperadas exigen medidas desesperadas.

—¿Necesitamos disfrazarnos?

—Nada de disfraz —contestó Spindle, bajando la escalera. Se detuvo al final y miró hacia arriba, arrugando la nariz—: necesitamos ropa limpia y una cisterna para darnos un baño. *Apestamos*.

CATORCE

Cinco días después, me encontraba en el campanario de una iglesia, armando un circo con masa de pan.

Había resultado difícil encontrar a Molly, la Matarife. Cuando Spindle finalmente logró dar con su pista, yo ya había pasado la mitad de varias noches ocultándome en callejones y debajo de puentes, muriendo de frío en mi ropa prestada, dos tallas más grandes de lo necesario.

Molly no se disculpó por habernos abandonado por tanto tiempo, ni nos gritó por habernos ido de su madriguera. No estoy del todo segura si se daba cuenta de que ella era una persona adulta y nosotros apenas unos niños, o si lo sabía y no le importaba en lo más mínimo. A lo mejor ese tipo de cosas ya no eran para tenerse en cuenta. ¿Sería que cuando hay adultos intentando matarte, eso te convierte en una especie de adulto honorario? Si así fuera, yo hubiera preferido sencillamente crecer y que me viniera la regla y hacerme adulta como cualquier persona normal.

—Tengo una teoría —dijo Molly, cuando terminamos de explicarle cómo habíamos logrado escapar por poco—: he estado hablando con algunas personas que han visto a este

Hombre Color Retoño en acción, al igual que tú, niña. Creo que también es mago, pero su talento tiene más que ver con el aire y los olores. A lo mejor no es tan bueno para matar personas, pero sí es útil para detectar a otros magos. Y tiene el cuchillo para la parte de matar.

Reviví ese olor raro y denso a mi alrededor, y la manera en que mi cerebro se aturdió por su causa.

—¿Y por qué querría matarnos? —pregunté, arrebujándome en mi abrigo demasiado grande.

—A lo mejor está loco —dijo ella encogiéndose de hombros ("Tú sí que lo sabrías", agregó Spindle, no exactamente para sus adentros)—. Más bien, alguien le paga por hacerlo. Habló de ese fulano, el inquisidor, dijiste, así que supongo que no hace falta averiguar mucho más.

—¿Y por qué querría el inquisidor matar a los magos?

Molly, la Matarife, negó con la cabeza. Un instante después, Nag hizo lo mismo, y dio un golpe en el suelo con su pezuña huesuda.

—La respuesta a esa pregunta no se encuentra en las calles, niña. Pregunté en el Nido de Ratas y en el Mercado de los Duendes, y saben de la existencia del Hombre Color Retoño y alguien incluso lo vio, y llegó a olerlo, pero no hay manera de saber qué se trae.

—¿Y qué hay de la Nudillos? —preguntó Spindle—. La Nudillos conoce todo tipo de cosas de los de arriba. Según dice siempre, antes fue la doncella de una gran señora.

—La Nudillos piensa irse de la ciudad en el primer caballo que pueda robarse —dijo Molly—. El papá de su hijo es mago, y aunque eso es algo que normalmente no se hereda, ella se va. Y aquí nuestra Mona es la única que ha tenido enredos con el inquisidor —torció la boca—. La política, eso es lo que está detrás de todo.

Spindle escupió en el suelo.

—¿Y ahora qué hacemos? —pregunté con ánimo sombrío. No veía cómo sería posible derrotar a la política a punta de pan.

—Están hablando de traer olfateadores para poderte buscar. No creo que lo hagan, pero si lo hacen, eso quiere decir que quien quiera que busque matarte tiene un montón de dinero.

—Además, implica mucho trabajo —dijo Spindle—. Hay que mantenerlos húmedos todo el tiempo.

—Los olfateadores son como sabuesos —dijo Molly un poco más alegre—. Te rastrean por grandes distancias, pero hay maneras de engañarlos. Y no pueden conseguirlos en ningún lugar más cercano que Ciudad Delta, y eso te da un par de días. Sujétate a la cola de Nag.

Así que una vez más seguimos a Molly, y ella nos llevó a una pequeña iglesia a unas cuantas cuadras de Nuestra Señora de los Ángeles Acongojados, pero que no estaba tan bien equipada. Me quedé un poco atrás, nerviosa (acababa de robar ropa del cajón de donaciones de una iglesia, y no estaba muy segura de si podía esperar algo más del cielo), pero ella hizo entrar a Nag por el cementerio y nos acercó a una pequeña puerta en la pared.

—El señor cura está más sordo que una tapia —explicó—, y el hermano lego es una buena persona. No les van a dar problemas y sí les ofrecerán dos comidas completas al día, gracias a mis peticiones —frunció el ceño—. No sé si el aroma del suelo consagrado servirá para ocultar la magia. Tal vez no. Quizá sea sólo una superstición, como hacer que los magos sostengan un objeto de hierro en los juicios. Pero seguro que no hace daño. Si el Hombre Color Retoño viene por ti, niña, huye corriendo. Aquí sólo hay sacerdotes, no combatientes, y fuera de morir en el intento, no hay mucho más que puedan hacer por ti.

Tragué saliva.

—Mantendré el oído alerta. Si llego a enterarme de algo, los buscaré —hizo que Nag diera la vuelta y salió haciendo resonar los cascos en el patio sin decir adiós.

Spindle me miró, y yo lo miré a él, y luego nos metimos a la iglesia porque no sabíamos qué más hacer.

Bueno, supuse que podía irme de la ciudad... pedirle a Spindle que me llevara a las puertas y allí empezar a caminar... pero ¿qué haría cuando estuviera allí? ¿Qué iba a comer? Ni siquiera yo soy capaz de hacer pan sólo con piedras y polvo del camino. No a menos que consiga otros cuantos ingredientes adicionales.

¿Y qué pasaría con tía Tabitha? Habían dicho que los olfateadores eran capaces de encontrar incluso los lugares a los cuales uno había pensado en ir, y eso quería decir que iban a llegar a la panadería. ¿Y si el inquisidor Oberón decidiera acusarla de algo?

La iglesia era pequeña y estaba en muy malas condiciones. Las bancas se veían muy desgastadas, y el mantel del altar había sido acribillado por las polillas hasta que parecía más agujeros que tela. El hermano lego era tal como lo había descrito Molly. Alto, de facciones toscas y no hacía preguntas. Me llevó hasta una escalera y señaló hacia arriba.

—El campanario —dijo asintiendo para sí—. Las campanas las vendimos hace mucho, comprenderán. El campanario no podemos venderlo. Allá arriba no hay nada que pueda hacerles daño. Si yo fuera ustedes, no iría a la habitación más alta, donde antes estaban las campanas. Hay murciélagos.

Luego de este inspirador discurso asintió de nuevo y se fue. Spindle y yo subimos por la escalera y nos encontramos con que la habitación era tan pequeña que daba claustrofobia, no muy cálida, y los bordes del boquete de entrada estaban salpicados de caca de murciélago.

—Acogedor —dijo Spindle.

Miré a través de las ranuras de la única ventana. Alcancé a ver una cantidad de tejados y, más allá, la Iglesia de los Ángeles Acongojados.

—La vista es bonita —el hombrecito de galleta saltó de mi hombro y se quedó en la ventana, mirando.

Y al menos estaba bien resguardada ahí: el Hombre Color Retoño tenía sólo una forma de entrar y si yo pateaba la escalera para que cayera, ni siquiera eso.

Claro que eso también quería decir que me quedaba una única vía de escape.

—Tú eres la que está atrapada aquí arriba, no yo —dijo Spindle. Se embutió las manos en los bolsillos—. ¿Hay algo que pueda hacer por ti?

—Cuéntale a mi tía donde estoy —contesté—. Si puedes conseguirme papel y llevarle una carta…

Spindle estaba meneando la cabeza.

—Molly, la Matarife, ya me dijo que no lo hiciera. Hay guardias por toda la ciudad y puede ser que algunos de ellos me vieran el otro día, cuando logramos escapar de sus garras —frunció el ceño—. Y puedes estar segura de que ese Hombre Color Retoño anda olfateando todo en los alrededores, y si es capaz de detectar tu olor en mí, a lo mejor podría rastrearte hasta acá.

Fue como si me derrumbara. Esto era peor de lo que había imaginado. Tía Tabitha tenía que estar muriéndose de la preocupación.

—¡Anda, no es tan terrible! —me animó Spindle—. Es sólo mientras dejan de buscarte. Lo que sí voy a hacer es traerte algo de comida durante el día. En lugares como éstos, no hay más que potaje, potaje y más potaje.

Y sucedió que no estaba muy equivocado. El menú era una papilla arenosa de avena para el desayuno, y media cebolla y un trozo de pan para la cena. La cebolla era tolerable, aunque me producía efectos horribles en el aliento. El pan era una afrenta al arte de la panadería. Requería más energía masticarlo y tragarlo de la que yo obtendría al comerlo. Luego del segundo día, dejé de hacer el intento, y empecé a moldearlo para hacer personitas y animales diminutos, que trataba de poner en movimiento.

Aunque parezca increíble, nunca había dedicado mucho tiempo a explorar mi magia. Siempre estuve más interesada en aprender a hacer pan. Hacer pan es mucho más satisfactorio. Hay libros para indicarle a uno lo que debe hacer, y luego al final uno acaba con galletas de chispas de chocolate como prueba de su trabajo. No hay libros para enseñarle a uno cómo hacer magia o, si los hay, no están a disposición de personas como yo.

Así que, cuando hago magia, es más bien un asunto instintivo. Cuando el pan se está quemando, no es que me pare un momento y piense: "¡Tengo que hacer magia para que el pan no se queme!", sino que lo hago como un reflejo, como cuando alguien le da un golpe a un vaso de agua con el codo y lo atrapa antes de que se vuelque. No es que uno piense "Voy a rescatar ese vaso". Yo no hubiera sabido que era capaz de animar los hombrecitos de galleta si no lo hubiera hecho ya una vez cuando era muy niña, cuando uno aún no sabe que hay cosas imposibles.

La magia que intento hacer deliberadamente no funciona así de bien, a menos que esté agobiada por el pánico, como cuando logré que el pan flotara para escaparnos, o cuando di vida a Bob, el prefermento. Hay algo en el implacable terror que hace que la magia funcione.

Desgraciadamente, estar encerrada en un campanario no es la misma cosa. Estaba aterrada, claro, pero era un tipo de miedo más bien aburrido. Uno no puede permanecer demasiado tiempo en ese estado de pánico que hace latir el corazón como si fuera a estallar. El cuerpo no puede soportarlo. Así que entonces me sentaba a mirar por la ventana y pensaba en lo que sería andar por la ciudad. Y luego empezaba a pensar en tía Tabitha y en lo preocupada que debía estar, y luego me acordaba otra vez de todo lo que estaba pasando y me hacía sentir furiosa y asustada y cansada. Dormía mucho. Dormir era una manera de pasar el tiempo que no exigía que yo estuviera despierta y consciente.

Spindle me trajo una baraja de naipes. Eso fue divertido por un tiempo, pero cometí el error de enseñarle las reglas del solitario al hombrecito de galleta. Luego de eso, cada vez que yo trataba de hacer trampa y pasar una vez más por la pila de naipes que había descartado, me pateaba la muñeca y se sentaba sobre el montoncito.

Le enseñé a jugar rummy, a pesar de que las cartas tenían la mitad de su tamaño. Me ganó once veces seguidas y después se rehusó a jugar conmigo. Creo que lo aburría.

Probablemente era mejor que no tuviéramos un tablero de damas.

Había una cosa buena. Allí encerrada durante días y días con un montón creciente de pan incomible, por fin tuve tiempo de practicar mi magia.

Empecé amasando la miga del pan en bolas para moldear figuritas con ellas, y luego hacerlas caminar por ahí. Funcionaba más o menos. No respondían tan bien como los hombrecitos de galleta. Parecía que las partes de diferentes panes no querían amalgamarse.

—¿Será que debo preparar algo de forma humana para luego meterlo al horno y entonces sí pensará que es humano? —le pregunté al hombrecito de galleta.

Le lanzó una mirada de desaprobación a mi remedo de criatura moldeada de pan y se encogió de hombros. Estaba construyendo un castillo de naipes, un proyecto descomunal para alguien de su tamaño.

Mis criaturas de pan tampoco eran muy inteligentes. Cuando hice un par y les dije que marcharan alrededor del cuarto, se detuvieron en cuanto se toparon con una pared. Suspiré y las desbaraté otra vez.

Cuando Spindle regresó esa noche, yo tenía algo para pedirle:

—Oye, Spindle...

—¿Mfffgg? —tenía la boca llena. Se le había vuelto costumbre hacer una de las comidas conmigo, y yo me sentía tan agradecida por la compañía que rayaba en lo patético. Sabía que no era su obligación seguirme trayendo cosas de comer y, si él decidía abandonarme, era poco probable que yo pudiera encontrarlo de nuevo. Pero también era cierto que correría menos riesgos si me abandonaba, pues no era mago menor y al Hombre Color Retoño tal vez ni le importaba que existiera.

—¿Podrías conseguirme un poco de masa? Quiero decir, pan que todavía no ha pasado por el horno.

Se limpió la boca.

—Será más difícil que conseguirte el pan ya listo, pero sí, supongo que sí puedo.

Una sensación de duda se apoderó de mí.

—¡Pero no lo hagas si es demasiado difícil! No quiero que te vayan a atrapar.

Me miró con desaprobación:

—Pero niña, si tienes ante ti al ladrón que se las arregló para arrancarle los calcetines de los pies al jefe del gremio de joyeros. ¡Pfffff! ¡Qué va a ser difícil!

Y cumplió con lo dicho. A la mañana siguiente oí ruido en la escalera, y se apareció con un saco que contenía todo un tazón para mezclar masa (tazón incluido) y unas cuantas cebollas magulladas.

Examiné la masa. Estaba llena de trocitos de cáscara de cebolla y algo de tierra.

—¿Qué? No te la ibas a comer, ¿cierto? —exclamó Spindle.

—Imagino que no. ¿Y las cebollas?

—Se supone que yo las estaba vendiendo —contó orgulloso—. Me metí con una canasta a la cocina de la posada del Caballo Blanco y se las ofrecí a la cocinera. Mientras ella le gritaba alguna orden a alguien, yo me apuré a meter el tazón en la canasta y encima puse las cebollas.

—Muy impresionante. Esto funcionará perfectamente, Spindle. Gracias.

Lo abracé. Se retorció para zafarse y me miró con reproche, pero las orejas se le pusieron coloradas, y estoy segura de que eso quería decir que le daba gusto.

QUINCE

Los experimentos de magia salían mucho mejor con masa que con pan. La masa era... pues... más inteligente, supongo. Más sugestionable. El pan que ya había sido horneado tenía una idea clara de que era una hogaza, que siempre había sido una hogaza, y que siempre sería una hogaza. La masa se prestaba para convertirse en personitas, animales o cualquier otra cosa que yo quisiera.

Eran plastas en forma de personas y animales, así que no podía lograr que fueran muy grandes, y eran terriblemente pegajosas... necesitaba más harina, pero no quería seguirle pidiendo cosas a Spindle, que ya era suficientemente amable. Y si uno les decía a las figuritas que caminaran alrededor del cuarto, lo hacían. Cuando se topaban con una pared, se daban la vuelta y caminaban en otra dirección. Si yo me quedaba dormida, al despertar me encontraba con que no estaban en las mismas posiciones en que las había dejado.

Una embistió el castillo de naipes del hombrecito de jengibre, y la consecuencia fue que terminó siendo arrojada por la ventana. Mi hombrecito de galleta tiene su carácter.

Yo sentía la masa, un poco, dentro de mi cabeza. Las figuras eran tan pequeñas que tenía que prestar mucha atención, pero tampoco es que tuviera mucho más qué hacer. Era como una especie de estira-y-afloja mental. No era gran cosa, pero me cansaba luego de un rato, así que tenía buen cuidado de quitarles toda la magia antes de irme a dormir.

Si me concentraba, podía sentir algo similar hacia el hombrecito de jengibre, ahora me daba cuenta. Llevaba tanto tiempo con él que ya había dejado de notarlo. Si uno usa un par de botas muy pesadas en el invierno, deja de notar el peso después de unos cuantos días, y entonces, cuando se descalza, siente los pies absurdamente ligeros.

Una tarde estaba yo mirando por la ventana cuando un par de palomas se posaron en una canaleta, en una saliente de un tejado allá abajo. Una empujó a la otra y la hizo caer; ésta aleteó frenética, cayó un trecho y después voló trabajosamente hasta llegar de nuevo al tejado.

Mmmm...

Bajé la vista hacia la masa que tenía en la mano. Había moldeado perritos y caballitos de masa. ¿Sería capaz de hacer un pájaro?

Empecé a entusiasmarme con la idea. Si conseguía formar un pájaro de masa, ¿podría mandarle un mensaje a tía Tabitha? Era una distancia demasiado grande para que la recorriera mi hombrecito de galleta, ¡pero un pájaro podía volar! Y el pan es ligero, ¿verdad?

Di pellizcos rápidos a la bola de masa para formar las alas.

El resultado final fue... una plasta. Sin duda alguna habría sido mejor hornear el pequeño pájaro, pero tal vez con suficiente magia eso sería irrelevante. Sostuve el regordete pajarito en ambas manos y dije mentalmente: *Vuela.*

Cobró vida, como los demás, moviendo las alitas, que se estiraban y caían doblegadas por el peso de la masa. ¡No funcionaría si seguía siendo tan pesado! ¿Sería yo capaz de convencer a la masa de que era muy ligera?

Eres muy ligero, le dije. *Eres tan ligero y esponjoso como el interior de un* croissant. *No pesas prácticamente nada.*

El pajarito de masa aleteó con esfuerzo. ¿Se sentiría más ligero? Yo no podía saberlo. ¿Se necesitaría más magia?

Traté de inyectar más magia a través de ese extraño vínculo en mi cabeza.

¡Flota en el aire!, pensé, frenética. *No pesas nada. Pesas menos que el aire.*

No es que inyectarle magia fuera como agregarle un líquido a la masa, como leche en un tazón para mezclar. Era más bien como incorporar la magia amasando, como quien mezcla más harina en una masa muy dura. El pájaro ya no aceptaba más magia. No le cabía más.

Me estaba empezando a dar dolor de cabeza.

Flota. Flota. Puedes volar.

La masa se puso tensa y muy despacio empezó a elevarse en el aire.

—Vamos… —dije en voz alta. La vista me pulsaba al ritmo de los latidos de mi corazón—. Vamos… tú puedes…

Lenta, pesadamente, con huecos que se le iban formando en las alas, el pájaro de masa voló.

—¡Lo logré! —grité, sin que me importara si el hermano lego me oía o no—. ¡Lo logré, lo… ¿eh?

El pájaro había empezado a vibrar. Se esponjó hasta duplicar su tamaño original. ¡Lo triplicó! Dio vueltas en lo alto. Trocitos de masa se caían de las alas y aterrizaban en el piso empedrado. Mi hombrecito de jengibre se lanzó hacia mí desde el marco de la ventana y se aferró a la pernera de mis pantalones, tirando de mí para que me agachara.

Busqué la conexión mágica en mi cabeza. Se sentía... efervescente... y caliente. No es una sensación agradable dentro de la cabeza.

El pájaro soltó un silbido como de escape de vapor y explotó.

Llovió masa en el cuarto. Me cayó un pedazo en la cara. Estaba caliente, casi quemaba. El hombrecito de galleta se refugió detrás de mi pantorrilla.

Después de un par de minutos, y de que yo me hubiera quitado la masa que me había caído por un lado de la nariz, revisé los destrozos. El pájaro ya no existía. Las paredes de piedra lucían como si les hubiera caído una ventisca de nieve grumosa. Algo dentro de mi cabeza se sentía magullado. Me senté y tomé mi cabeza entre las manos, pero de poco sirvió.

—Que nos quede muy claro ahora —le dije al hombrecito de jengibre—: el pan no se hizo para volar.

No quedó mucha masa utilizable. Los pedacitos del pájaro que logré desprender de los rincones de la habitación se habían esponjado extrañamente, como si hubiera dejado la masa con mucha levadura levando durante una semana por un olvido. Cuando traté de ponerle magia, no la recibió, como si se le resbalara por estar aceitada. Volví a intentar hacer algo con las cortezas de pan.

Con la práctica se fue haciendo más fácil. Descubrí que si usaba corteza de la misma hogaza, funcionaba mejor. Dos hogazas que no hubieran ido al horno juntas no se decidían a cooperar. (Tampoco había manera de trabajar con la masa sobrante y el pan que ya tenía, pues se repelían por completo. Las piernas hechas de masa se iban caminando sin el tronco de pan horneado. Una pequeña figura llegó a arrancarse el brazo de pan y lo arrojó contra la pared. La masa cruda y la horneada no son amigas.)

No intenté hacer otro pájaro. Intuía que chocaría con los límites de lo que ni siquiera el pan encantado es capaz de hacer. Pero formé animales y personas diminutas, y les di una tarea repetitiva para hacer. Eso funcionó bien.

El hombrecito de jengibre no se dejaba impresionar. Y yo no lo podía culpar. Si hubiera logrado hornear mis creaciones, habría podido hacer mucho más con ellas.

Spindle, al traerme mi única comida digerible del día, se quedó de una pieza al terminar de subir la escalera.

—¡Caramba! ¿Qué es eso?

—Un circo —contesté. El elefante de pan meció su trompa—. Me aburro.

—Jamás he visto un circo de verdad —dijo él, arrodillándose—. ¿Se ven así?

—Bueno, suelen ser más grandes —respondí sonriendo burlona. Manoteó para no hacer caso de mi respuesta—, y mucho más coloridos. Además, no pude hacer el trapecio, pero son más o menos así —me había traído otro pastel de carne, esta vez no tan caliente como para que me quemara, y un buen trozo de queso. Devoré ambas cosas mientras él contemplaba el circo de pan que hacía su espectáculo: el elefante posaba, la chica de pan cabalgaba en su caballo de pan (ambos algo deformes, porque no era muy buena para hacer caballos), el león sacudía su melena migajosa.

—Te debe haber llevado varias horas —comentó impresionado.

Resoplé.

—Tiempo es lo que tengo. Estar aquí arriba es aburrido. Y el hombrecito de galleta se enoja si trato de hacer trampa jugando solitario.

—Mmmm... Te traje algo —buscó dentro de su abrigo y sacó una hoja de papel mugrienta.

—¿Mmmm? —la recibí y la desplegué, alisando los dobleces—. ¿Qué es...?

Me callé.

Miré la hoja de papel.

Mi propia cara me miraba desde ahí.

DIECISÉIS

—Lo encontré en un poste —dijo Spindle. Metió las manos en los bolsillos y clavó la vista en el circo de figuritas de pan.

Era una hoja de papel ordinaria y muy delgada, como las que se usan para imprimir los carteles. Alguien había hecho un grabado en madera con mi cara, no muy bueno, pero lo suficientemente parecido a mí como para que fuera reconocible.

—¿Qué dice? —quiso saber Spindle. Levanté la vista para mirarlo, sorprendida, y él se sonrojó—. Es que no sé leer. Quiero decir, sé que dice "SE BUSCA", pero el resto no lo entiendo.

—"Se busca para ser interrogada" —dije aturdida—, por asesinato y presunta traición… ¿*Traición?* ¡Pero si soy una *panadera*!

—Una cosa no quita la otra —dijo Spindle con sensatez. Hice una pelota con el cartel hasta que quedó metido en mi puño. Sentí ganas de llorar. ¿Y si tía Tabitha lo había visto?

—¿Cuántos de estos carteles hay por ahí? —pregunté.

—Un montón —contestó él, raspando el piso con un pie—. Parece que hubieras hecho enojar bastante a alguien.

Me senté. Me dolía el estómago de una manera que no tenía nada que ver con las muchas cebollas que había estado comiendo.

Si había una buena cantidad de carteles de "Se busca", entonces todo el mundo debía haberlos visto. Toda la gente que iba a la panadería ahora pensaría que yo era una traidora y una asesina. Algunos tal vez no lo creerían, pero otros sí. *La señorita McGrammar probablemente sí. Rayos, probablemente estará encantada de saber que tenía razón.*

¿Acaso no había dicho algo sobre los carteles la última vez que me asomé al frente de la panadería? *"Todos ustedes"*, fue lo que dijo.

—Hubiese puesto *insectos* en sus panecillos —murmuré, mirando fijamente el cartel.

Tía Tabitha debía haber visto los carteles también. Seguro que los habían puesto por todo nuestro vecindario, y eso quería decir que tenía que verlos todos los días.

Algo debí decir en voz alta, porque Spindle levantó la mano y me dio una palmadita un poco torpe en el hombro.

—No es tan terrible como crees —dijo—. Hay guardias en la calle, pero no le han hecho nada malo a los tuyos.

—¿Cómo que no puede ser tan terrible? —grité, apretando el cartel hecho una bola entre mis manos—. ¡Soy una criminal perseguida por la justicia!

—Sí, pero al menos ella sabe que si tienen los carteles por ahí, es porque no te han atrapado —dijo Spindle—. Además, eso quiere decir que estás viva. No iban a ponerlos si te hubieran matado.

El nudo que tenía en el estómago se aflojó un poquito.

—Sí —asentí—. Tienes razón —no los habrían puesto si el Hombre Color Retoño me hubiera matado, o me tuvieran presa en un calabozo en alguna parte. Si ése fuera el caso, querrían que yo dejara de existir.

Me pregunté por qué tendrían tanta prisa por atraparme. ¿Qué pensaría Oberón que sabía yo?

¿Y qué era lo que yo *sabía*?

Rebusqué en mi mente. No sabía nada. Si acaso, sabía mucho menos que otros magos menores de la ciudad. Todos habían sido lo suficientemente listos como para irse de la ciudad. No, seguro que no había nada que yo supiera que Oberón necesitara mantener en secreto.

Entonces, si yo no *sabía* nada, ¿qué era lo que había hecho?

Mi reacción automática fue gritar que yo no había hecho nada, pero eso no era del todo cierto. Yo había contrariado a Oberón por ser inocente. ¿Acaso eso era suficiente?

¡Diablos! Él debía saber que yo era inocente. Si estaba trabajando en equipo con el Hombre Color Retoño, sabía perfectamente que yo no había matado a Tibbie. Entonces, ¿era tan malvado para que el hecho de que una insignificante aprendiz de panadera que no se dejaba inculpar de asesinato justificara remover cielo y tierra buscándola?

El Hombre Color Retoño había dicho algo en relación con una lista, y que yo me había movido hasta los primeros puestos. A lo mejor Oberón *sí* era así de malvado. O… ¿qué tal si Bob había matado al Hombre Color Retoño? ¡Oberón querría capturarme por *eso*!

—Había más avisos —dijo Spindle, sacando más papeles de su abrigo. Tenían una curva donde se habían amoldado contra su cuerpo—. No sabía bien si alguno de ellos tendría que ver contigo, así que los traje.

Alisé las hojas contra el piso y empecé a leer.

—Éste dice que habrá toque de queda —dije—. No puede haber nadie en las calles entre la medianoche y las cinco de la mañana, a menos que tengan ocupaciones necesarias qué atender —fruncí las cejas. Incluso si yo no hubiera sido una criminal, un toque de queda me habría molestado. Tenía que recorrer el camino entre mi cuarto y la panadería todas las madrugadas, casi siempre antes de las cinco. ¿Acaso los policías estarían de acuerdo en que hacer pan era una ocupación necesaria que yo debía atender?

—Oí los rumores sobre eso —dijo Spindle—. Hay pregoneros por toda la ciudad, y la gente no está nada contenta con eso.

—¡Claro que no! —había un montón de oficios que se hacían entre la medianoche y las cinco de la madrugada. Los limpiadores de letrinas hacían su trabajo, y los faroleros. Seguramente ésas sí se consideraban ocupaciones necesarias, pero ¿y las personas que se iban a dormir tarde en la noche? La viuda Holloway, una de mis clientas preferidas en la panadería, no podía dormir toda la noche de un tirón desde la muerte de su esposo, hacía once años. Por lo general, salía a caminar en la oscuridad cuando despertaba. De vez en cuando me la encontraba cuando yo iba camino a la panadería. "No importa que yo no pueda dormir, Mona", solía decirme con su vocecita de flauta. "Cuando llegas a mi edad, no te dan ganas de perder el tiempo durmiendo". A lo mejor eso era cierto, pero… ¿qué iba a hacer si los policías le decían que no podía salir a caminar a esa hora?

Mi mirada se deslizó hacia la parte inferior del cartel. Al final, en letras más chicas, decía "Por orden del inquisidor Oberón".

—Pusiste una cara chistosa —dijo Spindle.

—Ja ja —solté una carcajada hueca, empujando el cartel fuera de mi vista.

—¿Y éste? —preguntó Spindle, señalando otro cartel—. Es de hace un par de días, pero la gente actuaba raro al leerlo.

—¿Raro? ¿Como qué? —levanté el cartel. Tenía un grabado de un casco de soldado en la parte de arriba.

Spindle se rascó detrás de una oreja, pensando.

—A ver, algunos se enfurecieron bastante, y otros parecían casi contentos, pero de la manera en que se alegran los locos. Y el Babosa dijo que él siempre lo había sabido, y Benji, el Tuerto, contestó que el Babosa era un idiota, y que nadie podía creer que eso fuera cierto, y el Babosa dijo que si no era verdad, entonces, ¿por qué lo decía ese papel? —hizo una mueca—. Lo más estúpido de todo el asunto es que ninguno de los dos sabe leer, así que no tenían idea de lo que estaban hablando, no en realidad.

A pesar de la fascinante historia del Babosa y el Tuerto Benji, volqué mi atención en el cartel.

¡SÉ UN PATRIOTA!
Nuestros valientes soldados han acudido
a enfrentar al enemigo,
¡pero hay una batalla que debemos librar aquí!
¡PUEDE HABER ESPÍAS EN CUALQUIER PARTE!

¿CONOCES A TUS VECINOS?
¿Podría haber un ESPÍA o un MAGO TRAIDOR entre ellos?
¡Reportemos de inmediato cualquier actividad
sospechosa a la policía!

Se ofrece RECOMPENSA

por la información que lleve a apresar espías, magos traidores y a todo el que esté brindando apoyo al enemigo.

—¡Por todos los cielos!

—¿Qué? ¿Qué dice?

Le leí el cartel a Spindle, que me escuchó boquiabierto.

—Es como soltar al gato entre las palomas —dijo, una vez que terminé—. Todo el mundo va a decir que alguien entre sus vecinos está apoyando al enemigo. ¿Y quién crees que sea el enemigo?

—Pues el ejército fue a combatirlo —dije—. Mercenarios carex, creo.

—¿Son esa gente extraña del norte que siempre está tratando de apropiarse de las ciudades? —resopló Spindle—. ¿Cómo va uno a apoyarlos?

—Creo que son ésos —no lo sabía con certeza. No es que tuviera mucha oportunidad de estar al día con los rumores ahora que estaba metida en el campanario.

—¿Y qué es lo que quieren?

—Su propia ciudad, hasta donde sé —me rasqué la nuca—. Viven alrededor de los límites de las ciudades, y atacan cuando encuentran una que parece contar con defensas débiles. Un poco como los lobos que acechan a las ovejas, ¿sabes?

—Jamás he visto un lobo —dijo Spindle muy pragmático—. Y nuestra ciudad es mucho mejor que cualquier oveja apestosa.

Las metáforas no eran su fuerte.

—¿Y para qué necesitarían espías? Si lo que hacen es atacar una ciudad… ¿no? Para eso no hacen falta espías.

Apoyé la barbilla sobre una mano y observé al elefante de corteza de pan que hacía su rutina. Caminaba en un círculo, meneaba la trompa, se paraba en las patas de atrás, y volvía a caminar en un círculo. El pan todavía no mostraba mayor iniciativa.

Sé que yo apenas tenía catorce años, y que no sabía mayor cosa de política, pero la pregunta de Spindle parecía válida. ¿Espías de los carex? ¿Dentro de la ciudad? ¿Para qué? Los carex eran bastante directos. Saqueaban las granjas, de manera que uno se quedaba sin alimentos, y después trataban de tomar la ciudad. Si lo conseguían, todos morían y los carex se quedaban en el lugar un tiempo, se comían toda la comida disponible y robaban todo el dinero. Y luego, se iban a buscar otra ciudad (han logrado hacer eso en un par de ciudades pequeñas a lo largo de los años, pero nunca en una ciudad de verdad, con ejército. Pero lo siguen intentando).

Es terrible pero no es complicado. No parece que eso requiera espías.

Además, los carex *odian* a los magos, así que no sería lógico que buscaran magos para que espiaran a su favor. Toda la idea de que haya magos traidores apoyando a los carex es descabellada, pero ahí estaba el cartel con el nombre del inquisidor.

—Me pregunto si Lord Ethan sabe de esto —en la guerra anterior, cuando el General Dorado se labró su reputación, no recordaba que hubiera habido carteles y avisos como éstos. Claro, yo era pequeña, pero seguramente recordaría algo así. Además, maldita sea, Entrerríos siempre había sido una ciudad acogedora para los magos menores. Todo esto era un disparate.

—Entonces, por eso estaba tan contento el Babosa —comentó Spindle pensativo—. Siempre ha odiado a los magos menores. Nunca quiso que Tibbie participara en uno de sus trabajos, ni Willy, el Pulgares. Ahora está muy feliz porque ya se fueron.

—¿Ya se fueron? —pregunté distraída.

—No he visto ni la sombra de ninguno de ellos en muchos días —contestó—. Sólo a ti y a Molly, la Matarife. Y el Babosa dijo que había visto que al Grandote Mitch se lo llevaban a rastras los guardias y que había un aviso clavado en su puerta —frunció las cejas—. Claro que el Grandote Mitch no es muy mago menor que digamos, sino más bien un gran borracho, así que puede ser que se lo hayan llevado por andar armando alboroto en una de sus borracheras.

Suspiré. Los carteles me estaban haciendo enojar, y por debajo del enojo había mucho miedo.

El hombrecito de jengibre se bajó de la ventana, donde montaba guardia, y se paró en el borde de uno de los carteles. Me pregunté si podría leer. Tal vez no. Leer es algo complicado. Pero también es complicado caminar y hacer pruebas de circo y otras cosas, así que… a lo mejor podía lograr a punta de magia que uno de ellos pudiera leer.

—Hay uno más —dijo Spindle—. Éste lo pusieron hoy.

El cartel era evidentemente nuevo. El papel estaba todavía liso y los bordes de las letras no se habían emborronado. —Lo arranqué no más de cinco minutos después de que lo habían clavado —agregó orgulloso—. Venía para acá en ese momento.

LOS MAGOS TRAIDORES ESTÁN EN TODAS PARTES
¡PREVENIR la INFILTRACIÓN de ELEMENTOS
MÁGICOS HOSTILES es CRUCIAL para la SEGURIDAD
de NUESTRA CIUDAD!

Todos los ciudadanos leales con talentos mágicos deberán registrarse ante la Junta de Lealtad en un lapso de diez días
POR SU PROPIA SEGURIDAD.

Pensé con ánimo triste que el autor del cartel evidentemente nunca había conocido una letra mayúscula que no le gustara. Me sorprendía que no hubiera impreso MAGOS TRAIDORES en tinta roja. Tal vez eso habría aumentado los costos. Miré la parte de abajo de la página y, por supuesto, en letra más pequeña, decía "Por ORDEN del inquisidor Oberón".

—Esto va a enojar mucho a la gente —dije, una vez que terminé de leérselo a Spindle.

—Mmmm —contestó.

Levanté la vista.

—Mmmm, ¿qué?

Se frotó la nuca y esquivó mi mirada.

Aguardé un poco.

—Podría ser que no —dijo apresurado—. Hay muchas personas que se sienten incómodas con los talentos de los magos menores, incluso los más insignificantes. Mi hermana, por ejemplo... mucha gente no la quería por eso. Ni siquiera los niños. Tuve que pegarle a más de uno —se agachó sobre el empedrado, mirando el cartel con curiosidad—. Pero no pude desquitarme con todos. Y el Babosa es más alto que yo, y terminó por mandarme al suelo.

No sonaba lógico. Ningún mago menor con dos dedos de frente trabajaría por los carex. No sé qué les harían a los adultos con talentos mágicos, pero seguramente no los dejaban junto a un cerro hasta que se murieran, sin más. ¿Sería que las personas sin el don de la magia no lo sabían? ¿Era el tipo de cosas a las que no se les hacía caso porque no se relacionaban directamente con uno?

¿Y si Spindle tenía razón y la gente estaba creyendo al pie de la letra lo que decían los carteles?

No supe qué decir. A algunas personas de las que iban a la panadería les gustaba mi talento mágico... ¿cierto? Eso de hacer bailar a los muñequitos de galleta. A la mayoría les gustaba.

—Habrá personas que piensen que es una buena idea —explicó Spindle en tono de disculpa—. No para hacerle mal a los magos menores, claro, pero para saber dónde están. Podría pensarse que registrarlos es algo bueno.

—¡Si fueran magos sabrían que no es nada bueno!

—Pero es que casi nadie es mago. O si alguien lo es, casi nadie se entera. Yo no conozco a ningún otro aparte de ti y Molly en este momento —Spindle lo pensó un poco—. Te conté del Grandote Mitch. Y Spitter, pero a ella hace mucho tiempo que no la veo.

La situación era deprimente. Mis esperanzas de que la ciudad se levantara en defensa de sus ciudadanos con talentos mágicos se habían desinflado cuando apenas empezaban a formarse. Flexioné las rodillas contra mi pecho.

Me habían subido a los primeros lugares de la lista. ¿Dónde había estado Tibbie en esa lista? ¿O el Grandote Mitch?

¿Y para qué *quería* Oberón una lista de todos los que tenían dones mágicos?

Porque así sabría dónde encontrarlos.

Y si sabía dónde estaban, podía hacer algo al respecto.

¿Qué más había dicho el Hombre Color Retoño?

—"Tarde o temprano todos serán eliminados" —dije lentamente, recordando esa horrible noche cuando me acurruqué en el sótano junto a Bob—. Eso fue lo que dijo. Y algo con respecto a una lista.

Spindle ladeó la cabeza. El hombrecito de jengibre se frotó las manos.

—Oberón quiere saber dónde estamos todos —expliqué—. Está utilizando al Hombre Color Retoño para dar con nosotros por el olor, pero eso no es suficiente. Puede ser que no confíe en él, o que hayan escapado otros además de mí. Así que quiere la lista completa para podernos destruir a todos. Y por eso hará que los magos se registren con su Junta de Lealtad y que hagan el trabajo por él.

DIECISIETE

La noche que pasé en el campanario después de que Spindle me llevó los edictos impresos fue una de las peores de mi vida. No la *peor*, porque sería muy difícil superar en eso la del Hombre Color Retoño tratando de matarme en el sótano, pero sí la más intranquila.

Daba vueltas para un lado y para otro. Trataba de acomodarme, pero hay que admitir que no es cosa fácil en un montón de paja. Quien haya pensado que la paja puede servir de cama, está equivocado. La paja pica. Pica y pincha. Es más mullida que dormir en el suelo de tierra o en el empedrado, claro, pero cada brizna de paja en sí no es nada mullida. Atraviesa la ropa y se clava en el cuerpo, y cuando uno se mueve para quitársela, otras cinco briznas lo pinchan.

Con todo, la paja era la menor de mis preocupaciones.

Estaba cansada, sí. Uno podría pensar que pasarse el día entero encerrado en un campanario no cansa, pero sí, y más cuando uno hace tandas de once lagartijas y corre dando vueltas por el cuarto durante media hora (y eran lagartijas de verdad, de las que se hacen apoyándose en los dedos de los pies y no en las rodillas. Mis antebrazos eran muy fuertes de tanto amasar, como ya lo dije, y mis bíceps no se quedaban atrás).

Los carteles seguían ahí. Los había dejado en el otro extremo del cuarto. Parecían irradiar malicia al aire. Los había volteado para que quedaran bocabajo, pues de otra forma sentía que las palabras me miraban fijamente. A lo mejor eso suena a pura tontería, pero era lo que me hacían sentir.

El hombrecito de galleta estaba montando guardia en la ventana de nuevo, y yo miraba su pequeña sombra valerosa que se movía por el piso a través del cuarto a medida que la noche avanzaba. Los pensamientos me daban vueltas en la mente, estirándose y revolviéndose, como si mi cerebro estuviera estirando caramelo. Me juraba a mí misma que no había nada que pudiera hacer, que iba a dejar de pensar, a dormirme y ya, y diez minutos más tarde, mi cerebro estaba otra vez en funcionamiento... volvía a arrancar, y trataba de apaciguarme, y otra vez, y otra vez... como una rana de tres patas en una sartén.

Oberón estaba tratando de deshacerse de todas las personas con talentos mágicos que hubiera en la ciudad. Ya había atrapado a una buena cantidad, y otros tantos se habían ido. Los amigos de Spindle, su hermana... en realidad, ya no creía que el pequeño Sidney se hubiera hecho a la mar. Lena, en el mercado, me había dicho que todos debíamos irnos, y yo, ¡qué idiota!, no la había escuchado.

¿Cuántos se habían ido?

Quizás ésa era la pregunta equivocada. Tal vez debería estar preguntando cuántos *quedábamos* aún.

¡Fabuloso!

Y ahí iba mi cerebro de nuevo, a trompicones, tratando de encontrar soluciones a problemas que estaban fuera de mi alcance. Era cosa de risa.

¿Qué podía hacer yo?

Pues, tal vez evitar que me matara el Hombre Color Retoño ya era un buen comienzo.

¿Y después qué?

¿Quedarme a vivir en el campanario por el resto de mi vida, a costillas de la caridad de Spindle y de los austeros hermanos de la iglesia, hasta que el Hombre Color Retoño se apareciera siguiendo mi olor hasta el pie de la escalera? No, ésa no era una buena opción.

¿Irme de la ciudad?

Me di la vuelta en mi lecho de paja, y con eso recibí una nueva andanada de pinchazos en brazos y piernas.

Podía irme, supongo. Tal vez eso *era* lo más sensato que podía hacer. Podía irme a otra ciudad, hacerme aprendiz de una panadería en otro lado. Afirmar que la mayoría de las panaderías se darían por bien servidas de tenerme como aprendiz no era mera vanidad.

Pero sería muy difícil, sí. Yo trataba de no pensar mucho en mis padres. Habían muerto hacía un montón de tiempo, pero todavía recordaba el olor de mamá, y la manera en que se reía papá, como si tuviera una especie de bolita felpuda en el fondo de su pecho. Perderlos había sido lo peor que me había sucedido. Si tuviera que perder a mis tíos y la panadería… quiero decir… puede ser que encontrara otra panadería, y que incluso llegara a adorar otra panadería, pero nunca la sentiría *mía* de la misma manera.

Y eso suponiendo que llegara a alguna parte. Los caminos entre las ciudades-estado tenían bastante tráfico de viajeros, aunque no corría el riesgo de que me devoraran los osos, andar en ruta yo sola, a los catorce años, significaba que había cosas peores que los osos por ahí. Y estábamos cordialmente enemistados con otro par de ciudades-estado, ¿y qué tal que yo llegara a una de ésas y me negaran la entrada porque venía de Entrerríos?

Y el ejército estaba fuera, supuestamente enfrentando a los mercenarios carex, que asolaban todas las ciudades-estado por igual con bandas de forajidos, pero ¿qué tal que el ejército no los capturara a todos y yo acabara topándome con un campamento de carex? De seguro, hasta *comían* gente.

Sería ignominioso escapar del Hombre Color Retoño para terminar devorada por un carex. Casi preferiría que me comiera un oso. Al menos ése era un comportamiento normal para los osos.

El problema de ser una maga menor seguía ahí. Si llegaba a una ciudad, podría ser que tuviera que irme de nuevo, o vivir en un barrio de magos, o registrarme en una lista del gobierno como tal. Eso era lo que estaba tratando de evitar. Parecía que una vez que uno permitía que el gobierno lo añadiera a una lista por algo con lo que uno nació, ya se estaba metiendo en problemas. Tarde o temprano alguien como Oberón se apoderaría de esa lista.

Vueltas y más vueltas…

Entonces… si no podía irme y no podía esconderme por siempre, ¿qué era lo que me quedaba?

Detener a Oberón y al Hombre Color Retoño, que era algo que definitivamente no podía hacer por mi cuenta.

Y entonces, ¿quién podía?

Me di por vencida en cuanto a cualquier esfuerzo por dormir y me senté, doblando las rodillas contra el pecho y quitándome las malévolas briznas de paja de los pantalones. Me sentía tan nerviosa que hubiera querido levantarme y salir corriendo… o bajar y hacer… hacer algo.

El hombrecito de galleta se bajó de un brinco de la ventana y asomó la cabeza por el hueco de la escalera.

Un instante después volvió y me hizo señas de que me acercara.

Puse un pie en la escalera y bajé con mucho cuidado.

La puerta al pie del campanario estaba cerrada, pero con los goznes bien aceitados. Me deslicé hacia la iglesia. La luz de la luna se colaba por las ranuras que había entre las tablas que habían clausurado las ventanas. Oí al sereno gritar a lo lejos:

—*La una y todo está sereno… sereno… sereno*

A lo mejor era así para *él*.

—¿Estás inquieta, mi niña? —preguntó una voz.

Me di la vuelta con un gemido.

Era el anciano sacerdote.

Estaba sentado en la segunda fila de bancas, tan pequeño y callado que pensé que era un montón de abrigos. Parecía tener unos mil años cumplidos, con un margen de error de un siglo o dos.

—P-perdón —dije. No sabía si era mejor volver corriendo a la escalera o tratar de salir de la iglesia. Se suponía que él no sabía que yo estaba escondiéndome allí. ¿Sería que con eso ya me había descubierto?

Sonrió y me hizo un vago gesto de asentimiento con la cabeza. Luego de unos momentos, me di cuenta de que tal vez no podía verme muy bien. Sus ojos tenían una mirada un poco desenfocada y difusa.

Dio unas palmaditas en el respaldo de la banca.

—Ven, siéntate, criatura. Si estás inquieta, la oración te hará bien para el espíritu, y si estás cansada, sentarte un poco no te hará daño.

Me acerqué. Se veía tan frágil que no podía imaginar que llegara a atraparme. El hombrecito de galleta estaba muy pegado a mi nuca.

Me senté en la banca que quedaba justo delante de la suya, un poquito hacia un lado.

—¿Hay algo que te quite el sueño, mi niña? —preguntó luego de un rato. Y antes de que yo pudiera responder, sonrió y agregó—: Ya sabes que no importa mucho lo que me digas. Estoy sordo como una tapia, y no podría oírlo. Eso hace que a la gente le guste confesarse conmigo.

Pasó por mi mente que probablemente le resultaría muy difícil entregarme a las autoridades, incluso si quisiera hacerlo.

—Tengo miedo —dije al fin—. Extraño la panadería. Tengo miedo y estoy hastiada de las cebollas y la papilla de avena y tengo apenas catorce años y no debería estar pasando por esto —crucé los brazos—. Tengo miedo de que cualquiera que me ayude termine sufriendo por eso.

El anciano cura sonrió y me dio unas palmadas en el hombro.

—Calla, calla, chiquita. Estoy seguro de que no es tan terrible, o tal vez sí lo es, y en ese caso, lo lamento mucho. Aunque tal vez estabas hablando del clima —suspiró—. Bueno, pues en todo caso, yo creo que es difícil equivocarse si uno recurre a un poder superior.

Seguimos sentados en las bancas, y de repente todas las cosas que me daban vueltas en la mente se organizaron. Yo había puesto todos los ingredientes y los había mezclado, y la masa al fin había empezado a crecer.

Un poder superior. Necesitaba un poder superior.

No del tipo espiritual, sino uno allí en la ciudad.

—*La Duquesa* —dije en voz alta.

El hombrecito de galleta se movió inquieto junto a mi cuello.

Necesitaba poder llegar hasta la Duquesa de alguna forma. Ella estaría dispuesta a oírme, de eso estaba segura. Ya antes había intervenido a mi favor. No me había parecido muy cálida, pero tampoco se veía cruel. Y ella tenía magos, magos de verdad y no magos menores de poca monta como yo, magos capaces de hacer cosas increíbles y de ponerle freno a Oberón.

Ahora que caía en cuenta, *su* nombre no figuraba en ninguno de los carteles. Todos habían sido promulgados "por orden del inquisidor Oberón". Y a mí me costaba creer que los magos del ejército no sintieran también desconfianza con el asunto del registro de magos.

¿Acaso la Duquesa tenía idea de la existencia de esos carteles?

Nadie la veía fuera de palacio, a no ser durante los desfiles. No había habido desfiles en mucho tiempo. Y el General Dorado no estaba en la ciudad.

Un ruido leve a mis espaldas me sacó de mis pensamientos. Cuando volteé, el anciano párroco estaba dormido con la cabeza echada hacia atrás sobre el respaldo de la banca.

Tras un momento, dejó escapar un ronquido tremendo. El hombrecito de jengibre se asomó y lo miró sin poderlo creer.

Me levanté y volví sin hacer ruido a mi torre del campanario. Mi mente era un torbellino.

¿Sería posible que el inquisidor Oberón estuviera haciendo todo esto sin que la Duquesa lo supiera? ¿Cuál era la razón para no tenerla enterada? ¿Acaso estaría conspirando contra ella y también contra los magos menores? ¿Y por qué quería eliminar a todos los magos menores? No podía ser que sencillamente detestara la magia y todo lo mágico, como algunas personas, ¿cierto? Si fuera así, no usaría al Hombre Color Retoño, un mago menor como los demás, para acabar con todos...

¿Acaso todo esto sería parte de una conspiración más amplia?

Pero incluso si la Duquesa *sabía* de los carteles, incluso si ella creía de alguna manera en todo este asunto sobre los magos traidores, alguien debía decirle que el inquisidor Oberón estaba utilizando al Hombre Color Retoño para matar a los magos menores.

El plan era fácil. Sólo necesitaba una oportunidad para hablar con la Duquesa, teniendo en cuenta que todos sus guardias y ministros y funcionarios podrían arrestarme sólo al verme y entregarme a mis peores enemigos.

¡Facilísimo!

—¿Qué quieres meterte *dónde*? —exclamó Spindle, mirándome como si de pronto me hubieran brotado cuernos en la cabeza.

—Quiero meterme al palacio de la Duquesa. No, a sus aposentos. El palacio es demasiado grande. Tiene que ser un lugar en el que no haya muchas personas a su alrededor.

—¿Los *aposentos* de la Duquesa? —repitió, mirándome como si me hubieran salido cuernos morados, adornados con guirnaldas de margaritas y gatitos amarillos.

—Es la única forma.

—¡Estás loca! ¡Más loca que una cabra! ¡Totalmente deschavetada! —miró a su alrededor desesperado hasta que sus ojos toparon con el hombrecito de jengibre—. ¡Díselo tú!

151

El hombrecito de galleta se encogió de hombros. En los últimos días había mostrado mucha independencia de pensamiento, pero seguía sin ser capaz de hablar, lo cual era bueno. Habría sido muy inquietante tener un hombrecito de jengibre que hablara.

—¡Vas a conseguir que te maten!

—¿Y eso en qué se diferencia de cualquier otra cosa? Estoy condenada al encierro en este tonto campanario hasta que pase una de dos cosas: que me encuentren o que te atrapen a ti haciendo algo y dejes de traerme comida, ¡y entonces muera de sobredosis de papilla de avena! ¡Por lo menos, al tratar de advertir a la Duquesa sobre lo que está pasando, estaré *haciendo* algo!

Lo bueno de Spindle es que no me decía que debía tener paciencia. Un adulto me hubiera dicho que fuera paciente, y todo saldría bien. Spindle no se molestaba en hacerlo, cosa que era buena, porque ya me había cansado de ser paciente.

En lugar de eso, fue a zancadas hasta una ventana y se asomó por las ranuras de las tablas para mirar los tejados. Lo dejé solo, y me dediqué a hacer una trenza con dos briznas de paja.

Por fin, Spindle habló:

—Meterse al palacio no es lo más difícil. Hay un montón de gente entrando y saliendo, y eso facilita las cosas. Pero una vez adentro, estaremos en problemas. Hay que agenciarse uniformes y esas cosas, o si no, todo el mundo te pregunta quién eres y qué estás haciendo ahí. Y no hay ningún uniforme en el mundo que te garantice la entrada a los aposentos de la Duquesa para verla.

—¿Y no crees que… que tal vez… una doncella?

Spindle me miró desanimado.

—No sabes mucho de doncellas y sirvientes, ¿cierto?

—¿Y tú sí?

—Claro. Si vas a robar a los sirvientes, sacándoles cosas de los bolsillos, necesitas conocer su oficio. Si vas a meterte a una casa de ricos, en realidad lo que hay que buscar son las habitaciones de los sirvientes de mayor categoría. Ésos tienen joyas y cosas valiosas, pero no lo suficientemente valiosas para que no puedas venderlas.

—¿No se puede vender algo que es muy muy valioso? —eso me sonaba muy extraño. Quiero decir, colarse a la casa de alguien para robarse sus cosas ya me resultaba suficientemente raro. Estaba segura de que mis nervios ni siquiera soportarían llegar a la ventana de una casa.

Mientras tanto, Spindle me miraba como si yo fuera una perfecta idiota. La verdad es que lo hacía con tanta frecuencia que yo empezaba a pensar que era un tic que tenía en el párpado o algo así, porque no podía ser yo tan obtusa, ¿o sí?

—Si uno roba las joyas de una gran señora, nadie se va a arriesgar con ellas... o sea, nadie va a revender esas joyas —explicó—. Es más un problema que una ventaja, porque nadie puede ponerlas a circular. Es demasiado bueno, ¿me entiendes? Ninguna casa de empeño perdida en un callejón va a querer piezas como *ésas*, porque obviamente son robadas, y se va a despertar el interés de la policía, y nadie las va a querer comprar, porque no tienen con qué. Robar joyas de ésas es... es cosa de alto nivel.

Apoyé la barbilla en una mano.

—¿Y entonces? ¿Me vas a decir que no tengo apariencia suficientemente noble para ser una doncella de la Duquesa?

—No, señorita —contestó Spindle.

—¿Y qué harías *tú*? —pregunté, tanteando el terreno. Tener tacto, en el mundo de Spindle, parecía ser algo que les sucedía a otros.

—Tendría que pensarlo un poco —dijo—. Tendría que ir a ver el palacio. Es una locura. Ya te dije que es una completa locura, ¿cierto?

Y por eso terminamos, cinco noches después, trepando por la tubería del escusado de la Duquesa.

DIECIOCHO

Entonces, en un palacio no hay letrina, sino escusado, un "escusado real". Es una especie de armario con un hueco en el piso que baja directamente a un pozo ciego. En los más bonitos, y el de la Duquesa lo era, hay un asiento de madera tallada en el cual uno puede sentarse y pensar en las cosas de la vida o lo que sea que uno quiera pensar mientras cumple con el llamado de la naturaleza, y lo importante es que, como el fondo del pozo está tres pisos más abajo y hay aberturas a lo largo de éste, el escusado ni siquiera huele mal. O no mucho, al menos.

Bueno, en comparación.

La gente común y corriente usa bacinillas, pero si uno es rico o noble y tiene un castillo con un armario extra, en el cual puede abrirse un hoyo hasta el suelo, entonces ya tiene un escusado real.

Hay un señor que se ocupa de vaciar el pozo una vez por semana. El pozo está tras una reja que se cierra, en una especie de caseta de piedra que permanece cerrada. (¿Quién iba a pensar que había que mantener eso bajo llave? Quiero decir, nadie se lo va a robar, ¿cierto?)

Hasta donde sé, Spindle se coló en el palacio disfrazado de deshollinador, y luego siguió a este señor durante dos días hasta que tuvo ocasión de hurtarle las llaves, y entonces sacó un molde de las llaves en la cera de un cabo de vela vieja, y devolvió la llave antes de que el limpiador del pozo se hubiera dado cuenta.

Yo quedé muy impresionada con toda la historia y se lo dije. Spindle murmuró algo así como que para él no había sido nada diferente de un *trabajito*, y que no había un lugar en el mundo en que un muchacho avispado no pudiera arrancarle algo a un cosechador de caca (creo que todo eso que dijo es lo que llaman el canto de los ladrones).

Me detuve a pensar que la experiencia de Spindle en delitos era más amplia de lo que yo creía. Estoy casi segura de que ese "trabajito" se refería a que había sido ladrón, y seguramente también era el "muchacho avispado", con lo cual el "cosechador de caca" era el hombre que limpiaba el pozo. Pensé en qué habrían estado metidos Spindle y su hermana Tibbie antes de que el Hombre Color Retoño apareciera y terminara con su carrera. Algunas pistas que Spindle soltaba de vez en cuando me hacían pensar que había formado parte de una pandilla de niños ladrones, pero al parecer los había dejado o se había distanciado de ellos luego de la muerte de Tibbie. Era curioso pensar que este tipo de cosas sucedían en la ciudad mientras yo estaba en casa, dedicada inocentemente a preparar pastelillos y a calcular si nos alcanzaría el azúcar para llegar al fin de semana.

En cualquier caso, si uno quería robar las llaves para llegar al pozo real, no había nadie mejor para hacerlo que Spindle.

Una vez que tuvimos la llave, la cosa se volvió… bueno, no, siguió siendo complicada.

Yo jamás había trepado tres pisos de ninguna manera. No es que tengas que hacer ese tipo de cosas cuando te dedicas a la panadería. O que debas subir por una escalerilla y lanzarte en clavado en medio de una gran tina llena de masa de croissant o algo así. Tampoco me dan miedo las alturas, hasta donde sé, pero no estaba segura de si sería capaz de hacerlo, a pesar de la ayuda de una cuerda. Y me preocupaba tremendamente lo que la Duquesa fuera a pensar al encontrarnos allí, apestando en su escusado real. Si empezaba a gritar, terminaríamos en un calabozo antes de decir nuestro discurso.

Me pasaba el día repitiendo lo que tenía que decir una y otra vez en mi mente: *Excelencia, hemos venido a alertarla de una conspiración en contra de los magos y tal vez también contra usted. El inquisidor Oberón está conspirando contra los magos menores, y siento mucho que ésta fuera la única manera de llegar lo suficientemente cerca de Su Excelencia para alertarla al respecto. Perdone que le pregunte, pero ¿ha escuchado alguna vez sobre el Hombre Color Retoño?*

Ay, era una locura. Iba a presentarme chorreando porquería sobre la alfombra de la Duquesa y ella haría que me encerraran en un calabozo y nadie me escucharía y los magos terminarían siendo asesinados. Eso de que el inquisidor Oberón estuviera conspirando contra ella a lo mejor ni siquiera era verdad. Yo no tenía ninguna prueba, por lo pronto. Simplemente me sentía muy nerviosa con el inquisidor andando por ahí en la ciudad, y con el General Dorado y el ejército tan lejos. Me parecía una pésima idea.

¿En verdad iba yo a treparme tres pisos de cloaca hasta un retrete tan sólo porque me parecía mala idea que el ejército estuviera fuera de la ciudad?

Todo indicaba que sí.

Bueno, incluso si me enviaban al calabozo, al menos saldría de ese cuarto en el campanario, que desde que teníamos un plan me parecía cada vez más y más pequeño. Daba vueltas de un lado para otro durante horas… veinticinco pasos para volver al punto de partida y seguía esperando que la siguiente vuelta tuviera un paso menos. Veinticuatro. Veintitrés. Era como si las paredes se estuvieran cerrando a mi alrededor. Tenía que levantarme en medio de la noche para medirlo. Y seguían siendo veinticinco pasos. A lo mejor suena a locura, pero nadie más me veía aparte del hombrecito de galleta y el disparatado circo de miga de pan.

Spindle llegó por mí a la cuarta noche, y bajé por la escalerilla sin siquiera mirar atrás, con el hombrecito de jengibre aferrado a mi cabello. Me daba gusto salir de allí. El hermano lego había estado mirándome de manera extraña. Podía ser que no fuera nada, pero también podía ser que hubiera visto los carteles de "Se busca", y más valía no correr riesgos. Dejé allí el circo de pan. Casi se le había terminado la magia ya, y eran sólo esculturas muy toscas que yo había hecho. No sabía qué pensarían los sacerdotes al verlas.

No salimos por la puerta principal sino por la de atrás, donde estaba la casa parroquial. Me detuve en la cocina para darle un golpecito a cada una de las hogazas de pan duro que aguardaban en el mesón.

Eres pan del bueno, les dije. *Eres miga suave y blanda y quieres seguir siendo suave. Y si salgo bien de todo esto, me aseguraré de que, en adelante, estos padres reciban algo del pan de masa madre que se hace con Bob. Claro, suponiendo que Bob todavía… ¡demonios!*

—¿Estás bien? —preguntó Spindle en tono de sospecha.

Me froté la nariz y tomé aire.

—Sí, estoy bien.

Estar de nuevo afuera, en la calle, se sentía como si fuera mi cumpleaños. Me columpié agarrándome de un poste sólo porque podía hacerlo. Spindle tuvo que darme un toquecito en el hombro y susurrarme:

—¡Tranquilízate! ¡La gente te mira! —para que yo dejara de reírme.

Era una noche preciosa. Había llovido al final del día, pero ya había terminado, y ahora se levantaba una neblina del empedrado húmedo, y el suelo estaba resbaloso y reflejaba la luz. Se oían las ranas croando en los canales.

Todavía me sentía mareada de alegría cuando pasamos al lado de un policía. Eso me hizo volver rápidamente a la realidad. Estaba recostado contra la baranda de un canal, con las manos en los bolsillos, y creo que si yo no hubiera sido una fugitiva buscada ni siquiera lo hubiera notado.

—Tranquila —murmuró Spindle—. No te pongas tensa. No te van a notar si pasas caminando como si nada, como si te dirigieras a alguna parte. Todavía nos quedan un par de horas antes del toque de queda.

Hicimos el camino dando un rodeo, por si alguien nos había seguido desde la iglesia. No parecía muy probable que fuera así, pero Spindle tenía delirio de persecución y para mí era mejor. Había más carteles que hablaban del toque de queda y del registro de las personas con talentos mágicos.

Había uno que decía lo siguiente:

¿Conoce USTED a algún MAGO que no se haya registrado?
¡CUALQUIERA PODRÍA SER UN MAGO TRAIDOR!
¡Podría estar entre sus FAMILIARES, sus AMIGOS
o incluso entre sus HIJOS!
¡Ciudadanos leales, A REGISTRARSE cuanto antes!

Bueno, eso sí era deprimente.

—¿Qué sucede? —preguntó Spindle—. Estás más blanca que la cera.

—Nada —murmuré—. No pasa nada —no era diferente de los otros carteles, pero la idea de decirle a la gente que entregara a sus propios hijos por ser magos menores me revolvía el estómago. No me ofrecí para leerle a Spindle el edicto.

No vimos ninguno de los que tenían mi cara. Tal vez ésos estaban sólo en las cercanías de la panadería, o tal vez ya se habían olvidado de todo lo relacionado conmigo. Confiaba en que fuera más bien lo segundo. La idea de que tía Tabitha tuviera que salir a comprar ingredientes rodeada por esas caras impresas...

Claro que en algún momento del día siguiente yo podría estar o bien en la cárcel o exonerada, así que podrían quitar esos carteles de una forma u otra. Los pregoneros tendrían otras noticias para difundir. Ojalá fuera algo como: "¡Descubierta conspiración contra magos menores!" y no "Capturada asesina cubierta de excremento en el retrete de la Duquesa!".

La verdad es que la última era la peor manera de acabar.

DIECINUEVE

Lo único que debíamos hacer era colarnos en el palacio, abrirnos paso más allá de la cortina, que era una especie de sándwich de muros entre el palacio y la muralla exterior, donde estaban todas las cosas que no querían que estuvieran en el palacio mismo, como los establos. Y los pozos de las cloacas. Después tendríamos que esperar hasta la caída del sol, escabullirnos en la caseta del pozo ciego, y trepar por la cloaca del escusado real... que corría a través de tres pisos y estaba cubierta de... mmm... porquería. Bueno, según Spindle, también había unas púas metálicas.

—Púas —dije en voz baja.

—No es nada... —anotó él, moviendo una mano—. Puedes deslizarte en medio de ellas. Y más bien son útiles, porque ahí amarraremos una cuerda para facilitarnos la escalada.

Pero yo no estaba muy convencida.

—Confieso que impedirían el paso de un adulto —concedió—. Para eso están ahí, ¿me entiendes? Para evitar que alguien trepe y pueda apuñalar a la duquesa mientras ella... mmm...

—Claro, Spindle, *gracias*. Ya entiendo.

El plan era que yo trabajara en la cocina hasta el anochecer. Los guardias notarían a una criada que intentara meterse al palacio en la noche, pero probablemente no se darían cuenta de que una de ellas llegaba durante el día y se quedaba. Tenía miedo de que alguien descubriera a una desconocida en la cocina, pero Spindle contestó con un resoplido.

—¿En ese sitio? No se darían cuenta si llegaras montada en el lomo de un elefante. Sólo actúa como si estuvieras en el lugar al que perteneces.

Y resultó que tenía razón. Colarse en el palacio era la parte fácil. Spindle se había robado un delantal. Me lo puse y logré pasar a través de los guardias en el patio. Iba sudando frío y las rodillas me temblaban, pero no llamé la atención de nadie.

Me asomé a la cocina. Era un torbellino de actividad. La jefa de cocina era una mujer de cara colorada, que ladraba órdenes como un sargento en maniobras. Un montón de criados pasaban con bandejas de comida y cubetas de agua y montañas de platos sucios. Me daba miedo atravesarme en medio del camino de cualquiera... ¿Qué pasaría si se daban cuenta de que estaba ahí? ¿Qué tal que se enteraran de que yo no tenía por qué estar ahí?

Y entonces vi a una chica tratando de hacer panecillos, pero estaba hecha un lío. Había amasado demasiado la masa. Quedarían como piedras. Me acerqué y le hablé.

—Se te pasó la mano con la masa —dije—. Necesitas que quede homogénea, nada más. Si la amasas demasiado, los panecillos van a quedar como ladrillos.

—¿Quieres hacerlo tú? —preguntó, con una mirada de gratitud—. Yo aún tengo que rebanar el jamón y el queso para éstos, y además los huevos...

—Claro que sí —contesté—. Mmm… soy nueva aquí. Me llamo Mona. ¿Qué tengo que hacer?

—Los panecillos para el desayuno —explicó—. Yo soy Jenny. Vuelvo en un momento.

Ese "momento" fueron casi cuarenta y cinco minutos, pero Jenny volvió. Para entonces, yo había terminado de preparar tres tandas de panecillos. Cada vez que la cocinera miraba en dirección a mí, las rodillas me temblaban, pero no me dijo nada.

Usé un poquito de magia para salvar la primera tanda. *Son unos panecillos esponjosos*, les dije. *Muy esponjosos y suaves, como ovejitas de lana esponjada, sólo que sin la caca pegada en el trasero porque eso es asqueroso*, y estuvieron de acuerdo en volverse esponjosos. Los panecillos pueden ser bastante complacientes.

A lo mejor todo eso había sido una pérdida de tiempo, pues tenía muchas otras cosas de las cuales preocuparme, pero era imposible no hacerlo… panadera hasta la médula de los huesos. Si iba a terminar en el calabozo, al menos quería dejar un rastro de panadería de calidad tras de mí.

—¡Lo lograste! —exclamó Jenny. Tenía más o menos mi edad, y sus muñecas eran finas, como de huesos de pajarito—. ¡Caramba! Odio hacer esos panecillos. Se me cansan muchísimo los brazos. ¿Qué tal eres para amasar pan?

—Lo que yo no sepa de hacer pan —dije con total modestia—, es porque no vale la pena saberlo.

Transcurrieron cinco horas hasta que logré deslizarme fuera de la cocina. Había pasado de lo del pan a picar verduras, y luego Jenny se fue porque ya anochecía, y como yo había estado diciendo que era nueva, las otras chicas me dejaron en el fregadero. Eso quería decir que tenía que lavar los platos.

Un *montón* de platos. Y la magia no me servía de nada en esto. Éramos cuatro trabajando allí, y me dejaron los peores. En realidad, no me importaba. No es que me resulte divertido lavar platos, pero sí da cierta satisfacción dejar limpio uno que estaba verdaderamente sucio. Algunos había que dejarlos remojando con lejía, no había manera de evitarlo. Al final, me disculpé y salí, diciendo que necesitaba ir al baño, y me topé con Spindle por el camino.

—¿Dónde te habías *metido*? —bufó. Estaba vestido con los andrajos de deshollinador y casi se confundía entre las sombras alrededor de las construcciones bajas de madera—. ¡Llevo horas esperándote!

—Tenía que lavar platos —contesté—. ¡No puedo creerlo! ¡Nadie preguntó qué estaba haciendo allí! ¡Cualquiera podría entrar así, sin más!

—Eso es porque la mayoría de los asesinos no pierden el tiempo con los platos —dijo Spindle—. Buscan a personas que den miedo, y no a chicas con delantal —tiró de mí para hacerme quedar a la sombra de la muralla—. Anda, debemos irnos. Si esperamos más, saldrá el sol.

Pasamos frente a dos guardias de camino al escusado real, y ninguno de los dos se molestó siquiera en mirarnos. Un par de chicos, un deshollinador y una criada, no se merecían una mirada. Spindle echó un vistazo alrededor, se aseguró de que nadie nos estuviera viendo, abrió la reja de la caseta de piedra y me hizo señas para que entrara con él.

Apestaba. Apestaba *en serio*. Quiero decir, los canales en verano huelen mal, claro, pero al menos hay mucho aire para que esa peste se diluya. Esto era más bien una chimenea con un par de ranuras muy angostas en los muros, y el hedor había penetrado el mortero.

Había una cuerda colgando desde arriba.

—La instalé hace rato —dijo él—, mientras esperaba a que salieras. Es fácil alcanzar el primer nivel de púas, así que allí amarré la cuerda —me miró condescendiente—. Bueno... lo es para mí...

—Gracias, Spindle —murmuré—. Eres como un hermano para mí. En el peor de los sentidos.

Sonrió burlón y me dio un puñetazo suave en el hombro. Para Spindle, eso era una muestra de afecto increíble. Sentí que me ahogaba un poco, pero bien podía ser por el asqueroso olor que salía del pozo ciego.

Entonces. Los hombros contra una pared. Los pies contra la pared opuesta. La cuerda entre ambas manos. Dar un par de pasos hacia arriba, apoyarse, deslizar los hombros muro arriba, ayudándose con la cuerda. Apoyarse, deslizar, trepar. Apoyarse, deslizar, trepar.

Las piedras se sentían frías, pero eso era casi un alivio porque no había alcanzado a escalar el equivalente al doble de la estatura de un hombre cuando ya estaba chorreando de sudor. Me escurría hacia los ojos y la punta de la nariz, y me bajaba por la espalda y me picaba y me hacía cosquillas hasta hacerme sentir que eran bichos que caminaban por mi piel. ¡Por todos los cielos! Ni siquiera había pensado en bichos. ¿Qué tipo de alimañas horripilantes podía haber en el pozo de un escusado?

Tampoco había imaginado que habría musgo creciendo sobre la porquería adherida a las paredes. El musgo no es bueno para escalar. Se ve suave, pero si uno trata de pararse en él, se vuelve tan resbaloso como si corrieras sobre hielo. Al pasar frente a una de las ranuras de ventilación, la luz que entraba me hizo ver manchas verdes de musgo en mis manos, además de otras negruzcas de algo más que no debo nombrar.

¡Oh, esto es un verdadero placer! Iba a llegar a la parte de arriba completamente cubierta de... eso. Mejor llamémoslo "eso". Iba a salir por el asiento de un escusado toda untada de "eso", chorreando sudor y tal vez con alimañas prendidas a mi ropa... ¿y esperaba que la Duquesa prestara atención a lo que yo tenía que decir?

Me topé pronto con el primer nivel de púas. Eso de toparme fue literal. Mi cabeza golpeó una, y gracias al cielo no eran muy afiladas.

Eran más bien como postes de cerca hechos de metal, y no púas, dispuestos en forma de X en el hoyo. Spindle tenía razón cuando dijo que parecían diseñadas para impedir el paso de personas adultas, así que había suficiente espacio para pasar por el costado. Spindle podía seguir hacia arriba sin siquiera tocar la X, y yo logré hacerlo también, aunque tuve que girar dentro de la abertura hasta quedar debajo de un espacio libre, y hubo un instante difícil cuando me apoyé en un resbaloso parche de musgo y pensé que iba a caer.

El hombrecito de jengibre se paró sobre uno de los postes, sujetó mi manga y tiró de ella. No es que sirviera de mucho para ayudarme, pero le agradecí la idea.

Spindle estaba justo sobre mi cabeza. Bajó un poco, la X metálica resonó con un *boooooong* amortiguado que me asustó terriblemente, y desató la cuerda, para luego trepar por una pared del pozo hasta el siguiente nivel de púas. Un momento después, la cuerda cayó hasta rozarme la cabeza.

Seguí escalando.

Apoyarse, deslizar, trepar...

Lentamente, pasé a través de otros dos niveles de púas y otra fila de ranuras. Eran angostas, como las que hay en las murallas para disparar las flechas a través de ellas, pero horizontales. Paré un momento en el nivel de púas que quedaba justo debajo de la hilera de ranuras, y apoyé la cara para respirar un poco.

Las piernas me estaban matando. Los hombros me dolían. El problema es que estaba atorada. Regresar sería tan difícil como subir, a menos que cayera, en cuyo caso me estrellaría contra la X metálica, ¡plaf!

—¡Aquí! —susurró Spindle por encima de mí—. Mira hacia arriba —eso hice.

¡Luz! Podía ver luz al final del... bueno, en la parte alta del... bueno, a través del asiento del... bueno... lo importante es que se veía luz. La silueta de Spindle se recortaba contra ella, como si fuera una araña. Mientras lo miraba, la silueta estiró un brazo hacia arriba y se impulsó para salir.

Ya casi llegaba. Volví a mi rutina de apoyarme, deslizar y trepar con mucho más empeño.

Por suerte, el último nivel de obstáculos estaba lo suficientemente cerca del final para que yo pudiera apoyar los pies sobre las barras metálicas y tratara de sacar los hombros por el agujero del asiento.

Y de repente, me atoré.

Las barras tenían... eso. Eso, que provocaba que yo no pudiera apoyarme con la necesaria firmeza, así que no podía impulsarme con los pies y sacar los hombros, pero hasta ahí llegué.

Spindle me sujetó por un brazo y tiró de mí. El hombrecito de jengibre se bajó y también tiró. El asiento cincelado me raspaba la cintura.

—¡Has comido demasiados de tus propios bizcochos! —se quejó Spindle.

Eso era terriblemente injusto, porque llevaba en ese campanario el suficiente tiempo para haberme deshecho de todo el peso extra causado por los bizcochos.

—Para ti es muy sencillo —gruñí—. ¡Tú no tienes caderas! ¡Tira!

Y tiró. Empecé a salir. Desgraciadamente, mi falda se iba enrollando por debajo del borde del agujero, y aunque yo salía, la falda se quedaba adentro.

El hombrecito de jengibre se tapó la cara con las manos.

Fabuloso. Estaría cubierta de popó, sudando como un cerdo, *en ropa interior*, ¡tratando de exponer mi caso ante la Duquesa!

... Y en ese preciso momento, la Duquesa en persona abrió la puerta del escusado y entró. Llevaba un libro en la mano y obviamente planeaba pasar un rato de tiempo de calidad allí, a solas.

Si hubiera sido una persona gritona, los guardias habrían irrumpido y las cosas hubieran resultado muy diferentes. Pero no gritó. En lugar de eso, se llevó una mano a la boca y dijo:

—¡Oh!

—Excelencia, ¡por favor escúcheme! —dije, con medio cuerpo fuera del agujero—. He venido a advertirle de una conspiración en su contra —hablando en serio, yo seguía sin estar segura de que fuera contra ella y no contra todos los magos, pero pensé que así lograría capturar su atención.

(Aunque, a decir verdad, supongo que una chica joven y medio desnuda que sale por el hueco de un escusado con la ayuda de un chiquillo cubierto de porquería también atrae mucha atención).

—Excelencia, por favor —yo estaba del todo atascada, como un corcho en una botella, y ahora apenas podía tocar las barras de la X con los pies, así que no podía impulsarme hacia fuera. La falda se había deslizado otro poco hacia abajo. Por suerte, la ropa interior todavía se mantenía en su lugar. ¡Qué fiel mi ropa interior!

—Me llamo Mona, y usted me salvó del inquisidor Oberón hace unas semanas. Me estaban juzgando, y usted me defendió, así que vine a decirle que… tiene que escucharme… *¡Por favor!*

—¿Cómo llegaron aquí? —preguntó. No era exactamente la respuesta que yo esperaba, pero al menos no estaba llamando a gritos a los guardias. Es probable que yo no le pareciera amenaza suficiente, atascada en el asiento del escusado, y Spindle era demasiado chico y escuálido para considerarlo un asesino.

—Trepamos hasta aquí —dijo él—. No fue muy difícil. Bueno, todo menos esta parte —me miró con irritación profesional.

Tomé aire. Tal vez eso fue un error. Pude olerme, y no resultó agradable. Traté de recordar el discurso que había ensayado todas esas noches en el campanario y, por alguna razón, lo único que conseguía evocar era el potaje de avena y las briznas de paja que me pinchaban durante la noche.

Fue el hombrecito de jengibre el que me salvó.

Durante todo el ascenso por el pozo del escusado había estado aferrado a mi oreja, con un mechón de cabello alrededor de su brazo. Casi había olvidado que estaba allí.

Dio un paso al frente, saltó desde mi hombro al asiento del escusado y luego al piso. Cuando estuvo a tres pasos de la Duquesa, pasos de humano y no de hombrecito de jengibre, bajó su cabeza de galleta e hizo una reverencia ante la Duquesa.

—¡Oh! —dijo ella en voz baja. Supongo que la mayoría de la gente no está acostumbrada a ningún tipo de saludo de parte de panes, bizcochos o galletas. Se me cruzó por la mente, ya demasiado tarde, que la Duquesa podría ser una de esas personas que sentían desconfianza ante la magia, pero no... ella trabajaba con todos esos magos del ejército, ¿o no? El General Dorado era su mano derecha. Seguramente ya se había acostumbrado a esto de la magia.

Al margen de eso, me dio el tiempo necesario para organizar mis ideas. Tomé aire una vez más:

—Excelencia, el inquisidor Oberón está enviando asesinos para matar a las personas con dones mágicos, y no sé en qué punto va a parar. Pienso que puede ser parte de una conspiración contra usted. Creo que, con el General fuera de la ciudad, él va a tratar de hacer algo. Tenía que alertarla. Excelencia, creo que se encuentra usted en un grave peligro. Sé que nosotros, los magos, lo estamos.

Y entonces sucedió lo último que yo hubiera podido esperar.

—Ay, mis queridos... —la cara de la Duquesa se arrugó en una mueca—. Lo sé. *Lo sé.* ¡Y no sé qué hacer!

Y estalló en llanto.

VEINTE

En ese momento de suprema vergüenza, Spindle salió al rescate.

—Muy bien —dijo, al parecer indiferente al hecho de que la gobernante de nuestra ciudad estuviera llorando ante nuestros ojos—. Si yo la sujeto por este brazo, y usted la sujeta por el otro, doña, creo que podremos sacarla.

A favor de la Duquesa, debo decir que dejó su libro, soltó un sollozo breve, y tomó mi brazo izquierdo.

Y ambos jalaron. Me desatasqué y salí del hueco del escusado con largas manchas rojas en las caderas, donde me había raspado, y caí de cabeza en la alfombra. El hombrecito de galleta se quitó de en medio a toda prisa. Es probable que la alfombra se haya llevado la peor parte en ese golpe.

—Ay, cielos —la Duquesa encontró una toalla y la envolvió alrededor de mis hombros. Era la toalla más suave que yo había tocado en mi vida, gruesa y esponjosa, y me parecía un crimen usarla para limpiar… eso… para quitarme eso de la piel, pero en todo caso, lo hice. Esperaba que la pudieran lavar, o algo semejante.

—Mmmm... gracias, Excelencia —traté de ponerme la toalla sobre las piernas. Una cosa era estar ante la gobernante de la ciudad, y otra muy diferente era estar ante ella en ropa interior. Aunque, a decir verdad, en ese momento no se veía como una gobernante. Parecía más pequeña que en los desfiles y que cuando la había visto en la corte. Más pequeña y mayor, y muy cansada. Al caminar parecía que arrastraba ligeramente un pie, como si una de las rodillas le doliera. Tenía unas manchas moradas en forma de medialuna bajo los ojos, y las lágrimas le habían dejado la nariz enrojecida y brillosa.

Era raro pensar que la Duquesa era anciana. Había sido de mediana edad prácticamente desde siempre. Imagino que alguna vez había sido joven pero, cuando uno le antepone la palabra "Duquesa" a un nombre, como que esa persona automáticamente pasa a ser de mediana edad. Y ella parecía... bueno... tal vez no es que fuera poco amable, pero sí severa, siempre que la había visto. Competente. No como alguien que pudiera acabar llorando en su recámara y sin saber qué hacer.

—¿Van a venir los guardias? —pregunté. Esperaba tener algo más para cubrirme que una toalla si llegaban a aparecerse. Agua y jabón antes de que me arrestaran tal vez.

—No —contestó ella con firmeza, secándose los ojos con el borde de la manga—. No, los guardias me son leales, por lo menos, y no actuarán sin mis órdenes. Ojalá supiera quién más me guarda lealtad.

—Nosotros, Excelencia.

Spindle, que jamás había sido muy partidario de la monarquía, restregó un pie en la alfombra y murmuró algo.

—Gracias, mis niños —dijo la Duquesa—. Aunque no puedo entender cómo fui a caer tan bajo para que mis partidarios tengan que treparse por el pozo de un escusado para manifestar su lealtad —tomó distraídamente la toalla que yo tenía y la arrojó en una cesta. Tiré de mi camisa, para cubrirme las piernas, pero ella me entregó una especie de manta de viaje.

—Se va a ensuciar, Excelencia —dije, mirando el fino bordado.

—Pues que se ensucie —contestó con voz firme—. Hay cosas más graves por las cuales preocuparse ahora.

—¿Sería posible...? —miré anhelante hacia el cuarto de baño. Yo apestaba. No quería echar a perder la manta, y tampoco quería oler a cloaca—. Será cuestión de unos minutos.

—Sí, por supuesto.

Arrastré a Spindle conmigo y lo hice lavarse. Refunfuñó.

—Este jabón huele a rosas.

—Sí, ¿no te parece agradable?

—No.

Debí haberlo obligado a lavarse detrás de las orejas, pero no teníamos toda la noche. Tenía algo de miedo de que, cuando saliéramos, la Duquesa hubiera hecho entrar hombres armados para encargarse de sus visitantes, pero ella seguía allí, tirando de una hilacha que salía del brazo de su silla. Sonrió levemente al vernos, pero había un fondo de tristeza detrás de esa sonrisa.

—Mucho mejor, mis queridos. Ahora, cuéntenme de ese asesino.

Así que Spindle y yo, interrumpiéndonos uno a otro y robándonos la palabra, le explicamos lo del Hombre Color Retoño y los bandos y el toque de queda y las desapariciones repentinas de magos.

Tuve que contarle de Tibbie. Spindle no dijo nada, pero la Duquesa estiró su mano para tomar la de él y darle un ligero apretón. Sus manos se veían más viejas que el resto de su ser. Los tendones del dorso sobresalían, y había una franja de piel más clara en un dedo, donde antes debió haber un anillo.

—No sabía de ese registro de las personas con dones mágicos —dijo sin aspavientos—. Yo no lo hubiera permitido.

—Había carteles con el edicto impreso por todas partes —dijo Spindle.

La Duquesa soltó una risa breve y amarga.

—No salgo mucho del palacio, mis niños, y si lo hago, voy siempre con guardias. Hay tanto qué hacer aquí todos los días. Y no nos encontramos en guerra, aunque parece que no tardaremos en estarlo, y el Consejo, que preside el inquisidor Oberón, me dice una y otra vez que no debo arriesgarme a salir, que basta un loco armado con un cuchillo para poner la ciudad en estado de caos —se pasó una mano por el cabello—. Con Ethan, el General Dorado, lejos de aquí, es difícil no prestarles oído. Así que no he visto los carteles, y sospecho que están filtrando a todos los que solicitan una audiencia, para que nadie que traiga información tan preocupante pueda llegar a mí.

—Pero usted no hubiera permitido que se hiciera ese registro —dije, sintiendo que algo se aflojaba dentro de mí. Me importaba su respuesta, y mucho. Cuando uno es diferente, aunque sea sólo un poco, incluso de una forma que el resto de la gente no puede ver, uno quisiera saber que quienes están en el poder no lo juzgan por ser como es.

—Hubiera tratado de impedirlo. Siempre ha sido una de las virtudes de nuestro reino el que los magos menores no reciban un trato diferente. Y no dejaría que eso se terminara durante mi gobierno —suspiró—. Hay muchas cosas que no quisiera que sucedieran en mi gobierno, pero tal vez no dure mucho más, si Oberón se sale con la suya.

—¿Y no puede frenarlo? —pregunté—. ¿No puede dar una contraorden?

Suspiró de nuevo y se pellizcó el puente de la nariz, cansada.

—No es tan sencillo. Debes entender, Mona, que quien gobierna una ciudad no tiene un poder absoluto. El Consejo ejerce mucho control. Por lo general, eso es bueno, pues impide que un mal gobernante haga cosas perjudiciales para sus ciudadanos. Pero también puede llevar a problemas, sobre todo cuando algún miembro del Consejo tiene sus propios planes. Oberón preside el Consejo y además él sabe... sabe cómo persuadir a los demás consejeros para que se apeguen a sus planes.

—¿Y qué es lo que él quiere? —pregunté ansiosa—. ¿Qué es lo que tiene en contra de los magos menores?

La Duquesa hizo una pausa.

—Aunque parezca extraño, Mona, no creo que tenga nada contra ellos. Al menos, nada de carácter personal.

Cerré los puños sobre la manta afelpada. Definitivamente, para mí era un asunto personal.

—Lo que Oberón quiere, y que siempre ha querido, es poder —miró por la ventana, pero no creo que estuviera mirando de verdad—. Durante mucho tiempo ha creído que deberíamos estar en guerra con las otras ciudades-estado, utilizando el poder de nuestros magos guerreros para que la mayor cantidad posible de estas ciudades queden bajo el gobierno de una sola persona.

—¡Caramba! —dijo Spindle—. ¿Será que quiere ser emperador, como en otros tiempos?

—Más o menos —contestó la Duquesa en un suspiro—. Quiere poder, y que el trono lo ocupe un títere que él pueda manipular. De esa manera, si el pueblo se enfurece, atacarán a quien esté en el trono y no al propio Oberón.

—Y los magos menores… —empecé.

—Es un poder que él no controla, y por eso debe desaparecer. Tiene una idea clara de la potencia de nuestro ejército, pero hay tantos magos de menor poder en la ciudad y ¿quién sabe de qué podrían ser capaces? Resulta claro que ha decidido obligarlos a irse, o asesinarlos si no quieren hacerlo.

Podrá parecer raro, pero oír eso me hizo sentir un poco mejor. De alguna manera, es mejor ser un enemigo potencial que simplemente uno más de "esa gente". Al menos, a los enemigos se les respeta.

—Bueno —siguió la Duquesa—, por el momento, Oberón piensa que yo ignoro mucho de lo que hace… ¡y todo indica que está en lo cierto! Cree que soy una ingenua y que no hay necesidad de protegerse de una vieja tonta. Cuando me vuelva peligrosa para sus fines, hará lo necesario para quitarme de en medio.

Tragué saliva.

—Es algo que sucederá tarde o temprano —se levantó y empezó a dar vueltas por la habitación, todavía cojeando un poco de la rodilla derecha—. Le soy de utilidad mientras sea un títere, pero incluso una vieja tonta tarde o temprano protestará respecto a lo que le piden que haga —dio un puñetazo en un tapiz—. Debí haberlo hecho desde hace mucho. Tengo la sangre de los magos en mis manos. Mona, Spindle, perdón, lo siento mucho.

No supe qué decir. Los adultos no suelen pedirles disculpas a los niños, no por cosas como ésas. Cuando alguien dice "perdón, lo siento", uno contesta "está bien". Sólo que esta vez no estaba bien. Tibbie había muerto, al igual que muchas otras personas. A lo mejor ella podría haberlo impedido, a lo mejor no, ¿y quién era yo, Mona, la panadera, una maga de masa de pan y de galletas, para aceptar sus disculpas en nombre de todos los muertos?

Pero ella no parecía estar esperando una respuesta, porque lo que hizo fue hundir la barbilla en su pecho y recostarse en el marco de la puerta unos momentos.

—Si tan sólo Lord Ethan estuviera aquí —dijo con tristeza—. Fue un error enviar el ejército fuera de la ciudad, pero ¿qué más podía hacer? Los mercenarios carex estaban asolando las poblaciones de las afueras para conseguir provisiones y ganado, o eso es lo que nos dijeron, y no podíamos abandonar a toda esa gente a su suerte. Pero Oberón está aquí y Lord Ethan no, y no sé si soy lo suficientemente fuerte para enfrentarme al inquisidor y a todos los traidores que ha atraído a su causa.

—¿Y no puede hacer que regrese? —preguntó Spindle—. ¡Mándele un mensaje! Dígale que vuelva rapidísimo y saque a Oberón de aquí.

—Hay otro problema con esa idea —contestó ella—. Se necesita un mago, uno como Mona, pero con entrenamiento especial, para enviar un mensaje inmediatamente. Si no, tenemos que confiar en mensajeros a caballo, cosa que tomará varios días. Y de los tres magos que tengo instalados en palacio, uno murió hace pocos días, por causas naturales...

Se calló. Vi cruzar por su cara la idea de que esas causas bien podrían haber sido poco naturales. Tomó aire y continuó.

—Uno está ya muy anciano y no sé si tenga la fuerza para mandar ese mensaje.

—¿Y el tercero? —pregunté, con un escalofrío. ¿Sólo tres magos? ¿Sólo dos si uno había muerto hacía poco?

—El tercero —dijo la Duquesa—, tengo muchas razones para pensar que es ese que tú llamas el Hombre Color Retoño.

VEINTIUNO

—**B**ueno —dijo Spindle, hablando por todos—, esto es un bonito desastre, definitivamente.

—¿El Hombre Color Retoño? ¿En el palacio? ¿Aquí? —apreté los brazos contra mi cuerpo con fuerza, sintiendo la necesidad de hacerme lo más pequeña posible y así pasar desapercibida. ¿Y si ya había podido olerme? ¿Y si me había olido desde mi paso por la cocina? Quizá no era capaz de trepar por el pozo del escusado, pero seguro sabía a qué habitación llevaba ese agujero. ¿Estaría frente a la puerta, ahí afuera, en ese preciso momento?

No. Los guardias habrían dicho algo. Los guardias eran leales, según la Duquesa.

Si es que él no los había matado ya.

Tal vez por la expresión de pánico, en mis ojos como platos, la Duquesa se levantó y fue a la puerta. La entreabrió, una ranura minúscula, y dijo en voz baja:

—¿Todo en orden?

—Sí, Excelencia —contestó una voz masculina grave desde el otro lado—. Todo en orden.

—Gracias —dijo la Duquesa—. Ocúpense de que no me interrumpan —cerró la puerta de nuevo.

—Este mago viejo… —dijo Spindle—, ¿de qué edad estamos hablando? ¿Cómo *viejo*-viejo, o como viejo-senil y decrépito?

La Duquesa levantó una ceja:

—Bueno, bastante mayor. No creo que esté senil, pero sí le pesan los años. Por lo menos, tiene una lealtad a toda prueba, sin duda. Era muy buen amigo de mi padre.

—Tendrá que ser él —intervine—. Si el Hombre Color Retoño está en el palacio, Excelencia, ¡podría venir por *usted*! —(*Y por mí*, pensé, pero no quise decirlo en voz alta).

Esperaba que ella me dijera que eso no eran sino tonterías, o que había algo más que yo no había tenido en cuenta… esas cosas que los adultos nos dicen cuando estamos completamente seguros de algo, y que sirven para mostrarnos otra cara de todo, y hacernos sentir como idiotas… pero no dijo nada parecido. En lugar de eso, asintió y confirmó:

—Sí. Tienes razón. Vamos a hablar con él.

—Mmmm… —reaccionó Spindle—. Perdone usted… no estamos vestidos exactamente como para andar por el palacio con su señoría.

La Duquesa sonrió. Era una sonrisa algo cansada, pero en las circunstancias del momento, era algo bueno.

—No te preocupes por eso, jovencito. Ser la Duquesa tiene *ciertas* ventajas.

Abrió la puerta. De inmediato, los guardias se pusieron en posición de firmes.

—Joshua —le dijo al que estaba del lado izquierdo—, ve y consigue unos uniformes de paje. Necesito dos, uno pequeño y uno grande. Si no puedes conseguir las camisas, por lo menos las túnicas.

—¿Excelencia? —contestó Joshua, algo sorprendido.

—*Ahora*, Joshua.

—Sí, su Excelencia.

Joshua dejó su puesto. El guardia que estaba en el lado derecho, con expresión inmutable, se movió para quedar ante la puerta. La Duquesa la cerró de nuevo.

—¿No irá él a contarle a alguien? —preguntó Spindle, intrigado.

—Tengo serias dudas de que alguien vaya a despertar al inquisidor a estas altas horas de la noche con la novedad de que acabo de pedir que me traigan un par de uniformes de paje —se pasó la mano por el cabello y volvió a dar vueltas por el aposento—. Si me está vigilando tan de cerca, probablemente ya no tengamos nada qué hacer.

Spindle asintió distraído. Su atención estaba caído en una bandeja con queso y pan que estaba en una mesita lateral.

—Mmmm... señora...

—¡Spindle! —masculle, mortificada. Estábamos allí para evitar un sangriento golpe de estado y no para entretenernos con un tentempié nocturno.

—Adelante, sírvete lo que quieras —contestó la Duquesa divertida.

Spindle cortó un trozo de queso y se puso manos a la obra. Sus modales eran penosos. Además, ahora que yo estaba al tanto de que había queso allí, podía olerlo.

Mi apetito se había apagado durante el ascenso por el pozo, por instinto de preservación, pero ahora notaba cierta actividad que me indicaba que no había desaparecido. Me serví algo de queso y pan.

Era un queso exquisito. El pan era muy bueno. Harina de calidad superior, muy fina, pero un poco densa donde debería ser esponjosa. Yo hubiera podido hacer cosas fabulosas con esa harina.

Unos minutos después, el guardia regresó. Entró al aposento cargando un montón de ropa y se detuvo en seco cuando nos vio a Spindle y a mí.

—Excelencia…

—Son amigos míos —explicó ella decidida—. Los voy a nombrar pajes reales.

—Pero, Excelencia… estábamos de guardia… ¿cómo es que…? —sonó casi quejumbroso.

—Por el pozo del escusado —dijo la Duquesa—. Cosa que, al fin y al cabo, fue buena, porque ahora tendremos que hacer que lo revisen. Puede ser que no todo el que escale por ahí tenga buenas intenciones.

—Yo… sí, Su Excelencia. De inmediato.

—Con otro par de barras en cruz será suficiente —intervino Spindle—. Las púas no sirven de mucho, pero si agregan otra cruz de barras bien soldadas, nadie más que las ratas podrá pasar.

—Esperemos que no haya ratas —opinó la Duquesa con voz firme—. Entiendo que esos animalitos tienen que existir, pero no es que me agraden. Ahora, chicos, pónganse el uniforme…

Los uniformes nos quedaron… más o menos. Los pantalones no me cerraban. A Spindle le pareció graciosísimo. Los suyos necesitaron un cinturón, que Joshua amablemente le donó, y que sobre la delgada cintura de Spindle tuvieron que dar dos vueltas antes de que pudieran abrocharlo.

En contraste, las túnicas eran largas y elegantes y ocultaban toda una serie de pecados. No podían esconder las mangas arremangadas de Spindle, o el hecho de que ninguno de los dos llevaba los zapatos adecuados, pero con suerte nadie nos miraría con tanto detalle.

El hombrecito de jengibre reconoció que íbamos disfrazados, levantó la parte de atrás del cuello de mi túnica y se escondió entre mi cabello.

—Muy bien —dijo la Duquesa al inspeccionarnos—. Nadie va a mirarlos muy detenidamente a estas horas de la noche. Eso espero. Vamos a las habitaciones de maese Gildaen —se echó una capa por los hombros—. Joshua, si gustas...

—Sí, Excelencia.

Salir al pasillo del palacio era casi tan aterrador como escalar el pozo del escusado. El Hombre Color Retoño andaba por ahí en alguna parte. ¿Y si llegaba de pronto por alguna razón? ¿Y si tenía insomnio o quería algo de la cocina, o simplemente sentía el deseo de asesinar a un pajecillo cualquiera que anduviera por los pasillos?

Sin embargo, la Duquesa no compartía esos temores. Iba avanzando por el pasillo como si el mundo le perteneciera. Bueno, supongo que técnicamente el pasillo sí era suyo. Joshua la seguía con su mano en la empuñadura de la espada, y daba una impresión muy marcial y protectora. Me pregunté qué tanto sabría de lo que sucedía con el inquisidor. Spindle y yo nos apresurábamos tras los dos. Yo estaba convencida de que mis zapatos iban dejando manchas de barro en la alfombra, aunque no pude ver nada cuando miré hacia atrás.

Dimos vueltas y vueltas por los pasillos, bajamos por una amplia escalinata, y cruzamos una puerta. Joshua abrió otras puertas dobles y le hizo una señal a la Duquesa, con una breve reverencia, para que siguiera adelante. Se veía pensativo y algo preocupado, pero no enojado. Era un alivio.

—Ahora… —dijo ella cuando llegamos a un corredor amplio con una hilera de puertas—. ¿Cuál es la de maese Gildean?

—La tercera del lado derecho, Excelencia.

—Gracias —se acercó a la puerta indicada y golpeó la madera con los nudillos.

No sucedió nada durante un rato.

—Está un poco sordo, Su Excelencia —se disculpó Joshua—. ¿Me permite…?

—Por favor.

Sacó un puñal, Spindle y yo retrocedimos un paso, y golpeó la puerta con la empuñadura.

—¡Abra, en nombre de la Duquesa!

—¡Caramba! —murmuró ella—. Parece un poco excesivo.

—Está *muy* sordo —contestó Joshua, guardándose el puñal.

Por lo visto, maese Gildean no estaba tan sordo, porque oímos un débil "Ya voy, ya voy", y un momento después la puerta se abrió lo suficiente para que pasara una mano.

—¿Qué es todo esto? —preguntó el mago, algo molesto—. ¡Estamos en medio de la noche! ¡Es tan tarde que casi es temprano! ¿Qué hace usted llamando a la puerta de un anciano a esta hora?

Joshua empujó la puerta para abrirla del todo y maese Gildaen retrocedió un paso.

—¿Qué? —exclamó—. ¡Me debe algo de respeto, jovencito! ¡O prefiere que en vez de sangre le corra arenque en escabeche por las venas! Créame que puedo hacerlo.

—Maese Gildaen —dijo la Duquesa amablemente—, el reino necesita de su ayuda.

El anciano mago la miró parpadeando.

—Oh —contestó con lentitud—, oh, mmm… Su Excelencia. No tenía idea. Pase usted, adelante… —retrocedió unos cuantos pasos y nos hizo ademán de que entráramos.

Sus habitaciones se parecían más a lo que uno encontraría en el Nido de Ratas que a un palacio. Había cosas apiladas sobre otras cosas... y sin un propósito claro ni un origen definido. Había un sillón de orejas con una cosa encima que parecía un caldero fabricado con un cocodrilo, y en donde debería estar un reposapiés, había una enorme pecera de vidrio repleta de fango.

En todas las paredes había puertas, pero a la del fondo sólo se podía llegar pasando por encima de un montón de lo que, en otros tiempos, quizás, habían sido maletas.

Maese Gildaen miró alrededor, sin saber qué hacer.

—¡Ay, cielos! Venga por este lado, Su Excelencia. Creo que la sala no está tan... tan... mmm...

La Duquesa hizo uso de esa gracia que uno esperaría encontrar en una monarca:

—No se preocupe, maese Gildaen. Estamos aquí en busca de sus servicios como mago, no para poner a prueba sus virtudes domésticas.

—Entonces, ¿magia? —preguntó agobiado. Abrió la puerta que llevaba a la sala. Se veía mucho mejor, aunque había también pilas de libros, y el polvo se acumulaba en una gruesa capa afelpada en los respaldos de las sillas—. Deberían hablar con el joven Elgar, mejor. No es que sea bueno para otra cosa aparte de aire y humo y olores. ¡Estos jóvenes magos de hoy en día! Apenas si es mejor que un mago de segunda, si me lo preguntan. Pero sigue siendo preferible a este mago anciano y senil. Ya no soy tan joven como antes, y tal vez no seré capaz de hacer gran cosa...

—Tenemos razones para sospechar que Elgar es un traidor —dijo la Duquesa, entrando a la sala.

Elgar. De manera que el Hombre Color Retoño tenía un nombre.

La seguí, con Spindle tras de mí. Joshua tomó su lugar junto a la puerta. La Duquesa se acomodó en una silla y miró a maese Gildaen que se veía viejo, viejo, bastante más viejo de lo que había parecido cuando nos abrió la puerta.

Y a pesar de eso, cuando habló no había rastro de queja en su voz, y sonó más fuerte y decidida de lo que yo hubiera esperado, para venir de un hombre tan anciano.

—Ya veo. A este punto hemos llegado, entonces —cruzó la mirada con la Duquesa—. No sé cuánta magia me quede, Excelencia, pero le serví a su padre, y al padre de su padre, y estoy a su entera disposición para lo que sea que pueda hacer por usted con lo poco que me queda.

VEINTIDÓS

Menos de una hora después, me encerraron en un armario con maese Gildaen y un gran recipiente con agua.

—Aquí no caben todos —dijo el mago cuando Joshua pareció querer discutir—. Es mi cuarto de trabajo. Entro ahí para hablar con las aguas, no para recibir visitas. Mi joven colega puede venir conmigo, si les preocupa que yo pueda invocar algún demonio del agua para que deje sus huesos limpios e impolutos, pero los demás pueden quedarse en mi sala.

—No puedo vigilar la entrada del cuarto de trabajo y a la Duquesa al mismo tiempo —protestó Joshua—. No, a menos que nos quedemos todos en el pasillo, y no creo que eso sea buena idea.

La Duquesa le dijo que podía quedarse montando guardia en la puerta, y que ella estaría perfectamente bien a solas, y Joshua fingió que ella no había dicho nada. Eso me sorprendió. Supongo que era prueba de lo que había dicho antes la Duquesa, de que quien gobierna una ciudad no tiene poder absoluto. Desde el punto de vista de Joshua, a la hora de mantener a salvo a la Duquesa, era él quien estaba a cargo. Y la Duquesa parecía aceptar esa situación.

Y entonces, ella se volvió hacia mí:

—¿Mona?

Yo sabía que no era una orden. Me estaba preguntando si yo estaba dispuesta a ir, por si acaso maese Gildaen resultaba ser otro traidor. Hubiera podido decir que no, y algo se nos habría ocurrido.

—Iré —dije. Yo no creía que Gildaen fuera un traidor. Había escuchado toda la historia, enterita, y si hubiera sido un traidor, habría reaccionado con asombro ante la noticia de Elgar, para desviar las sospechas.

En lugar de eso, cuando le contamos sobre el Hombre Color Retoño, tan sólo asintió.

—Suena como algo que Elgar podría hacer. Ese joven desgraciado es de los que, cuando se aburren, les arrancan las alas a las moscas. Y siempre vestido con esas ridículas túnicas verdes. Uno pensaría que así llamaba la atención tanto como un pez fuera del agua, pero tiene ese absurdo talento con el aire, y consigue envolverse en él de manera que la mitad de las veces las miradas que iban destinadas a él resbalan y no lo perciben.

—¿Pueden arrestarlo? —preguntó Spindle, echando un vistazo de intenso interés a las armas de Joshua—. ¿O cortarlo en pedazos por traidor?

—Podemos intentarlo —dijo Joshua. Miró a maese Gildaen para confirmarlo.

—*Intentarlo*… ése es el término adecuado, jovencito. Elgar no es tan buen mago como para impedir que el aire entre o salga de tus pulmones, pero sí puede envolver tus ojos en humo y enredarte el cerebro, y luego de eso no necesita más que un cuchillo. Y los días en que yo era capaz de hacer caer una tormenta que limpiara el aire ya pasaron hace mucho —Gildaen miró a la Duquesa y suspiró—. Pero haré todo lo que esté en mis manos, si su Excelencia así me lo pide. Aunque le sugiero muy encarecidamente que, antes que nada, enviemos un mensaje al General Dorado, de manera que, si llegamos a fracasar, no perdamos un mago.

—Entonces, por favor, envíe el mensaje, maese Gildaen —la Duquesa le lanzó a Joshua una mirada vehemente para apaciguarlo. Parecía tan decepcionado como Spindle, aunque lo disimulaba mejor.

Gildaen era un mago del agua (ésa es una de las principales diferencias entre los magos de verdad y yo. Ellos tienen acceso a cosas verdaderamente importantes, como agua o aire o relámpagos. Lograr que cualquier forma de agua haga lo que uno quiera es mucho más útil que tener poderes sobre cualquier tipo de pan). Insistió en llevar una tetera y tazas, aunque desde hacía mucho no se había encendido fuego en el fogón a juzgar por cómo se veía. Me ocupé de limpiar las tazas con el borde de mi túnica, mientras el mago rebuscaba un poco de té.

Y cuando estaba a punto de decir algo sobre calentar el agua, a él le bastó con tocar la tetera y salió vapor por el pico.

—Todavía puedo hacer que haya agua caliente para el té, si es que eso sirve de algo. Y creo que puedo enviar un mensaje, pero no estaba mintiendo, Excelencia. Prácticamente cualquier otro mago del reino le sería de mayor utilidad que yo. Mi magia ya no es lo que solía ser.

—*No* hay ningún otro mago —contestó la Duquesa—. Oberón se ha encargado de eso. Usted y Mona son los únicos en quienes puedo confiar. Los demás están muertos o escondidos. O se fueron junto con el ejército hace semanas —suspiró y se pasó una mano por el cabello plateado—. He sido una ingenua durante demasiado tiempo, maese Gildaen, y ahora todos estamos pagando por eso.

—¡Ah! —respondió él—. Pero es más seguro ser ingenuo y tonto, ¿o no? ¿Cree usted que no lo sabía yo, todo esto que pasó en los últimos meses? Nadie se molesta con un viejo tonto —dejó caer las manos a ambos lados del cuerpo—. Anda, Mona, si somos los últimos magos de este reino, veamos qué es lo que podemos hacer.

Al ponerlo así, no tuve más remedio que ir con él. Tal vez éramos los últimos magos del reino. Tal vez no podía incluirse a Molly, la Matarife. Las posibilidades de que librarse de Oberón dependiera de hacer caminar caballos muertos no parecían muy grandes.

Maese Gildaen no mentía. No había espacio para todos en su cuarto de trabajo. Joshua y la Duquesa y Spindle se quedaron en las habitaciones de Gildaen un poco más allá, por el pasillo. Los talleres de magia no estaban comunicados directamente con las habitaciones de los magos, en caso de que algún hechizo se saliera de control. Eso tenía lógica. Si yo pierdo el control de mi magia, lo peor que puede suceder es que se me eche a perder el pan. Si Gildaen llegaba a perder el control, uno podría terminar enfrentándose a una riada de agua enfurecida e hirviente que inundaría el castillo.

A diferencia del resto de sus habitaciones, el taller de magia de Gildaen no tenía absolutamente nada más que un taburete acojinado y un enorme recipiente de agua dispuesto sobre un cajón de madera. El cuarto tenía apenas cinco pasos de largo y tres de ancho. Creo que tal vez había sido un armario externo en algún momento, lo que podría explicar por qué estaba junto a la entrada a sus habitaciones.

Se sentó en el taburete, de espaldas a la puerta. Y yo me apretujé para pasar al fondo y quedar al otro lado del recipiente de agua. Me senté en el piso.

—¿Alguna vez has trabajado con comunicación y mensajes? —preguntó Gildaen, agitando la superficie del agua con un dedo.

—¿Eh? —la pregunta me tomó por sorpresa—. Yo trabajo con pan, maese Gildaen. Únicamente con pan.

Resopló, mirando al hombrecito de galleta sentado en mi hombro.

—Y yo trabajo con agua, únicamente con agua. Reconozco que el pan es un poco más especializado, pero sospecho que algo podría inventarse. Convencer al mensaje de que se haga visible en un panecillo o algo así —frunció el ceño y volvió a agitar el agua—. Vamos, tú… despierta…

Lo pensé. Tal vez podría convencer a un panecillo de que se quemara de determinada manera para que mostrara un patrón, como una palabra, pero no a distancia. Y menos a una distancia como la que nos separaba del ejército.

—No creo que mi magia tenga tanto poder —confesé—. Yo… no… no soy una maga muy buena. No hay manera de que mi magia llegue hasta los hornos del ejército. Ni siquiera sabría cómo hacerlo.

—¡Ja! —agitó un dedo frente a mí—. Yo tampoco sabía cómo, jovencita. Dudo que muchos de nosotros pudiéramos hacerlo. Este recipiente es idéntico a uno que lleva el ejército, fabricado por la misma mano a la misma hora, y el agua que contiene fue sacada del mismo pozo en la misma cubeta. Mis poderes no podrían atravesar la helada ciudad. La única razón por la cual puedo enviar mensajes es porque la vasija y el agua se recuerdan mutuamente —agitó el agua por tercera vez, y se inclinó hacia atrás satisfecho, al parecer—. Todos los magos que trabajan con mensajes tienen algo semejante a esto. Hay un hombre en una tienda de campaña, donde quiera que el ejército esté acampado, que tiene el recipiente, y una varita de incienso de Elgar, y una bandeja con arena del pobre Dalthyl... —suspiró—, aunque imagino que la bandeja de Dalthyl ya la guardaron para no usarla más.

—A lo mejor no —contesté—. Elgar les habría mandado un mensaje para avisarles que él murió, ¿cierto? Tal vez no lo hizo. Tal vez no lo saben —por alguna razón, eso me parecía lógico. Si los acontecimientos se estaban precipitando, ¿no tendría más sentido para Oberón que el General Dorado no se enterara de que la ciudad tenía un mago menos?

Gildaen gruñó.

—Tal vez tengas razón, al fin y al cabo. Probablemente podríamos ver cómo hacer un par de hornos gemelos, y masa de una misma tanda, y de esa manera podrías mandar mensajes. Sería un poco más engorroso, pero siempre estamos cortos de magos, así que la gente busca una manera de suplirlos.

Estoy casi segura de que me sonrojé. El ejército era quizás el único lugar de la ciudad que quería tener más magos, en especial en esos momentos.

—Mmmm... sinceramente, señor, yo no soy una maga tan buena. Quiero decir, horneo cosas. No es nada especial.

Hizo un ruido descortés.

—Tienes la cabeza llena de historias sobre magos que destruyen montañas con bolas de fuego. No eres tan débil, jovencita. Hay magos que han logrado mucho con menos.

—Pero es sólo *pan* —insistí.

—Kilsandra, la asesina, cultivaba rosas —dijo, inclinándose sobre el recipiente—. Era lo único con lo que sabía trabajar. Las convencía de producir pociones mortales y polvos para dormir en el polen, y de llevar mensajes en los tallos con lo cual podía enterarse de lo que hablaban sus enemigos. Consiguió aniquilar a unas cuantas personas con rosales que tenían espinas del largo de tus brazos. En dos reinos todavía no se atreven a sembrar rosas en un radio de cien pasos alrededor del palacio o las barracas del ejército, y todo por ella, que murió hace ochenta años —le dio un golpecito a la vasija con una de sus uñas—. Claro, no pretendo decirte que sigas su ejemplo, pero con un poquito de imaginación... ah, aquí vamos.

El agua se onduló y salpicó, y se oyó una voz metálica:

—¿Gildaen? ¿Eres tú?

—No debería sorprenderte, Hagar. Sigo vivo. No como el pobre Dalthyl.

Me asomé por encima del borde de la vasija. Mostraba dos juegos de reflejos, como dos paneles de vidrio superpuestos. En uno estaba maese Gildaen, y en el otro, una mujer con el cabello rubio ondulado. Al parecer, ella era Hagar. Debido al ángulo, yo podía ver directamente por el interior de su nariz.

Ella frunció el entrecejo.

—¿Dalthyl? ¿De qué hablas?

Durante unos instantes, Gildaen y yo cruzamos una mirada por encima de la vasija de agua.

—Óyeme bien —dijo él—. Dalthyl está muerto. Elgar es un traidor. Oberón está tramando algo. Debes hacer que el ejército regrese lo antes posible.

Las aletas de la nariz de Hagar vibraron. Creo que también puede haber fruncido el ceño, pero lo que vi bien fue lo de la nariz.

—¿Cómo? ¿Elgar? ¿Estás seguro?

—¡Claro que sí, tonta! —Gildaen golpeó la caja de madera con el puño, con lo cual se formaron ondulaciones en el agua, distorsionando la imagen de Hagar—. ¡La misma Duquesa me lo dijo! ¡Tienes que hacer algo...!

Eran las ondulaciones... que distorsionaban todo. El manchón verde pálido que apareció detrás de él estaba demasiado fragmentado por las olas para que alguno de los dos distinguiera al Hombre Color Retoño hasta que éste clavó un cuchillo en la espalda de maese Gildaen.

Gildaen jadeó. Fue un sonido húmedo y desdichado. A través del agua, débilmente, oí chillar a Hagar. Levanté la cabeza y vi al Hombre Color Retoño, Elgar, cuando sacaba el cuchillo de la herida que había abierto en la espalda del anciano mago.

El tiempo se detuvo. Hubiéramos podido ser un trío de estatuas, Gildaen y yo y el Hombre Color Retoño de pie por encima de nosotros. Durante unos momentos no pude pensar en nada más que en la hoja del cuchillo, que se veía limpia, sin sangre. Claro, eso indicaba que no había sido más que un error, y Gildaen no había recibido una cuchillada, porque cuando a la gente la acuchillaban, el cuchillo quedaba ensangrentado, ¿o no?

Y entonces, maese Gildaen se inclinó sobre el cajón de madera, y su respiración cascabeleó en su pecho como los huesos de Nag, y el tiempo empezó a moverse de nuevo.

—*Tú* otra vez —dijo Elgar, mirándome—. Tonta criatura. Perdí tu rastro, y pensé que te habrías ido hace semanas. Pero te encuentro aquí en el palacio, ¡justo frente a mis narices! Creí que iba a vomitar al sentir tu olor de nuevo —negó con la cabeza—. Pero ahora que tuve que matar a Gildaen, se descubrió el plan... al menos, eso me permitirá no dejar cabos sueltos.

Oh, cielos, pensé. *¡Por Dios! Estamos en el ala del palacio donde se alojan los magos. Claro que Elgar podía olernos. Seguramente vive en este mismo pasillo, y todos están tan acostumbrados a andar en el palacio que ni siquiera pensaron en eso. ¡Ay, Dios! Y pensar que* *creímos que si no llamábamos a su puerta él no se enteraría de que estamos aquí.*

El taller era demasiado angosto. Elgar había entrado por la única puerta y ahora tenía que rodear el cajón de madera por un lado o por otro, pero yo no podía llegar más lejos. Si yo trataba de correr por el lado opuesto, a él le bastaba estirarse un poco, volcar el cajón y agarrarme.

Estaba atrapada.

—En todo caso, te debo una —dijo con aspereza—, por arrojarme esa espantosa bestia ácida encima.

Fue entonces cuando noté las cicatrices de un rosa vivo en un lado de su cara. Al parecer, Bob había producido algunos daños. Una cierta satisfacción, pequeña y amarga, me brotó en el pecho, en medio del pánico.

Elgar dio otro paso e hizo a un lado a maese Gildean con la rodilla. Alcancé a percibir ese aroma denso y especiado que recordaba de la primera vez que trató de matarme. Mi estómago se retorció.

Sus pasos no hacían ruido sobre el piso. Debía ser cosa de su magia. Cuando uno puede controlar el aire, a lo mejor también tiene el control de la manera en que el sonido viaja en él. Sería por eso por lo que era tan bueno para escabullirse.

Me pegué a la pared. El hombrecito de galleta se acurrucó en mi hombro, entrecerrando sus ojos de glaseado.

Dos pasos más y lo tendría sobre mí.

Me tocaría tratar de esquivarlo al salir corriendo. No había otra opción. No iba a funcionar, y yo sabía que no funcionaría, pero la alternativa era quedarme donde estaba y dejarlo que me acuchillara. Tal vez si conseguía llegar a la puerta, si podía gritar para alertar a la Duquesa…

¡Virgen de los Ángeles Acongojados, la Duquesa!

Todos estaban en la sala. Todavía. El Hombre Color Retoño debió pasar frente a esa puerta y seguir más allá, al taller, y mientras tanto la Duquesa y Spindle estaban sentados a unos cuantos pasos por el corredor, tomando una taza de té y esperando, protegidos tan sólo por una delgada puerta de madera y un único guardia.

Tomé aire y grité con todas mis fuerzas.

No pareció que sonara tan fuerte, sino más bien como un débil aullido. Elgar resopló y alzó su cuchillo. Desde la vasija de agua oí a Hagar que gritaba:

—¿Qué pasa? ¿Qué está sucediendo allá?

Con lo que debía ser su último aliento, Maese Gildaen metió una mano bajo el recipiente con agua y lo volcó sobre las piernas de Elgar.

Elgar gritó, mucho más fuerte de lo que lo había hecho yo.

A pesar de lo que maese Gildaen hubiera podido decir de sus habilidades en decadencia, juraría que el agua hervía cuando cayó sobre el Hombre Color Retoño.

Sujetó su túnica, bufando de dolor, y yo me abalancé hacia la puerta. Quería llevarme a maese Gildaen, pero no era lo suficientemente fuerte para cargar con él. Así que traté de no pisarlo, y después el Hombre Color Retoño, medio lloriqueando por sus quemaduras, me dio un codazo en la cabeza y me dejó aturdida.

Fui a caer despatarrada sobre maese Gildaen. La cabeza me retumbó y supe que en el siguiente instante iba a tener un cuchillo clavado en el cuerpo. El hombrecito de galleta había rodado lejos, dejando trocitos de glaseado endurecido.

—Te voy a matar —dijo Elgar, casi sollozando, y tropezó al acercarse a mí. Traté de moverme a gatas para alejarme, pero era tan lenta y los estúpidos pantalones de paje eran demasiado estrechos y tenían mi cadera aprisionada en la pretina y la mano izquierda me dolía por haber caído sobre ella y maese Gildaen estaba debajo de mí y ya no respiraba...

Cerré los ojos con fuerza. Iba a sentir un dolor frío e intenso, lo sabía, y después iba a morir, y ése sería el final de una maga panadera llamada Mona, que sólo quería hacer rico pan de masa madre y pastelillos y no enredarse en cosas de asesinos y políticos...

Se oyó un impacto. Algo pesado me golpeó. No se sintió como había imaginado que sería el cuchillo, pero fue algo pesado, que me sacó el aire. *Tal vez eso es lo que se siente al recibir una cuchillada*, pensé. *A lo mejor uno ni siquiera lo siente, sino que es como si algo realmente pesado te golpeara...*

—Mona —dijo Spindle, con voz frenética—. ¡Mona, levántate! ¡Vamos, arriba!

¿Spindle?

Abrí los ojos.

Joshua estaba sacando a rastras al Hombre Color Retoño. Lo había dejado fuera de combate al golpearlo con una silla. Aspiré una bocanada de aire, tratando de expulsar de mis pulmones ese olor especiado y denso que me aturdía.

Fuera de un raspón en la palma de la mano en la que me apoyé al caer, yo estaba entera.

Maese Gildaen estaba muerto.

Y eso quería decir que yo era la última maga leal que quedaba en el palacio.

VEINTITRÉS

—**D**ebemos actuar con rapidez —dijo la Duquesa—. El ejército está por lo menos a diez días de camino, y Oberón lo sabe tan bien como nosotros. Tenemos que actuar hoy mismo, esta noche, pues no se lo espera.

Hizo este anuncio mientras estábamos todos formando una rueda alrededor del Hombre Color Retoño, que tenía un moretón enorme a través de la frente y estaba amarrado de pies y manos como un pavo a punto de ser cocinado. Joshua lo había atado con varios cinturones y con una de las batas de maese Gildaen que había convertido en tiras. Eran ataduras improvisadas, pero no lo parecían.

De hecho, parecía más bien que corría el riesgo de estrangularse al menor movimiento, incluso con un estornudo.

Spindle había querido matarlo sin más, de inmediato, por lo que le había hecho a Tibbie. La Duquesa lo convenció de no hacerlo.

—Habrá un juicio —explicó—. No vamos a empeorar las cosas y castigar un asesinato con otro. Haremos justicia de manera que toda la ciudad sepa que no se pueden matar magos impunemente —estoy segura de que eso fue lo único que logró persuadir a Spindle. Eso, y el hecho de que Joshua tenía una espada mucho más grande.

—Esta noche —dijo Joshua, asintiendo—. No hay tiempo que perder.

—¿Y cómo lo vamos a hacer? —preguntó Spindle.

—¿Y qué hay de maese Gildaen? —me limpié la nariz. Estaba tratando de contener las lágrimas por el anciano mago. Lo habíamos dejado en la otra habitación con los brazos cruzados sobre el pecho y cubierto con una sábana de su cama a modo de mortaja.

Lo había conocido hacía menos de una hora, pero sentía necesidad de llorar hasta que se me secaran las lágrimas. Había sido bondadoso conmigo, y no se había comportado como si me considerara una maga de poca monta, y había enviado el mensaje que podía salvarnos, y si yo hubiera estado mirando *hacia arriba* en lugar de estar viendo el agua…

La Duquesa me rodeó los hombros con su brazo.

—Ya sé —dijo, en voz baja—. Ya sé. Vamos a hacerle un funeral digno de un héroe. Pero no podemos hacerlo esta noche. De poco le serviría a él, y si no entramos en acción ahora mismo, desaprovecharemos lo que hizo por nosotros.

Tomé aire entrecortadamente. Tenía razón. Traté de convertir mis tristezas en una bolita y embutirla en ese agujero vacío que había en mi pecho. Más tarde. Podría llorar más tarde.

El hombrecito de galleta, que había perdido la mayor parte de sus botones pero, por lo demás, estaba ileso, alzó su brazo y me hizo una caricia en la mejilla. La Duquesa me dio un apretoncito en el hombro y me soltó.

—Joshua, ¿cuántos hombres me siguen siendo leales entre la guardia del palacio?

—Casi la totalidad, su Excelencia —contestó él de inmediato—. No puedo hablar por los ministros y los lores, pero la guardia se debe a usted. La guardia personal de Oberón podría luchar por él, pero no muchos más fuera de ese grupo.

La Duquesa asintió:

—De los ministros y los lores nos ocuparemos más tarde. Ve y reúne a la guardia, Joshua. Consigue la mayor cantidad que puedas, y sin hacer ruido. Llévalos al gran salón. Tienes media hora para hacerlo.

—Pero... no puedo... no puedo dejar a su Excelencia sola.

Ella suspiró.

—Ve a buscar a Harold, de la guardia de mis aposentos, y luego mándalo para acá.

Joshua se movió inquieto dentro de su armadura.

—Su Excelencia, eso implicaría dejarla sola unos minutos, y con éste —apuntó hacia el Hombre Color Retoño con su bota—, y sin nadie para protegerla. ¿Qué pasa si vuelve en sí?

La Duquesa metió la mano bajo su bata y sacó un cuchillo. Era tan largo como el que usaba tía Tabitha para picar la carne de cerdo para los bollitos de carne que preparábamos. La Duquesa se sentó al lado del Hombre Color Retoño, con el cuchillo bien cerca de su garganta.

—Oooooh —exclamó Spindle con evidente aprobación. Parpadeé. Era una faceta de la Duquesa que me resultaba inesperada.

Joshua se retorció las manos.

—Pero él es un *mago*.

—Y Mona también —contestó ella—. Ve, Joshua. Mientras más pronto vayas, más pronto terminaremos con esto y menos oportunidad habrá de que vuelva en sí.

Joshua se fue.

Cuando uno jamás ha tratado de hacerle conversación a una gobernante, por encima de un cuerpo atado como un salchichón, con un difunto en la habitación de al lado, la cosa no es nada sencilla. Hablar del clima no parecía adecuado. Y "Dígame, ¿usted cree que esto va a funcionar o que acabaremos todos muertos?" tampoco pintaba como un buen inicio.

—¿Y cree que esto va a funcionar o que acabaremos todos muertos? —preguntó Spindle, que no se dejaba limitar por cosas de diplomacia y buena educación.

—Normalmente, yo contestaría algo tranquilizador —dijo ella con sequedad, haciendo un movimiento con el cuchillo—, pero ustedes no son jóvenes ordinarios, ¿cierto? Así que... no sé si dará resultado. Ya conseguimos llegar más lejos de lo que esperábamos. Estoy confiando en que si un pequeño destacamento de la guardia destierra a Oberón de la ciudad esta misma noche, eso podrá darnos tiempo suficiente para que el ejército alcance a regresar.

—Si Oberón se va, ya terminamos, ¿cierto? —pregunté—. Con eso ya queda todo resuelto. Ya tenemos al Hombre Color Retoño. No necesitamos al ejército.

La Duquesa suspiró.

—No lo sé, Mona. Eso esperaría. Pero Oberón tiene aliados. Por esa razón no me atrevería a mandarlo matar sin más —sonrió, pero era una sonrisa torcida e infeliz, que parecía dolerle un poco—. Sé que se le debía garantizar un juicio justo y todo eso pero, si he de ser sincera, queridos míos, yo lo haría ejecutar sin más trámites. He visto suficiente como para convencerme de que es malvado. Sin embargo, los lores y ministros que se han aliado con él podrían levantarse en una revuelta.

Era deprimente. Yo había pensado que, una vez que nos libráramos de Oberón y del Hombre Color Retoño, todo volvería a la normalidad. No se me había cruzado por la cabeza que podíamos desterrar a Oberón y seguir teniendo problemas.

Se oyó que llamaban a la puerta. Me sobresalté. Spindle se levantó y abrió un poco, apoyando su cuerpo contra la hoja de la puerta para evitar que quien estuviera afuera pudiera entrar de golpe.

—¿Quién es? —gruñó, tratando de que su voz sonara más gruesa.

—Harold, para presentarse ante su Excelencia.

La Duquesa asintió. Spindle abrió la puerta, y el otro guardia que estaba al lado de la puerta que llevaba a los aposentos de la Duquesa hizo su entrada. Su mirada pasó de Spindle a mí, a la Duquesa y luego al maniatado Hombre Color Retoño, para volver a posarse en la Duquesa. Su expresión no se alteró para nada.

—Excelencia —dijo.

—Sigues siendo el campeón del reino en eso de mantener el rostro inmutable ante lo que sea —añadió ella amablemente.

El nuevo guardia, Harold, se sentó al lado del Hombre Color Retoño y desenvainó la espada, para dejarla apoyada casi sobre el cuello del mago. Extrañamente, se asemejaba mucho a la ceremonia de nombrar a un caballero. La Duquesa se levantó y empezó a caminar inquieta por la habitación. Encontré un poco de té, todavía algo tibio gracias al encantamiento de Gildaen, y eso me hizo llorar de nuevo, pero me fui a un rincón y no creo que nadie se diera cuenta.

Harold era todavía menos conversador que Joshua. La Duquesa se mordía los labios y miraba entre las sillas y los libreros, viendo algo que sólo ella sabía.

Resultaba un poco decepcionante pensar que ahí tenía un malvado mago atado de pies y manos junto a mí, un hombre muerto en la habitación vecina, la gobernante del reino recorriendo todo el cuarto, y que estábamos esperando el momento de asestar un golpe que desterraría del reino a un traidor… y me di cuenta de que estaba aburrida.

Esperar nunca es interesante, supongo. Sentía un pánico espantoso ante la idea de volver a ver a Oberón, o que pudiera salir victorioso, en cuyo caso quizá moriríamos todos, o acabaríamos en los calabozos hasta que muriéramos… y yo seguía con desasosiego. Si dejaba que mi mente vagara libremente, le daba por repetir una y otra vez la secuencia de la muerte de maese Gildaen. La mente no siempre es nuestra amiga.

Fui hacia el librero y recorrí con un dedo la hilera de libros, preguntándome si encontraría algo para leer. La mayoría eran libros gruesos, pesados, encuadernados en cuero, que parecían todavía más aburridos que la tediosa espera. Mis dedos dejaban largos caminos en el polvo y tuve que limpiarme (*no* en la túnica tan limpia. Usé los ajustadísimos pantalones. Estaba empezando a sentir verdadero odio por esos pantalones).

En el tercer estante, en el octavo libro, mis dedos se detuvieron. La pasta estaba tan empolvada como las otras, pero mostraba un bonito patrón de hojas y espirales. Además, era un libro mucho más delgado. Lo saqué.

El título decía *Sombras en espiral: reflexiones sobre el uso de la magia*. Una hoja de helecho en bajo relieve se entretejía con las letras. No figuraba ningún nombre de autor.

Miré alrededor. Harold miraba al Hombre Color Retoño con ojos fulminantes pues el mago, inexplicablemente, había empezado a roncar. Spindle estaba bocabajo en una silla, hurgando un parche raído en el brazo de la silla. La Duquesa me dedicó una sonrisa fugaz al pasar y siguió dando vueltas.

Bueno. Nadie me impedía hojear el libro. Y muy seguramente sería una lectura demasiado densa. Yo leía más o menos bien, digo, en comparación con alguien como Spindle, que ni siquiera podía leer los edictos publicados en grandes carteles. Pero lo que yo solía leer eran recetas y ese tipo de cosas.

No sé por qué vacilaba. Sonará raro si digo que el libro se sentía diferente en mis manos. No es que fuera frío ni caliente, ni siquiera mágico, sino… *bueno y amable*. Como una taza de té en un día frío, o un panecillo caliente junto al horno. ¿Sería que así se sentía un libro de un mago? En realidad, nunca había pensado mucho en la biblioteca de un mago. La mía sólo tenía libros de cocina, y ninguno de magia. Una *verdadera* biblioteca de mago seguramente sería imponente, y tendría libros con hechizos y maldiciones que había que encadenar a los estantes para que no hicieran desaparecer a cualquier mortal que los tocara.

Miré los estantes. Ninguno de los libros estaba encadenado. La mayoría sencillamente se veían viejos y cansados, como el propio maese Gildaen. *Sombras en espiral* era el único que parecía diferente. ¿Acaso un libro maldito podría sentirse bueno y amable cuando uno lo tenía entre las manos?

Bueno, si yo anduviera entre libros malditos, probablemente sería mucho más fácil conseguir que las personas abrieran uno que irradia bondad que uno recubierto de calaveras, que está encadenado al estante.

Pero no podía imaginar a maese Gildaen coleccionando libros malditos y dejándolos por ahí. No me había parecido ese tipo de persona. Y Elgar se veía menos interesado en encantamientos y hechizos que en cuchillos.

Abrí el libro. Las primeras páginas estaban en blanco. Avancé, busqué una al azar y leí:

...lo repito, dar vida mágica a objetos inanimados no es algo que se relacione con el tamaño, sino con la inteligencia y la duración. La fuerza vital de un elefante no es mayor que la de un ratón, sino que perdura más tiempo y es superior en intelecto. Si se le da vida a lo inerte, lo que importa no es que sea tan grande como una montaña o tan pequeño como un gato. La chispa vital de ambos no se diferencia en el poder. Los más débiles podrán hacer que una montaña tenga vida, si es que tienen el don, pero la montaña no tendrá una mente inteligente y vivirá apenas durante un momento.

El texto era antiguo y yo tenía una extraña confusión entre letras porque las f y las s se parecían mucho, y además un par de palabras me dieron problemas: "inanimado" no es algo que aparezca con frecuencia en las recetas de galletas. Pero era legible. Sólo que yo no estaba segura de entenderla bien.

¿Decía acaso que, si uno estaba dándole vida a algo, no importaba lo grande que fuera?

¿Y qué quería decir con hacer "vivir" algo? ¿Se refería a cosas como mi hombrecito de jengibre?

Sonreí a pesar de todo. No podía ser eso. Quiero decir, nunca había *tratado* de hacer un elefante de masa de jengibre a escala real, pero seguramente era algo imposible. Si no, otros magos menores, como yo, podrían liberar monstruos de jengibre por las calles, ¿cierto?

No es que *yo* fuera a hacerlo.

No lo creo.

Bueno, tal vez *uno*, sólo para ver si puedo.

¿Acaso ese libro decía la verdad? El circo de miga de pan me había exigido mucho menos poder mágico que mi amiguito de jengibre, a pesar de que los personajes eran mucho más pequeños.

Pero los del circo de miga no habían sido nada inteligentes. Cada uno sólo podía ejecutar una acción. El diminuto domador de leones balanceaba una silla, y los tigrecitos caminaban por ahí y saltaban para subirse a unas plataformas, pero eso era todo. Sólo eran capaces de hacer trucos más elaborados cuando yo los dirigía en forma más activa. La cosa había mejorado cuando utilicé una misma hogaza para fabricar cada pieza, pero seguían siendo criaturas sin inteligencia. El hombrecito de galleta, en cambio, *era* bastante listo, y la magia le había durado mucho, mientras que el circo probablemente se había deshecho una hora después de que me fui.

Mmmm. ¿Importaba si la masa la había preparado yo? ¿Si había metido las manos en ella? La masa cruda había sido mucho más fácil de manejar para mí. Y, al preparar la masa de galletas de jengibre para los hombrecitos, siempre tenía claro que a esas galletas tal vez las haría bailar. Si batía una tanda de masa sabiendo lo que quería hacer con ella...

¡Oh! A lo mejor todo eso era completamente absurdo. Pero de repente me di cuenta de que quería tener a mano un tazón de mezclar verdaderamente grande y un horno del tamaño de una casa, sólo para ver si podía preparar un elefante de galleta de jengibre.

Alguien trató de abrir la puerta. Harold dio un brinco, y Spindle se puso muy rígido en su silla. La Duquesa se quedó inmóvil y alerta, y aunque seguía viéndose como una señora madura cualquiera, me recordó de repente a un tigre, pero uno de verdad, no de miga de pan. Un tigre al acecho.

Sentí orgullo al verla, pero también rabia, aunque parezca raro. ¿Por qué no había podido comportarse así antes de que todo esto sucediera? ¿Por qué había necesitado que aparecieran dos muchachitos y un mago tan anciano que apenas se mantenía en pie para que ella encontrara su coraje?

¿Por qué nadie había *hecho* nada?

La puerta se abrió. Era Joshua.

—Excelencia —dijo, e hizo una profunda reverencia—. Sus hombres la aguardan.

VEINTICUATRO

En realidad, yo no quería estar presente cuando arrestaran al inquisidor Oberón. La Duquesa había dicho que iba a expulsarlo de la ciudad, y eso parecía una buena idea, salvo por el hecho de que había un extenso tramo de ciudad entre el palacio y las puertas de acceso, ¿y si algo salía mal?

No podía quitarme de encima la sensación de que, de alguna manera, Oberón podría salirse con la suya. Y eso quería decir que tendría que ir con la Duquesa porque, por más malo que fuera lo que pudiera suceder, sería aún peor no enterarme sino hasta que los guardias llegaran intempestivamente y nos arrastraran a Spindle y a mí a los calabozos (no Harold y Joshua, claro, sino otros guardias. O los policías, tal vez. Joshua me parecía más bien un guardaespaldas de la Duquesa y no un policía. Yo nunca volvería a sentirme tranquila frente a los policías, sin importar cuántos panecillos compraran).

Hablando de calabozos, el Hombre Color Retoño ya iba camino hacia uno. Harold lo llevaba cargado al hombro como si fuera un bulto de harina, y seguía roncando a ratos. No creo que sea lo mejor dormir cuando uno acaba de recibir un golpe fuerte en la cabeza, pero he de confesar que me costaba exprimir de alguna parte una gota de lástima por el asesino. Además, decían que en los calabozos tenían unas celdas especiales para los magos, pero no sé cómo funcionaría eso, y si Elgar despertaba mareado y aturdido, era preferible para todos que estuviera en un lugar en el cual no pudiera hacer nada terrible.

Pensándolo bien, incluso si despertaba de buen ánimo y en pleno uso de sus facultades, tal vez era más seguro para todos así.

Spindle, que jamás sufría de confusión de sentimientos, estaba encantado de ir junto con los guardias para ver cómo a Oberón "le tocaba el turno", según decía. El Hombre Color Retoño podía haber matado a Tibbie, pero Oberón había sido el que lo había metido en eso, y Spindle estaba emocionado hasta los dedos de los pies.

—A lo mejor va a resistirse cuando lo arresten, ¡y los guardias van a tener que darle una buena paliza! —me susurró mientras seguíamos a Joshua por el corredor.

—A lo mejor dice algo más político y maduro ¡y los guardias se dan la vuelta y nos dan la paliza a *nosotros*! —le contesté en un sombrío susurro.

—Bueno, pero qué forma de aplastarle los sueños al más plantado...

Suspiré. La desconfianza natural de Spindle hacia la autoridad parecía vencerse un poco cuando la propia autoridad peleaba internamente, o tal vez la Duquesa lo había puesto de su parte cuando sacó ese cuchillo. Miré hacia abajo, hacia mis nada reglamentarios zapatos que no hacían juego con mi uniforme de paje. Los pantalones seguían sin quedarme, pero había embutido el libro de las *Sombras en espiral* en la pretina, y el hecho de que la pasta presionara contra mi barriga me hacía sentir un poco mejor. Seguía sintiendo un pánico terrible... *¿Y si Oberón me ve? ¿Y si me reconoce?*... pero al menos estaba moviéndome por ahí y haciendo cosas a pesar del miedo, en lugar de acurrucarme en un rincón para llorar. Supongo que eso ya era ganancia.

—¿Cuántos hombres trajiste? —preguntó la Duquesa cuando dimos la vuelta hacia el salón principal.

—Treinta y siete —contestó Joshua—. Casi toda la guardia de palacio. Hubo cuatro o cinco que no... reaccionaron como se esperaba. Casi, pero no del todo. Los encerramos en una despensa. Tal vez sean inocentes, al menos yo creo que algunos sí lo son, pero no me sorprendería que uno o dos de ésos se hayan vendido a Oberón, y me pareció mejor que no tuvieran oportunidad de andar por ahí propagando chismes.

—Treinta y siete deberían bastar —dijo la Duquesa—. Los nobles tienen sus propios cuerpos de guardia, pero no pueden mantenerlos a todos en el palacio. Oberón no tiene más de seis hombres para resguardarlo, y será consciente de que no pueden oponerse a los que tenemos nosotros —se mordió el labio—. Espero que lo vea así de claro.

Joshua abrió la puerta que llevaba al salón principal.

Treinta y siete hombres no parecen ser demasiados, pero *sí* pueden servir para llenar un recinto.

La mayoría tenían puesta su armadura y llevaban espadas, y un par tenían eso que llaman alabardas, que parecen el temible resultado de cruzar un hacha y una lanza.

Spindle y yo nos quedamos en el umbral. Eran muchísimos hombres armados con espadas y, aunque la Duquesa me cayera muy bien, todavía un par de horas antes, hombres como los que veía ahora habían tratado de capturarme y meterme en un calabozo. Supongo que Spindle sintió algo parecido porque se metió las manos en los bolsillos y dijo:

—¡Caramba!

La Duquesa entró al gran salón como si flotara, y todos los soldados se llevaron la mano al corazón a modo de saludo. Era increíble. De pronto, la mujer cansada y tímida que habíamos visto había quedado oculta por una especie de caparazón. Les sonrió, y apuesto a que cada uno de ellos sintió que lo estaba mirando sólo a él en ese momento. Supongo que es algo que uno aprende cuando pertenece a la realeza, o quizá por eso hay algunas personas que forman parte de la realeza, y los demás hacemos pan y portamos alabardas para ellas.

—Amigos míos —dijo, con voz baja, pero poderosa. Todos se inclinaron hacia el frente un poquitín cuando ella habló—: me doy cuenta de lo raro que debe parecerles que los haya convocado aquí en privado. Pero sucede que esta noche vamos a arrastrar a un traidor fuera de nuestro reino, un hombre que pretende... —hizo una pausa— ... que pretende *derrocarme* y tomar mi lugar como gobernante de nuestra ciudad.

Un gruñido grave se oyó entre los guardias, como si hubiera un perro de gran tamaño encadenado allí. Resultaba obvio para todos que "derrocar" no era la palabra que ella había planeado usar. Alguien quería ver muerta a su Duquesa, y a los guardias eso *no* les gustaba para nada.

—No tengo palabras para decirles lo agradecida que me siento por su lealtad, queridos amigos. En estos momentos, la lealtad es la única moneda de cambio que tiene valor en este reino, y se los agradezco desde el fondo de mi corazón —se llevó la mano al corazón para saludarlos, y juraría que cada uno de los guardias creció un poquito al verla.

—¡Qué increíble! —dijo Spindle en voz baja.

Joshua intervino en ese momento, y tomó el mando de la operación.

—Alabarderos ¡al frente! Todos atentos a los demás miembros de su guardia. Vamos a enfrentar a un traidor, y la traición se esparce como las llamas en un bosque reseco. Que nadie se retire sin que nos demos cuenta. Confío en todos y cada uno de ustedes, de otra forma, no los habría convocado aquí. Pero deben tener presente que la vida de la Duquesa y el futuro de nuestro reino son demasiado importantes para que dependan únicamente de mi buen juicio.

Vi gestos de asentimiento aquí y allá, y expresiones serias. No había manera de que Spindle y yo nos fuéramos, aunque quisiéramos.

—¡En marcha! —gritó Joshua, encabezando una fila, con la Duquesa a su izquierda. Voltearon y se encaminaron hacia la puerta donde estábamos.

Quedamos incorporados a la fila, al lado de la Duquesa. No había otra opción. Spindle me miró con una expresión que no supe descifrar, y me encogí de hombros. Habíamos llegado demasiado lejos para retirarnos en ese momento.

La Duquesa nos tomó a ambos de la mano.

—¿Y ahora? —pregunté. Casi tuve que gritar para hacerme oír por encima de la marcha de los pies calzados con botas.

—Ahora es el momento de arrojar los dados —contestó ella.

No me parecía una manera muy encubierta de hacer lo que íbamos a hacer. Medio castillo ya se debía haber enterado de que allá íbamos. Vi a un par de criadas que se asomaban desde una esquina del corredor, boquiabiertas. Llegamos a una puerta que se veía igual que cualquier otra, y cuatro alabarderos bajaron sus armas y se alinearon formando un semicírculo, con sus alabardas apuntando hacia la puerta. La Duquesa se plantó detrás de ellos, y Spindle y yo a cada lado de ella. Joshua fue hasta la puerta y llamó con insistencia.

La puerta se abrió apenas una ranura y Joshua empujó con un hombro para impedir que la cerraran.

—¡Abran! ¡Nos traen asuntos relacionados con la Duquesa!

—¿Qué? —dijo el guardia del otro lado.

—¡Con la Duquesa! —repitió Joshua, y empujó más fuerte. La mano de la Duquesa apretó la mía. Ambas teníamos las palmas sudorosas.

Se oyeron voces amortiguadas adentro, y luego oí la de él. La del inquisidor Oberón.

—... *abra, no sea tonto... es algo relacionado con la Duquesa...*

—*Pero, señor...*

La puerta se abrió, y el inquisidor Oberón se quedó en el umbral, flanqueado por un guardia a cada lado.

Parecía más pequeño. Supongo que tener una serie de objetos punzantes apuntando directamente hacia uno hace que cualquiera se empequeñezca un poco. Sus ropas no estaban impecables, o a lo mejor una persona puede parecer menos aterradora cuando uno la enfrenta en compañía de un pequeño ejército. Pero los ojos... los ojos eran los mismos.

Me di cuenta de que yo tenía la mano de la Duquesa en un apretón muy tenso, y ella también me apretaba con fuerza.

—Excelencia —dijo el inquisidor Oberón, y, hay que darle el crédito que se merece porque no debe ser fácil ignorar a treinta y siete guardias, sobre todo cuando apuntan sus alabardas hacia uno, pero de alguna manera se las arregló, como si los guardias hubieran sido invisibles—. ¿A qué debo el honor de esta visita?

—Por sospecha de traición a la Corona —dijo la Duquesa con voz fuerte y clara—, se ha determinado desterrarlo de esta ciudad.

Los ojos de Oberón se abrieron apenas un poco.

—¿Me está permitido preguntar en qué se fundamenta esa acusación? —preguntó.

Nadie más que yo sabía cuánto le estaban temblando las manos a la Duquesa cuando respondió:

—Ha sido usted quien ha atraído esta condena sobre sí, Oberón. Las leyes de toque de queda y registro de magos se impusieron sin que yo lo ordenara ni tuviera conocimiento de ello. Es un golpe que atenta contra el propio corazón de nuestro pueblo, y presume una autoridad que usted no posee.

La mirada de Oberón no flaqueó al oírla. Pasó por encima de la Duquesa, no se detuvo en Spindle ni en los guardias, sino que fue a caer en mí.

—Excelencia —empezó—, le pido que me perdone por cualquier exceso en el que haya incurrido, pero me temo que está equivocada. La maga que se encuentra a su lado es la verdadera traidora. Llevamos varias semanas tratando de aprehenderla pues se le acusa de asalto contra sus pares magos.

Sentí que mi estómago era golpeado y batido como masa de pan entre las manos de un panadero, desquitándose de un rencor salvaje. El hombrecito de jengibre que se sujetaba a la parte de atrás del cuello de mi túnica me dio unas palmaditas en el cuello, como se le daría a un caballo nervioso.

—Mona es una muy leal súbdita de la corona —dijo la Duquesa—. Nos encargaremos sin dilación de las falsas órdenes de arresto que usted impuso. Mientras tanto, usted dejará la ciudad de inmediato.

Oberón decidió no hacer caso de la última frase.

—Excelencia —contestó con voz tranquila—, si bien su criterio es muy superior al mío, sería negligencia de mi parte como súbdito si permitiera que esta orden siguiera adelante. Esta jovencita es una maga y una traidora. Sería muy capaz de estar nublando el entendimiento de Su Excelencia en este preciso momento. Si no quiere aceptar mi palabra, el mago Elgar...

—¡Ése se está pudriendo en una celda en este preciso momento! —exclamó Spindle, que todo el tiempo había estado a punto de explotar y evidentemente no había podido resistir más—. Apuñaló al otro señor delante de nosotros, y mató a mi hermana Tibbie, ¡así que cierre el pico!

Ni las espadas ni las alabardas habían causado la menor impresión en Oberón, pero eso sí lo sacudió hasta los pies. Abrió la boca y luego la volvió a cerrar, y estaba tan atónito que la Duquesa soltó mi mano y dio un paso al frente, para quedar en la hilera de alabarderos.

—El destierro —repitió—. De inmediato. Ahora. No le permitiremos manchar esta ciudad con su presencia ni un instante más.

El inquisidor se recompuso.

—Si Su excelencia me permitiera unos momentos para empacar...

—No —dijo ella—. No confío en que no tratará usted de engañarnos y escabullirse. Vendrá en este momento con nosotros. Joshua, encárgate.

Joshua desenvainó su espada. El ruido del metal resonó en el corredor.

Los guardias de Oberón se reunieron formando una fila ante él. Joshua miró por encima de ellos, directamente al inquisidor.

—No malgaste la vida de sus hombres —le advirtió—. Somos muchos y no puedo asegurar que usted salga indemne en la refriega.

Oberón inhaló ruidosamente. Yo contuve la respiración, porque incluso en ese momento estaba casi segura de que él podía encontrar alguna razón para zafarse y darle la vuelta a toda la situación.

—Muy bien —contestó.

Dio un paso adelante. Nuestros guardias tomaron las espadas de los hombres de Oberón, y los dos se situaron detrás de él, formando una pequeña cuña de prisioneros.

Joshua iba por delante, con tres hombres siguiéndolo. Detrás iban los prisioneros, después los alabarderos, y luego la Duquesa, Spindle y yo, y al final todo el grupo de los demás guardias. Y ese desfile siguió por el corredor hacia el gran salón y luego al patio.

Había un carro de la prisión esperando allí. Sólo había visto uno desde lejos. Son grandes y toscos con barrotes de hierro y ruedas recubiertas de hierro, y no resultan más bonitos de cerca. Pero Oberón se subió con la misma expresión arrogante con la que había abordado su carroza oficial con adornos dorados. Sus guardias también subieron, aunque el segundo se paró un momento para dirigirse a la Duquesa.

—Excelencia, estoy casado. Mi esposa...

Su tono era de súplica. La Duquesa asintió.

—No puedo permitir que usted se quede en la ciudad —dijo—, pero Joshua se encargará de que a su esposa se le entregue una pensión o dinero suficiente para que pueda viajar y reunirse con usted.

El guardia asintió. Mi corazón se acongojó. ¿Y si su esposa no lograba encontrarlo? ¿Y si ella no quería abandonar la ciudad? ¿Y si él no era un traidor y lo estábamos castigando sin razón?

Es difícil gobernar una ciudad. No quisiera tener que hacerlo.

Joshua se subió al pescante del carro. Otros dos hombres lo acompañaron, uno trepado en la parte de atrás para vigilar a los prisioneros. Al lado se detuvieron otros dos carros de los abiertos que se usan en el campo —por su aspecto, Joshua debía haberlos decomisado a alguien que estaba llevando provisiones para la cocina—, y otros guardias, incluyendo a los alabarderos, subieron a ellos.

La Duquesa fue hasta la parte de atrás del carro de la prisión y miró al interior, a Oberón. Sentí la necesidad intensa de frenarla y hacerla retroceder lejos de los barrotes, tal como hacía tía Tabitha cuando yo me acercaba demasiado a los animales enjaulados en la casa de fieras. ¿Qué tal que Oberón llevara un cuchillo escondido entre un calcetín, o que tuviera uno de esos anillos con una aguja emponzoñada que llevan consigo los asesinos?

Pero él se limitó a mirarla, y dijo pausadamente:

—Usted habría podido reinar sobre una docena de ciudades, de haber tenido el temple para eso.

—No tengo el menor deseo de tener tantas vidas bajo mi responsabilidad —contestó ella con frialdad.

Oberón asintió con la cabeza en un solo movimiento.

—Siempre le faltó visión. Eso no importa. Se arrepentirá de lo sucedido esta noche.

No añadió "Su Excelencia". La Duquesa le hizo un gesto a Joshua, y guardias y prisioneros salieron del patio entre el ruido de las ruedas en el empedrado, hacia los confines de la ciudad.

—Spindle —lo llamé cuando se desvaneció el ruido de las ruedas.

—¿Qué?

—¿Tenías que ponerte a gritarle a Oberón en pleno arresto?

—Pues... funcionó, ¿cierto?

Suspiré aliviada desde la planta de los pies. Sí. Había funcionado. Y la Duquesa no había enviado a Spindle junto con Oberón para desterrarlo de la ciudad por haber intervenido cuando no le tocaba. Pero...

—Excelencia...

—No pasa nada, Mona —dijo la Duquesa, y se las arregló para soltar una risa cansada—. Al fin y al cabo, todo salió lo mejor posible.

—¿Y ahora qué sigue? —pregunté.

—Pues Joshua lo depositará al otro lado de la Puerta del Destierro, y yo convocaré a una reunión de emergencia del consejo para informarles de lo sucedido antes de que les lleguen rumores. Difundiremos la noticia de que Oberón fue acusado de traición en ausencia, y luego recompenso a los nobles que de otra manera podrían protestar por esa decisión con la entrega de las tierras y títulos de Oberón a modo de soborno.

Tragué saliva. Parecía un montón de trabajo, y yo estaba rendida de cansancio. En una sola noche había trepado por el pozo de un escusado, había conocido a una gobernante, había hablado con un mago y, luego, atestiguado su asesinato, me había salvado de que me acuchillaran, y había ayudado a expulsar a un traidor. No me haría mal una siesta. Una de unos seis meses.

—¿Tenemos que estar presentes en todo eso?

La Duquesa rio.

—No. Ustedes ya cumplieron con su parte, queridos míos, y lo hicieron mejor y con más entereza de la que hubiera podido esperarse. Seguramente tendré que concederles medallas, y tal vez los nombre caballeros.

Tragué de nuevo. ¿Caballeros? Eso también parecía un montón de trabajo. Iba a tener que conseguir una armadura o algo así. Y yo lo único que quería era volver a la panadería y hacer panecillos. O pastelitos. O rollos de canela. O las tres cosas.

—¡Caramba! —exclamó Spindle—. ¡Sir Spindle! ¿Lo imaginas? Me darían un caballo del tamaño de un elefante, y tendría armadura y…

—Ya habrá tiempo para eso en los próximos días —agregó la Duquesa divertida—. Luke —llamó a uno de los guardias que andaban por el patio—: estos dos jovencitos son héroes de nuestro reino. Encuéntrales un aposento para dormir y encárgate de que se les dé una cena tardía o un desayuno de madrugada o lo que sea que quieran en este momento.

Luke se inclinó ante ella, y luego ante nosotros, y nos condujo a las habitaciones. La cama en la mía era gigantesca y las sábanas estaban heladas, pero llegó una chica y encendió el fuego en la chimenea. Supongo que todo se calentó un poco, pero yo ya me había quedado dormida, con el ejemplar de *Sombras en espiral* en la mesa de noche.

VEINTICINCO

Regresé a la panadería al día siguiente. Una guardia de honor me acompañaba y, cuando entramos al lugar, tía Tabitha nos miró sin saber qué hacer durante unos diez segundos y luego dijo:

—¿Mona? —y estalló en llanto.

Me arrojé a sus brazos. Olía a harina y me abrazó, y las horribles semanas que había pasado huyendo de las autoridades quedaron atrás, un poco más lejos. Después lloré otro poco, y mi tío lloró, y Spindle, que estaba en un rincón dejando las huellas de sus dedos en el vidrio de la vitrina de los panes, resopló y puso los ojos en blanco.

—Pensamos que habías *muerto* —dijo mi tía, una vez que recuperó la calma. Empezó a repartir rollos de canela entre los guardias—. Estaba ese desorden en el sótano. Y después pusieron los carteles, así que supe que no estabas muerta, porque si no, no estarían tratando de arrestarte. ¡Lo sabía! —puso los brazos con los puños en las caderas—. Y supe que tenía que haber un error porque yo me he encargado de educarte durante años, jovencita, y sabía que no eras ninguna criminal, sin importar lo que un ridículo policía pudiera decir.

Clavó una mirada fulminante en los guardias, como si planeara quitarles los rollos de canela. Ellos trataron de mostrarse humildes y no como si estuvieran llenos de trocitos de glaseado.

—Está bien, tía Tabitha —contesté—. No fue más que un malentendido, y… bueno, ya te lo contaré todo. ¿Pero Bob? ¿Bob está…? —me preparé para un golpe.

—¿Bob? —preguntó ella sin entender—. ¡Oh! Estaba por todas partes, y la mitad desapareció, pero con un poco de harina y de agua lo revivimos —se inclinó y me dijo en secreto—: le di una cubeta de sardinas muertas de la pescadería. No le digas nada a tu tío.

Cuando bajé al sótano, Bob estaba tan emocionado de verme que prácticamente se salió de su cubeta, se elevó y se enroscó alrededor de mi pierna. Nunca había hecho eso. Lo acaricié lo mejor que pude, porque estaba muy pegajoso, e hizo unos burbujeos de satisfacción.

El hombrecito de jengibre puso los ojos en blanco. Creo que estaba algo celoso.

Y eso fue todo, más o menos.

Bueno, debía ser todo, al fin y al cabo.

Durante los siguientes tres días, todo fue normal. Anduve por la panadería cantando y deleitándome con las actividades más mundanas del oficio: ¡ver crecer la masa! ¡Qué maravilla! Y la manera en que subía el vapor cuando uno abría un pastelillo de moras recién salido del horno. ¿Podía haber algo más bonito? Tía Tabitha me estrechaba en sus brazos más a menudo de lo normal, y los clientes habituales tuvieron que oír la misma historia como diez veces.

Y luego, en las noches, me acostaba en mi cama pero no podía dormir.

No es que no estuviera cansada. Sí lo estaba. Y debería haber sido más fácil dormir que cuando estaba en la iglesia, ¿cierto? Habían retirado todos los carteles y se había difundido la noticia de que en Entrerríos *no* había una lista para registrar a todos los magos, y los responsables de llevar el registro se habían metido en problemas. Y Oberón se había ido y Elgar estaba, supuestamente, en un calabozo del palacio a pan y agua. Y el pan sería malo. Debería ser más fácil dormir.

Pero no era así. No es que yo tuviera miedo, no exactamente. Tan sólo miraba al techo y en mi mente sucedían de nuevo todos los momentos en que las cosas hubieran podido salir mal. Lloraba por maese Gildaen. Y seguía mirando al techo.

Me acordaba de la viuda Holloway cuando decía que, luego de que su esposo murió, no podía dormir, y por eso salía a caminar en la madrugada. Yo no era tan valiente. Así que la mayor parte del tiempo tan sólo miraba a lo alto.

Cuando me daba por vencida al no poder dormir, encendía una vela y leía un poco más de *Sombras en espiral*. La Duquesa dijo que podía quedarme con el libro, ya que maese Gildaen no tenía familia ni herederos. Ella no había llorado, pero sus ojos se veían brillantes y húmedos. Probablemente los míos también.

El libro era interesante. Tenía partes demasiado complicadas para mí, y había mucho sobre filosofía de la magia a lo cual no le hallaba ni pies ni cabeza... algo sobre la magia que brotaba de la tierra como el agua de un manantial y las líneas ley y su tendencia a concentrarse en determinadas hortalizas como las berenjenas. El autor dedicaba un capítulo entero del libro a las berenjenas. Ése lo leí muy por encima.

Y también había secciones sobre la magia simpática, que es de lo que había estado hablando maese Gildaen... eso de que dos cosas que en algún momento estuvieron unidas siguen estando unidas para siempre de cierta forma, y cómo los magos pueden aprovechar eso. Entonces, quise hacer experimentos. Pensar en los experimentos me ayudó a pasar el tiempo durante las peores noches, y luego me levantaba temprano e iba a la panadería a ponerlos en práctica.

Los primeros eran bastante simples. Ya había comprendido que si moldeaba una criatura de miga de pan, no se mantendría en una sola pieza a menos que la miga proviniera toda de la misma hogaza. Pasaba horas con los bizcochos del día anterior, tratando de probar sus límites. Y resultó que los panes, bizcochos o pasteles horneados al mismo tiempo, en la misma charola, por lo general congeniaban bien.

A partir de ese punto, ya no fue difícil llegar a sostener un rollo de canela en la mano para tratar de que el resto de la charola hiciera... cualquier cosa.

—¡Ten piedad de mí! —dijo tía Tabitha la primera vez que me encontró frente a una charola de rollos de canela en llamas. Buscó la harina, arrojó una manotada sobre los rollos, y sofocó el fuego—. ¿Qué estás *haciendo*?

Miré con tristeza el rollo que tenía en la mano.

—Más que nada, fracasar —había tratado de calentar los rollos, nada más, canalizando la magia desde el rollo que tenía en la mano hacia los de la charola. Me había topado con algo de resistencia en ese extraño conducto de la mente, así que había puesto más magia en el asunto.

Entre el pájaro de miga de pan que había explotado y los rollos de canela en llamas, estaba llegando a la conclusión de que "*más* magia" no era necesariamente la solución.

Estos experimentos me daban dolor de cabeza, pero en el buen sentido de la palabra. Era como preparar crema batida con un batidor de alambre. Al final, los brazos duelen y el sudor chorrea desde la punta de la nariz, pero uno tiene esa preciosa crema suave y apetitosa. Los brazos dejan de doler en cinco minutos y, si uno lo hace con suficiente frecuencia (y en la temporada de las tartas de frutas con crema lo hago *mucho*), resulta que consigue músculos en lugares inesperados.

Sentía que estaba empezando a desarrollar músculos mentales.

El primer experimento que salió realmente bien fue el que no implicó tratar de que la masa *hiciera* nada. Dejé un panecillo sobre el mostrador y me fui al sótano con otro panecillo de la misma hornada. Maese Gildaen había dicho que los magos guerreros desarrollaban maneras de comunicarse a través de sus diversos elementos, y yo no conseguía imaginar cómo hacer eso con el pan, mi elemento, pues no era cosa de hacer que un pan le hablara a alguien, pues tal vez no volvería a comer pan si lo hiciera. Pero pensé que tal vez podría oír *a través* del panecillo.

No pretendo decir que fuera cosa fácil. Al fin y al cabo, los panecillos no tienen oídos. Pero me senté en el sótano, al lado de Bob, que burbujeaba alegremente a mi lado, y me concentré en el bollito que tenía en las manos, justo igual al que había dejado arriba.

Calor. Vibración. Esas cosas aparecían en mi mente a través de ese conducto. Eran difusas, y parecían casi como pensamientos, sólo que yo no las estaba pensando.

La puerta se abrió y volvió a cerrarse. El mesón se sacudió un poco.

Era como la ensoñación más aburrida del mundo.

Tía Tabitha dijo algo. Tío Albert le contestó. Yo no lograba distinguir las palabras, sino el rumor distante. Los panecillos no son muy buenos con el lenguaje, supongo.

Un golpe. Pisadas. Algo que depositaban en el mesón. Las voces se acercaron. Hice un esfuerzo por concentrarme más, y clavé los dedos en la corteza del panecillo.

—… sigo pensando en que deberíamos irnos —dijo tío Albert. Se oía lejano y distorsionado al final de cada palabra.

—¿Irnos? —respondió mi tía, cortante—. ¿Te refieres a dejar la panadería?

—Sería bueno llevarnos a Mona lejos de aquí —dijo él con humildad—. Después de todo eso tan desagradable. Nunca encontraron a Eldwidge, ya sabes.

—Eso ya pasó —contestó—. Apresaron al hombre que lo estaba haciendo. Lo tienen en un calabozo en el palacio.

Mi tío empezó a decir algo que se oyó más distorsionado que antes. Apreté el panecillo hasta que empezó a deshacerse entre mis dedos.

—… dicen. No sé. Primero buscan a los traidores y después a los magos, y una vez que encontraron un traidor, ahora vuelven a querer a los magos. Me da mucha desconfianza…

—Mona está aquí. Está a salvo. Está *bien* —respondió mi tía, con una voz que no dejaba lugar a ninguna discusión.

Y luego vino una sensación de vuelo en picada que me retorció el estómago, junto con algo de presión… ¡ay, Dios, tía Tabitha tenía el panecillo en la mano! ¿Y si le daba un mordisco? ¿Qué iba a sentir yo?

¿A qué se refería tío Albert?

Solté el panecillo y la conexión se interrumpió de inmediato. Cuando volví a agarrar el panecillo, con cuidado, estaba completamente inerte, pero percibí la conexión ahí, esperando a que yo le pasara algo de magia. Tal vez no iba a sentir nada más amenazador que el interior de la vitrina del pan del día anterior, pero ¿qué había del resto de los panecillos de esa misma tanda? ¿Y si me conectaba con uno que alguien ya se había comido? ¿Sabría lo que se siente ser digerido o...?

Bueno, tal vez sea mejor no pensar en eso con tanto detenimiento.

Dejé caer el panecillo en la cubeta de Bob. Lo envolvió alegremente en su masa. Creo que fue una forma de canibalismo.

Como espías, los panecillos no iban a servir de mucho. Tal vez la cosa iría mejor con los hombrecitos de jengibre. Me había vuelto cada vez más receptiva al lugar en el cual estuviera mi hombrecito, y a veces recibía algún chispazo por la conexión que nos unía. Sospecho que hubiera podido ver, y oír, mucho más a través de él, pero no quise arriesgarme a echar a perder nuestro vínculo. Llevábamos mucho tiempo juntos.

Con una tanda de hombrecitos de jengibre para experimentar, supuse que podría darles órdenes de un lado a otro de la panadería si tenía en la mano un trozo de la masa inicial. Era algo sencillo. Nada demasiado complicado: camina hasta aquí y detente. Subí y bajé corriendo las escaleras del sótano muchas veces, para asegurarme de que obedecían las órdenes.

Mi hombrecito de galleta se puso muy celoso. Bajé al sótano y me encontré con que les estaba dando instrucciones a los demás hombrecitos, que le parecían inferiores. Uno a uno se fueron trepando a un estante y desde allí se lanzaron en clavado directo a la cubeta de Bob.

—¡*Hey!* —exclamé, agarrando uno en el aire cuando ejecutaba un espectacular giro triple hacia atrás—. ¿Qué estás haciendo? —luego de un minuto, y mientras Bob burbujeaba y gorjeaba hambriento alrededor del estante—: ¿*Cómo* lograste hacer eso?

Mi galleta se cruzó de brazos y levantó la nariz con cierta insolencia. Resolví prestarle más atención en el futuro.

Tía Tabitha no dijo nada al respecto, pero la pillé mirando desconfiada a los hombrecitos de galleta, como si pensara que podrían hacer algo inesperado en cualquier momento.

Para hacer un experimento radical, como tratar de controlar algo en el otro extremo de la ciudad, hubiera necesitado la ayuda de Spindle. Desafortunadamente, ahora lo veíamos muy poco.

Y no es que pudiera culparlo. Cuando mi tía oyó contar que me había salvado la vida y que había ayudado a sacar del fuego las barras de pan de la ciudad, no quiso oír razones y se empeñó en que Spindle fuera a vivir con nosotros. Hizo que tío Albert limpiara un cuarto que había arriba, para almacenamiento, y le dijo a Spindle que lo considerara su habitación.

Él lo miró… colcha rosada, carpetas de encaje en todas las superficies disponibles, un muestrario de puntadas de bordado que decía "Hoy es el mañana por el cual te preocupabas ayer"… y salió huyendo por la ventana, bajó por la canaleta del agua y se largó corriendo por la calle antes de que mi tía pudiera darse la vuelta.

—Pobre bichito —dijo, poniendo los brazos sobre sus generosas caderas—. Es como uno de esos pájaros silvestres tímidos. Bueno, habrá que ganárselo con bondad hasta que se sienta seguro aquí.

Pensé para mis adentros que exageraba. Spindle podía tener muchos defectos, yo diría que estaba compuesto más que nada de defectos, pero la timidez no era uno de ellos. En todo caso, no tenía sentido discutir con ella.

—Me pregunto si podría aprender algún oficio útil —caviló, mientras bajaba la escalera de regreso a la panadería.

—Es un carterista muy diestro —dije, abriendo la puerta del horno para ver cómo iban los pastelillos. Estaban creciendo y dorándose, pero aún no se levantaban tanto como para romper la superficie de la masa. El azúcar que tenían por encima centelleaba.

Mi tía se pasó un dedo por el labio.

—Mmm. Supongo que eso es en cierta forma un oficio. Aunque no es que sea muy *útil*, ¿cierto?

En vista de que ese oficio en particular había evitado que yo muriera de hambre, y nos había permitido tener la llave del escusado real, que había resultado ser como tener las llaves del reino, yo hubiera podido discutir, pero no me sentía en ánimo de contrariarla.

VEINTISÉIS

Al día siguiente, mi determinación fue puesta a prueba. Estaba en la trastienda, esperando que una charola de pastelitos estuviera lista para sacarla del horno, cuando mi tía entró a la carrera.

—¡Mona! ¿Por qué te escondes aquí atrás? ¡La gente quiere verte!

Hice una mueca. Ya había tenido mucho de eso. No me habían importado los clientes habituales el primer día, pero seguía llegando gente que yo no conocía, y que quería oír la historia. No quería contarla más. Quería que acabara de una buena vez. Quería que la gente comprara panecillos porque estaban buenos, y no porque fuera una oportunidad para ir a mirarme como si yo fuera mono de feria.

—Preferiría quedarme aquí, tía. Estoy segura de que sólo vienen por pan.

—No, pero si están aquí por ti. ¡Porque eres una heroína!

Sonaba tan bonito en su voz. Ella en verdad lo creía. Pero la palabra "heroína" se me enroscaba en el pecho y me hacía imposible respirar. Farfullé algo sobre unos pastelitos y me escabullí por las escaleras hacia el sótano.

Me senté en un escalón, con la cabeza entre las manos. "Una heroína".

Yo tenía *catorce* años. Habían estado tratando de matarme. No había hecho nada heroico. Había pasado miedo y sí, conozco ese dicho de que el valor es lo que te hace seguir adelante cuando tienes miedo, sólo que yo no había hecho nada semejante. No había seguido adelante, sino que había huido a toda carrera y la única razón por la cual había ido a parar ante la Duquesa era porque se me habían acabado las vías de escape.

"Una heroína".

No me debía haber pasado todo eso, nunca. Era terriblemente injusto que nos tocara a Spindle y a mí. Había adultos que debían haberse hecho cargo. La Duquesa debió hacer acopio de valor y acudir a sus guardias. Los guardias debieron haber advertido a la Duquesa. El Consejo, quien quiera que lo formara, debió haberse asegurado de que la Duquesa estuviera enterada de los edictos. La Duquesa debió tener gente en las calles que le reportara directamente lo que sucedía allí. Todos habían fallado, en todos los niveles, y ahora Spindle y yo éramos héroes por culpa de ese fracaso.

La puerta se abrió con un chirrido. Sorbí mis lágrimas. No quería hablar con tía Tabitha, que estaba llena de buenas intenciones y se sentía orgullosa de mí. No sabía cómo explicarle que no debía estar orgullosa, que no era nada que yo hubiera estado destinada a hacer, sino que la ciudad entera no había dado la talla.

Pero no era ella. Tío Albert se asomó y fue a sentarse en el escalón junto a mí. Me moví a un lado para hacerle lugar.

—¿Tío? Pero si nunca vienes por aquí —me sequé las lágrimas y probablemente dejé manchas de harina en mi cara—. Bob está aquí.

—Sí, en fin. Oí lo que te decía tu tía, y pensé en bajar contigo.

Suspiré.

—¿Quieres que vaya a disculparme? —mi tío era siempre el conciliador, en las pocas ocasiones en que nosotras discutíamos.

—No —contestó, cosa que me sorprendió. Y mucho. No sé si es que, cuando uno es persona adulta, puede pelear y tener razón, porque cuando uno es un chico y discute con un adulto, automáticamente está equivocado. Siempre. Es una ley de la naturaleza o algo así. Por otro lado, yo había tenido razón con respecto a Oberón, así que tal vez las leyes estaban cambiando en ese preciso momento.

—Ella cree que soy una heroína —dije, cuando el silencio se alargaba—. Pero el hecho es que yo no debía haber tenido que hacer nada de eso. Había tantos adultos que hubieran debido solucionar las cosas antes de que todo fuera a dar a manos de Spindle y mías. No es nada heroico que uno termine haciendo el trabajo que nadie más hizo.

Tío Albert se inclinó hacia atrás, apoyando los codos en el escalón de más arriba.

—Yo estuve en el ejército cuando no era mucho mayor que tú —contó.

Lo miré, sorprendida. Sabía de su paso por el ejército, pero él no solía hablar de eso. Aunque no es que fuera un secreto oscuro y oculto. La única vez que pregunté al respecto, cuando era niña, rio y respondió que había sido algo más bien aburrido y que la gente se la pasaba gritándole cosas.

—La vez que nos metimos en verdaderos problemas fue contra Ciudad Delta —dijo. Su mirada se perdió escaleras abajo, en la oscuridad—. Estábamos en medio de una especie de guerra, supongo. No se decía muy claramente en ese entonces. Tal vez tampoco se sabe bien hoy en día. En todo caso, éramos un pequeño grupo que había sido enviado al extremo de una península, y el enemigo nos cercó allá. Nadie nos mandó ayuda. Nadie nos atacó, en realidad. De vez en cuando arrojábamos unas cuantas piedras por encima de las murallas y nos llegaban unas cuantas, sólo para mantener la idea de que estábamos en guerra, ya sabes. Y se nos terminaron las palomas mensajeras para comunicarnos y se nos acabaron las piedras para arrojar, y se nos acabó la comida. Y nadie apareció para rescatarnos. Supusimos que habría habido una batalla cruenta, y que tal vez Entrerríos había caído. Tal vez no quedaba nadie para rescatarnos. Al final, nuestro comandante se rindió, porque era eso, rendirnos, o morir de hambre —echó la cabeza hacia atrás, para mirar al techo—. En Ciudad Delta fueron muy formales. Nos entregaron a cambio de un rescate, y vinimos a saber que nadie se había enterado de que estábamos en problemas. Un par de oficiales de intendencia había estado sacando provisiones a hurtadillas y los superiores pensaban que eran para nosotros. Los mensajes que habíamos enviado estaban en el fondo de una pila de papeles en algún escritorio.

Lo miré horrorizada.

—Cosas como ésa se supone que no pueden ocurrir. Habla muy mal de la gente que simplemente se olviden de que uno está en cierto lugar. Así que decidieron que nos habían sitiado. Lo llamaron el sitio de Punta Crepúsculo, creo. Nos dieron medallas por haber sobrevivido, y todos quedamos como héroes de guerra.

—¡Qué terrible! —comenté.

—Sí —tío Albert me miró de reojo—. Pero como nos dieron medallas, a ojos del ejército la cosa ya estaba arreglada.

Uno esperaría que los héroes tuvieran que soportar pruebas tremendas. Y si uno les da una medalla, entonces no tiene que pararse a pensar por qué fue que ocurrieron esas cosas, ni tiene por qué arreglarlas —chasqueó los dedos—. Si no, ¿cómo vamos a tener héroes?

Me froté la cara.

—Lo siento mucho —dije. De repente, mis días en el campanario no parecían tan terribles. ¿Cuánto tiempo habían estado atrapados el tío Albert y sus compañeros, viendo cómo las provisiones se hacían cada vez más escasas, y esperando a que llegara ayuda?

—Sí, yo también. Siento mucho haberte fallado, Mona. Intentamos acudir a la Duquesa, pero no creo que se haya enterado de que estuvimos allí. Tal vez ni siquiera le dijeron. Se me debió ocurrir eso de entrar por el pozo de un escusado.

—No, no me fallaron —seguí—. Más bien fue que no los dejaron salir con éxito del problema. Eso es diferente.

Me rodeó con el brazo y me estrechó contra él. Mi tío no es del tipo de persona que reparte abrazos, en contraste con tía Tabitha, y era algo torpe en su gesto, pero me hizo sentir mejor.

—Yo me encargo de hablar con tu tía —dijo—. Los héroes tenemos que apoyarnos unos a otros.

Las cosas mejoraron después de esa conversación. No sé qué le haya dicho a mi tía, pero ella dejó de pedirme siempre que fuera a hablar con los clientes que llegaban. Extrañamente, como ya no me lo pedía, me resultaba más fácil hacerlo. Incluso llegué a dormir mejor por las noches, no mucho, pero algo.

Ese estado de ánimo siguió así hasta el final de la semana, cuando las puertas se abrieron de par en par y Joshua y Harold entraron marchando.

Digo "marchando" porque era evidente que era un asunto de carácter oficial. Ambos llevaban sus espadas y se situaron a lado y lado de la puerta. La viuda Holloway, que había ido por su pastelito de zarzamora, se inclinó hacia mí por encima de la vitrina del pan y murmuró:

—¡Oh! ¡Qué guardias más guapos tienen hoy en día!

La viuda Holloway se está quedando cada vez más sorda, así que su susurro se habría podido oír hasta medio camino del palacio. Joshua sonrió y a Harold se le pusieron coloradas las orejas.

—Su excelencia, la Duquesa —entonó Joshua—, para ver a Mona, la maga de la panadería.

La maga de la panadería... ése era mi título.

Tía Tabitha salió de la trastienda a ver qué era el alboroto, cuando la Duquesa entró por la puerta.

—Mona, ¿qué es todo...?

—Mi querida Mona, perdona la intromisión...

Se miraron una a otra por encima de la vitrina del pan. Podía ver los engranajes de la mente de mi tía girando como locos. Tal vez algo como: "Me suena conocida, pero dónde la habré visto... DIOS MÍO...".

Hizo una genuflexión, con el delantal aleteando.

—¡Su Excelencia!

—Usted debe ser la tía de Mona, la tía Tabitha —dijo la Duquesa sonriendo bondadosa—. ¡Qué maravilla poderla conocer al fin! Estoy muy apenada por el sufrimiento que deben haber pasado mientras ella estaba desaparecida.

Mi tía trató de decir "Fue horrible" y "No fue nada" al mismo tiempo, y produjo una frase distorsionada que se oyó como:

—¡Fue no narrible!

—Espero tener la oportunidad de probar algunas de sus apetitosas creaciones —dijo la Duquesa muy amablemente. Supongo que estaba acostumbrada a dejar a la gente medio aturdida. Probablemente le sucedía con mucha frecuencia—: Por desgracia, el deber nos llama, y quiero pedir su permiso para llevarme a Mona y hacerle una consulta de carácter oficial.

¿Consulta oficial? ¿A mí?

No me gustaba cómo se oía eso. A lo mejor no era nada... tal vez era sólo el nombramiento de caballeros con el cual nos había amenazado... pero con todo y su sonrisa, había cierta tensión alrededor de la boca de la Duquesa que no me gustaba para nada.

Y, al fin y al cabo, era la Duquesa. Me quité el delantal. Mi tía volvió a plantarse firmemente sobre sus pies, sujetándose del borde de la vitrina del pan:

—Le ofrezco mil disculpas, Excelencia, pero permítame hacerle una pregunta: ¿la traerá de vuelta?

—Lo prometo —contestó la Duquesa, y su sonrisa se acentuó un poquito—: Mona no está en problemas de ningún tipo. Al contrario, espero que ella sea capaz de ayudarnos en este momento en que más la necesitamos.

—Bueno, muy bien —mi tía me dio un abrazo corto y feroz—. No olvides tus modales —me susurró al oído—, y ten mucho *cuidado*.

Y luego tomó una caja de pastelitos (que debían ir al club de tejido de la calle Cuarta) y me obligó a recibirla. A lo mejor se imaginaba que a la gente no la alimentaban en palacio.

Salí por la puerta caminando entre Joshua y Harold, detrás de la Duquesa. Alcancé a oír a la viuda Holloway que gritaba, aunque sin duda ella debía pensar que era un susurro cómplice:

—¿Y ésa era la Duquesa? Mmmm... no heredó la estatura de su padre, ¿no les pareció?

—Es cierto —dijo la Duquesa con tristeza—. Papá era un hombre de gran estatura. Es más sencillo verse imponente cuando uno es alto.

—Usted parece no tener ningún problema para eso, Excelencia.

Estábamos acomodándonos en la carroza de la Duquesa, que tenía menos adornos esculpidos y menos dorados que la de Oberón, pero también parecía un pastel sobre ruedas, cuando una figura pequeña y desarrapada se lanzó hacia nosotros desde detrás de un barril de agua que había en una esquina. Era Spindle, que golpeó la puerta y se prendió a ella como si fuera una ardilla.

—Si se van a alguna parte y se llevan a Mona, ¡yo también voy! —anunció.

Joshua llegó por un lado, suspiró sonoramente, y lo levantó por el cuello.

—Ni se nos había cruzado por la mente dejarte —dijo la Duquesa—. Te necesitamos como garantía de nuestro buen proceder —Spindle fue arrojado al interior del carruaje. Se enderezó, le hizo a Joshua un gesto de asentimiento, y se sentó a mi lado.

—¿Cómo va todo, Excelencia? —pregunté, justo cuando las ruedas se ponían en movimiento sobre el empedrado—. ¿Qué es eso de que ahora es cuando más me necesitan?

La Duquesa se miró los dedos.

—¿Sabes...? No, por supuesto que no puedes saberlo. Cuando alguien es desterrado de la ciudad, hacemos que lo sigan durante un tiempo. Esto permite tener la certeza de que el desterrado no se dio la vuelta de inmediato, para tratar de volver a entrar a escondidas.

—Ya me lo había preguntado —anotó Spindle—. No imaginaba que lo hubieran dejado ir sin más, sin vigilarlo.

Me avergonzaba reconocer que yo no había pensado en eso, así que me limité a asentir.

—Bueno —la Duquesa reclinó la espalda en los cojines—, pues nuestro hombre siguió al inquisidor Oberón. Viajó de prisa, y era evidente que tenía un destino en mente... y llegó a un campamento de mercenarios carex.

Quedé erguida de inmediato en mi asiento.

—Pero yo creía que el ejército estaba fuera de la ciudad para combatir a los mercenarios —dije—. ¿Acaso no están a varios días de camino?

—Al parecer, no —contestó la Duquesa acongojada—. Sospecho que las operaciones de inteligencia del ejército también sufrieron la influencia de Oberón. Hasta donde podemos saber, el ejército estaba persiguiendo a un pequeño grupo de carex, y el grueso de las tropas de mercenarios está a dos días de aquí.

—¡Dos días!

—¡Caramba! —exclamó Spindle, que había empezado a comerse los pastelitos de tía Tabitha.

Mi estómago pareció quedarse sin fondo, como si lo hubiéramos dejado atrás, sobre el empedrado.

—¿Qué? Dos días...

La Duquesa asintió con tono grave.

—Estamos tratando de evitar el pánico mientras aguardamos la confirmación, así que por eso no ha habido un aviso general. Pero sí. Creo que en dos días estaremos bajo asedio. Oberón ya se encontró con ellos. Deben haber estado trabajando en complicidad. Y les habrá informado que el ejército está ausente, los magos, muertos, y que es el momento perfecto para tomar la ciudad.

Spindle tenía una mente más rápida y retorcida que la mía.

—Él debió tener planeado tomar la ciudad primero, y luego aprovechar a los mercenarios para acabar con el ejército. Y entonces conseguiría una ciudad entera sin haber tenido que luchar por ella. Ahora no va a obtener eso, así que mejor va a destruirla y conformarse con lo que quede —tomó un enorme bocado de pastelito.

La Duquesa lo observó con una especie de fatiga y diversión.

—Puede ser que haya un lugar para ti en mi gabinete de gobierno, joven Spindle. Eso es exactamente lo que pensamos que está planeando. Es una pena que ninguno de nosotros lo viera tan claro antes. Tal vez jamás nos pasó por la mente que llegaría a permitir que su propia ciudad fuera saqueada —se recostó en los cojines—. Enviamos mensajeros a buscar al ejército el mismo día que fue desterrado pero, sin los magos, ya no tenemos comunicación instantánea. Sería de esperar que, al morir maese Gildaen, Lord Ethan se hubiera dado cuenta de que algo raro estaba pasando aquí. Pero incluso en nuestros cálculos más optimistas, están por lo menos a cinco días de distancia.

Cinco días.

Los carex estaban a dos.

En dos días, los carex habrían tomado la ciudad. Dicen que por donde pisa un carex, el rastro que deja se llena de sangre. Si lo que la Duquesa decía era cierto, esa sangre sería la nuestra.

—¿Y qué vamos a *hacer*? —susurré.

—Contamos con la guardia de palacio —contestó la Duquesa—. Y las murallas de la ciudad. Y nos queda un mago todavía.

¿Un mago todavía? Pero quién...

Oh.

Claro.

Yo.

Me pasé el resto del trayecto hasta el palacio pensando en razones por las cuales yo simplemente no podía salvar la ciudad, por las que yo no podía hacer nada de nada, por las que yo no era el tipo de maga que necesitaban, para nada.

La Duquesa escuchó toda mi perorata con una tenue sonrisa en los labios.

—Mi linda —dijo al final—, sin necesidad de apelar a la magia ya lograste desenmascarar a un traidor y también hiciste que una gobernante negligente entrara en razón. ¡De tan sólo pensar en lo que serías capaz de conseguir usando la magia me pongo a temblar!

—¡Excelencia, yo trabajo con pan! —grité por vigésima vez, cuando el carruaje entraba al patio del palacio—. ¡Sólo con pan! ¿No hay otros magos?

Meneó la cabeza tristemente para negarlo.

—Estoy segura de que hay otros, pero se están escondiendo. Todo el asunto del toque de queda y el registro los debió asustar, ¡y es comprensible! Y ahora, si les pedimos que vengan a palacio, ¿por qué van a pensar que los motivos son diferentes?

Me desplomé en mi asiento, derrotada.

La Duquesa se inclinó hacia delante y me dio unas palmaditas en la rodilla.

—Mona querida, estoy segura de que podrías seguir dándome razones durante horas y horas para justificar que no eres la persona adecuada, pero contamos con muy poco tiempo. Supongamos que ya pasamos por todo eso y que yo ya asentí cortésmente, como se esperaba, y contesté con las exclamaciones necesarias, y saltemos al punto en el que tú dices: "No sé qué podré hacer, pero voy a intentarlo".

Spindle rio disimuladamente. Yo insistí:

—Pero yo... ¡sólo *pan*!

—Las cocinas de palacio están a tu entera disposición —dijo la Duquesa—. Imagino que vas a necesitar masa para lo que sea que vayas a hacer. Podremos a cada una de las panaderías de la ciudad a producir toda la que puedan, para que la uses. ¿Tienes alguna instrucción especial?

Se bajó del carruaje apoyándose en el brazo de Joshua, que luego me ayudó a mí a bajar. Spindle llegó al suelo de un brinco, y yo le entregué el resto de los pastelitos. Mi mente se entusiasmó al recordar las imágenes de los enormes hornos del palacio, que había visto en mi camino a los fregaderos. Ahí podrían hornearse cosas gigantescas.

Gigantescas de verdad.

"Los más débiles podrán hacer que una montaña tenga vida", decía el libro.

Bueno, pues yo había *querido* hacer un elefante de masa, ¿no es cierto?

—Que les digan a los panaderos que dejen crecer la masa más de la cuenta, mucho más —dije, y me sorprendió lo firme que sonaba mi voz—. Que se desborde en los recipientes. Necesitamos tamaños descomunales. Spindle, voy a necesitar que vuelvas a mi habitación y me traigas el libro que encontrarás en la mesa de noche, y un cambio de ropa para mí. Dile a mi tía que no regresaré hoy. Excelencia, no sé qué es lo que voy a hacer, pero haré mi mejor esfuerzo.

VEINTISIETE

Quienes alguna vez se hayan preparado en dos días para un asedio, entonces probablemente sepan cómo fueron los días siguientes. Quienes no lo hayan hecho, no lo sabrán. Pues… una boda formal y multitudinaria es más o menos lo mismo (y como nosotros hacemos pasteles, he participado de cierta forma en unas cuantas), sólo que si las cosas salen mal en un asedio, todos mueren de forma espantosa, en una boda formal las consecuencias son mucho peores. Una vez una novia amenazó con incendiar la panadería porque la cubierta de su pastel, de crema de mantequilla, había salido del color equivocado.

Mi plan era sencillo. Iba a preparar hombrecitos de jengibre, o más bien de pan, porque tal vez no haría falta más que una cantidad simbólica de jengibre. Pero en lugar de que los hombrecitos tuvieran tamaño de galleta, serían de catorce codos de alto.

Ni siquiera los enormes hornos de palacio alcanzaban a hornear algo así, así que los herreros estaban fabricando una especie de gigantesco molde de galletas humanoide para usar al aire libre. Doce enormes escudos que habían sido aplanados a martillo y unidos entre sí, estarían sobre una zanja llena de carbón que grupos de aprendices mantendrían ardiendo con fuelles.

El resultado no era una belleza, y yo no tenía idea de si llegaría a funcionar (sospechaba que mis guerreros de pan se verían negros y quemados por debajo y algo crudos en el centro) pero fingí que sabía lo que hacía.

El herrero jefe era un hombre de piel aceitunada llamado Argonel, y era muy listo. Su voz sonaba como piedras de molino girando, y tenía unas manos horribles, llenas de cicatrices, y no parecía extrañarle eso de recibir órdenes de una muchachita de catorce años. Él fue quien propuso lo del molde de galleta gigante al aire libre. Yo había estado pensando si debía hornearlas por partes y luego pegarlas de alguna forma, con glaseado, tal vez, pero trabajar con glaseado normalmente me produce dolor de cabeza, así que esto me habría provocado una migraña de diez días. Argonel me escuchó atento y dijo:

—Podemos hacerlo. Muéstranos qué tan grandes serán tus gólems y con eso ya podemos hacer un horno.

Gólems. No había pensado en ellos de esa manera. Me había topado con la palabra en *Sombras en espiral*, pero no la había asociado con mis galletas.

Cuando tuve un momento libre, saqué el libro y fui directo a la sección sobre gólems:

Seres inanimados que reciben la chispa vital. A menudo los gólems se esculpen con arcilla, greda o piedra, o se funden en yeso o bronce. Ha habido algunos creados con agua y aire, aunque es una prueba muy difícil. Pueden ser toscos o muy minuciosos en cuanto a detalles, y por lo general tienen forma de hombre, aunque hay excepciones notables, como los gólems emplumados de Ganifar, el Alado.

Mi propio pequeño gólem de jengibre había decidido aprovechar el bolsillo de mi camisa para pasarse el primer día de aquí para allá, observándolo todo cabalgando sobre mi hombro.

—¿Qué opinas? —le pregunté, muy consciente de lo absurdo de mi pregunta. El libro dejaba muy en claro que los gólems eran tan inteligentes como los hubiera hecho su creador, y yo no había pretendido hacer un genio de mi galleta.

Por otro lado, sí había durado semanas más que cualquier galleta que hubiera animado antes. Por lo general, les retiraba la magia antes de venderlos, porque nadie quiere arrancarle un bocado a una galleta viviente. Tal vez los gólems se volvían raros cuando uno los dejaba vivir demasiado.

Mi galleta me sorprendió. Bajó de mi hombro para inspeccionar toda la actividad que bullía en el patio. Examinó los escudos que estaban aplanando a martillazos y asintió con aprobación. Fue menos efusivo al dar su visto bueno a las cubetas y calderos y tinas de masa (creo que habían arrancado largos trozos de tubería del palacio para proporcionarme más recipientes para poner a crecer más masa). Llegó a pellizcar un pedacito con ambos brazos y la miró frunciendo el ceño, para luego menear la cabeza mirándome.

—Ya lo sé… está demasiado esponjosa —dije—. Y tal vez también muy insípida. Pero nadie va a comerla.

La galleta me miró (uno no pensaría que los ojos de glaseado eran capaces de hacer tal cosa), y luego agitó los brazos en el aire como para decir: "Bueno, está bien, si estás bien *segura…*".

Los herreros eran las personas más increíbles para trabajar. Uno pensaría que las cocineras estarían emocionadas de jugar un papel activo en la defensa de la ciudad de una invasión de carex, tal vez. Y a lo mejor lo estaban, pero eso no llegaba

hasta el punto de que les gustara que una muchachita de catorce años se hiciera cargo de la cocina y empezara a exigirles
que hicieran cosas terribles con la masa.

—¿Que la dejemos crecer *cuánto tiempo*? —preguntó la
jefa de cocina, escandalizada—. ¿Y que se va a hornear *dónde*?

—Ya lo sé —dije agotada—. Créame, ya lo sé.

—¡Va a tener mal sabor!

—Nadie se la va a comer —expliqué.

—Pfff, qué desperdicio de harina —resopló la cocinera—.
Claro, si me hubieran preguntado a mí, jovencita...

Spindle, que había estado aprovechándose de la distrac-
ción de la cocinera para embolsarse un pastel de carne frío,
parte de un jamón, y una docena de huevos duros, volteó la
cabeza al oír esto:

—Pues ella no te está preguntando —dijo—, sino que te
lo está *diciendo*. ¡Son órdenes de la Duquesa!

La cocinera se puso del color del jamón robado.

—Spindle... —exclamé, entre agradecida y mortificada.

—Es verdad —murmuró él.

Abandoné toda esperanza de llegar a caerle bien a la cocinera. Eso no importaba. Si se había enojado, era su problema.
Los carex serían un problema mucho peor. Me enderecé para
verme lo más alta posible (le llegaba a la cocinera un poco por
debajo de la clavícula), y dije con voz tranquila:

—Por favor, llene todas las cubetas que pueda con la
masa. Si se le termina, los guardias le traerán más. Se está
trayendo harina de las bodegas.

—Como ordene —contestó la cocinera con voz áspera.

—Gracias —dije, y salí de la cocina. Arrastré a Spindle
conmigo. No importaba lo enojada que estuviera la cocinera.
Iba a ponerse peor cuando contara los huevos. Sentía la cara

ardiendo. Eso de hacer enfurecer a un adulto… que fuera culpa mía… Quiero decir, ahí estaba yo, tratando de salvar a la ciudad de que fuera arrasada por mercenarios caníbales, y me enfermaba la idea de que la cocinera estuviera molesta conmigo. Hay muchas desventajas en tener catorce años.

El sol se estaba poniendo. Mi galleta, Spindle y yo nos sentamos en el borde de un muro bajo de piedra que separaba el patio de la zona de los establos, y allí nos zampamos una comilona ilegal de huevos y jamón.

—Es horrible —confesé.

—Es un jamón muy bueno —dijo Spindle con la boca llena—. No sé de qué estarás hablando.

—No del jamón, sino de todo lo demás.

—¡Ah!

Tragó el bocado. Miré a las cuadrillas de herreros que iban dejando los escudos en posición. Argonel dijo que estarían listos al día siguiente, a mediodía. Se suponía que los carex llegarían a las puertas de la ciudad en la noche, al día siguiente, aunque tal vez estarían ocupados prendiendo fuego a todas las edificaciones de las afueras, y atacarían la ciudad al amanecer siguiente.

Incluso con los cálculos más optimistas, si el ejército se había puesto en marcha justo cuando el mensaje de Gildaen se interrumpió, para el momento de la llegada de los carex estarían todavía a tres días de camino.

—Ya se avisó a todo el mundo que vienen los carex —dijo Spindle, pelando el tercer huevo que se comía—. Hay pregoneros en todas las esquinas.

—¿Y cómo se lo ha tomado la gente? —pregunté. En realidad, estaba pensando en cómo se lo tomarían tía Tabitha y nuestros clientes. Seguramente la señorita McGrammar se rehusaría a creerlo, y la viuda Holloway habría necesitado que los pregoneros le repitieran el mensaje tres o cuatro veces. Brutus… Brutus tal vez era de una esas personas que acudirían a las puertas de la ciudad. No tenemos una milicia formal en la ciudad, pero Joshua dijo que estaban convocando a todo aquel que fuera capaz de empuñar una espada para que se reportara en el palacio y sirviera para defender las puertas.

Spindle se encogió de hombros.

—Pues, como se esperaría. Hay quienes dicen que la cosa terminará si les pagamos para que se vayan. La mayoría de la gente está haciendo lo que se le ha pedido —tragó—. Incluso si los carex tomaran la ciudad entera, probablemente no lleguen muy lejos dentro del Nido de Ratas. Así que… pues… si tú y los tuyos quieren venir, yo creo que podemos encontrarles un lugar.

—Gracias, Spindle —dije, sacudiéndome las manos—. Muy bien. Supongo que tenemos que volver al trabajo.

Esa noche logré dormir unas cuantas horas. No esperaba volver a dormir en una cama hasta que pasara el asedio de la ciudad, y supuse que estaría demasiado alterada para poder conciliar el sueño. Pero el hecho es que sí pude dormir, y no me acosó la preocupación. Creo que logré arrinconar todo el miedo para que no me alcanzara. Claro que estaba muerta de pavor, pero no servía de mucho tanto pánico, así que no iba a dejarme enredar en eso cuando había tanto por hacer.

La mañana trajo una novedad muy buena, desde mi punto de vista. Cuando entré a la cocina en busca de una taza de té y algo para desayunar, la enojona cocinera no estaba allí. En su lugar…

—¿*Tía Tabitha?*

Tenía los brazos metidos hasta los codos en una tina llena de masa de pan.

—Bueno, no iba a permitir que te mataran aquí en el palacio, ¡tan lejos de mí! Las órdenes que recibimos fue preparar toda la masa que pudiéramos, así que cuando terminé de hacerla, vine en el carro que la traía para acá. Tu tío está a cargo de la panadería. Nunca ha sido muy bueno con los hornos, pero evitará que todo se queme mientras no estamos —sacó un brazo de la masa y me estrechó de lado contra ella.

—Pero la cocinera…

—Ah, *ella* —resopló mi tía—. No me merece muy buena opinión.

Viniendo de tía Tabitha, ese comentario era equivalente a que lo arrojaran a uno a las más oscuras profundidades del abismo.

—¡Huy! —dije. Me quedé pensando en dónde habría enterrado el cadáver. Los asistentes de cocina estaban trabajando a toda prisa, con expresión aturdida. No creo que la cocinera fuera muy popular entre ellos, pero quién sabe qué opinarían de tía Tabitha.

Al menos una persona parecía muy feliz. Jenny, la fregona, me sonrió desde el otro lado de la mesa.

—Lo siento —le dije—. Quiero decir… mmm… es que te mentí cuando estuve aquí antes…

—¡Por todos los cielos! —contestó, agitando su delantal con las manos—. ¡Eres una heroína! Le dije a todo el mundo que eras tú, que habías pasado por aquí primero, pero la mayoría no me creyó —lanzó un vistazo triunfante alrededor, donde los asistentes pretendían que no nos miraban.

—Tu tía tiene todo organizado a la perfección —añadió—. No como la vieja Dedosrancios. Y además, no es tacaña con la comida.

—No —confirmé—, nunca ha sido tacaña con la comida —sinceramente, estoy convencida de que ella cree que llegó a este mundo para asegurarse de que nadie pase hambre—. Mmm… ¿estás segura de que quieres estar aquí? ¿No preferirías ir con tu familia?

—No tengo familia —contestó alegremente—. Soy huérfana. Me abandonaron en una cesta en las escaleras frente al convento de las Hermanas de la Implacable Virtud. Si regreso allí, me obligarán a pasar los siguientes tres días de rodillas rezando, para pedir misericordia o intervención divina o quién sabe qué, y esos pisos de piedra son muy duros —entrecerró los ojos y de pronto se vio tremendamente feroz—. Y si me quedo, puedo ayudar. ¡Vas a ver! ¡No voy a irme de aquí mientras los carex arrasan mi ciudad!

—¡Oh! —dije en voz baja—. Pues, entonces, ¡qué gusto tenerte aquí!

Mi tía se acercó y le dio a Jenny una palmadita en la espalda, dejando huellas de harina en su delantal.

—Ese herrero tan simpático estuvo aquí hace un rato. Me pidió que te dijera que todo va como se esperaba. Creo que no pegó el ojo anoche —señaló un plato de panecillos—. Toma, un poco menos de masa no importará, y necesitamos que te mantengas con energía.

Me senté a comerme unos panecillos con miel y mantequilla. Era una exquisitez. Los panecillos de tía Tabitha siempre han sido mucho mejores que los míos. Ella dice que los amaso demasiado y luego necesito usar algo de magia para corregir el problema.

—Además, traje a un amigo —dijo, y puso una sopera en el piso, a mi lado.

Me di vuelta para mirar, y oí un *blorp*.

—¡Bob!

—Unas dos terceras partes de Bob, más bien —explicó mi tía—. Puse la sopera en el suelo y le dije que necesitabas ayuda. Imagino que la mayoría de su ser se ofreció voluntariamente. Se supone que tu tío va a alimentar el resto, pero ya sabes cómo es él. Por eso, dejé un róbalo entero en la vieja cubeta.

—Ay, Bob, ¡qué contenta estoy de verte! —metí una mano en la sopera. Bob soltó un eructo cariñoso y un tentáculo pegajoso de prefermento se restregó contra mis dedos. Jenny lo miró, y luego a mí, con los ojos desmesuradamente abiertos.

—¿Es tu espíritu familiar? —susurró.

—¿Quién? ¿Bob? —miré la sopera—. Es prefermento para pan de masa madre. Supongo que... bueno, sí, es el tipo de espíritu familiar que yo podría tener.

El hombrecito de jengibre me tocó la oreja y me miró con severidad.

—Tú también eres mi familiar —¿se puede tener dos espíritus familiares? No me quedaba muy claro y *Sombras en espiral* no decía nada al respecto.

—¡Qué increíble! —sonrió Jenny—. ¡Ojalá yo fuera una maga!

—¿En serio?

—¡Sí! —asintió—. Nunca me creí esas tonterías que decían sobre los magos, ni esos ridículos carteles. Vas a hacer una magia maravillosa, ¡estoy segura!

Algo que estaba ensartado en uno de los asadores empezó a quemarse y ella fue corriendo al rescate. Era agradable saber que alguien confiaba en mí, incluso si era tan sólo otra chica de mi edad. Quisiera haber tenido tanta confianza en mí misma.

Terminé mis panecillos, frotando los dedos entre sí mientras pensaba. Bob se había sentido un poco aguado, y había una costra de harina reseca formándose en el borde de la sopera, y eso era todo. Pero el Hombre Color Retoño me había acusado de arrojarle ácido, y tenía cicatrices en la cara que lo probaban. Y luego, estaba el asunto de las ratas muertas.

Mmmm.

—Tía, tengo que irme —dije. Me bajé del taburete y le di un abrazo—. Gracias por traer a Bob. Creo que vamos a usarlo.

Dar con Joshua fue más complicado de lo que esperaba. Al parecer, ahora era una de las personas a cargo de la defensa de la ciudad. Pero cuando dije que lo necesitaba por "asuntos de magia", los guardias dejaron de tratar de deshacerse de mí, para ofrecerme toda su ayuda. Lo encontré en la parte más alejada de los establos, donde hay un pequeño campo de maniobras, y allí estaba, supervisando a la recién formada milicia.

Tenía una expresión sombría. Observé a los hombres, pero como no tenía idea de qué era lo que debía mirar, me pareció simplemente un grupo de hombres armados con palos moliendo a golpes unos bultos llenos de paja.

—¿Son buenos? —pregunté.

Joshua suspiró.

—No. Algunos de los que estuvieron antes en el ejército están bien, pero no son suficientes. A ésos los envié con la guardia. El resto… mmm… digamos que mandarlos al frente podría interpretarse como asesinato.

Miré a un hombre muy corpulento que arremetía contra uno de los bultos y lo dejaba convertido en astillas y puñados de paja.

—Ése parece muy bueno.

Joshua negó con la cabeza.

—Los ejércitos no se componen de soldados individuales. Un ejército es un grupo de hombres que combaten juntos, como una unidad. Pero se necesitan más de dos días para entrenar un escuadrón y que pueda luchar en grupo y no como una serie de partes independientes, y no tenemos más tiempo —se pasó una mano por el cabello. Se veía cansado—. Pero ése es mi problema. No el suyo. ¿Qué puedo hacer por usted, maga Mona?

—A lo mejor es una pregunta tonta, pero quería saber si vamos a combatir a los carex que crucen la puerta, ¿cierto? Y tenemos murallas grandes y van a poner soldados en la parte superior, ¿verdad?

—Sí. Arqueros, más que nada. Y las personas al mando, como yo y como usted.

La idea de que yo fuera una de esas personas al mando me hubiera reducido a un despojo balbuceante en cualquier otro momento, pero ahora, al igual que Joshua, no tenía tiempo para eso.

—Mmm, ¿a veces hacen cosas como arrojar aceite hirviendo al enemigo o algo así?

Soltó una risotada.

—¿Aceite hirviendo? No vale la pena tanto esfuerzo. Las murallas a duras penas tienen el ancho para que pasen dos hombres, así que no hay espacio para encender una fogata y poner a hervir nada. Y definitivamente no voy a poner a mis hombres a correr escaleras arriba con calderos de aceite caliente. ¿Por qué me lo pregunta?

—Bueno… es que… es que tengo esto… esta cosa —hubiera sonado extremadamente raro decirle "tengo un prefermento que usamos en nuestra masa madre con tendencias homicidas"—. Es una especie de masa mágica. Si uno la hace enfurecer, atacará y hará lo posible por disolver a la gente. Fue lo que sirvió para provocarle unas terribles quemaduras al Hombre Color Retoño, y eso que él es un mago. No sé si ayudará, pero si hubiera forma de arrojarles la masa a los carex...

—¿Cuánto dura la magia? —preguntó Joshua.

Extendí las manos, sin poderlo evitar.

—¡No tengo la menor idea! Nunca he hecho algo así. No creo que sea capaz de devorar a una persona entera, pero pensé que si conseguíamos lanzar un montón de trocitos...

Para sorpresa mía, Joshua estaba asintiendo.

—Como si fuera brea ardiendo —afirmó—. A veces se utiliza en sitios y asedios, de la misma manera que el aceite hirviendo. Puede matarlo a uno si le da de lleno, pero la mayoría de las personas reciben sólo salpicaduras. Hiere, y frena el avance mientras uno logra salir del problema. No podemos usar brea por la misma razón que el aceite. Pero si su masa mágica no requiere nada especial...

—Sólo harina y agua.

—... entonces tal vez podríamos ponerla en frascos y arrojarlos con hondas —asintió—. Sí, es un buen plan.

—No creo que sirva para detenerlos, ¿me entiende? —admití preocupada.

Joshua me puso una mano en el hombro.

—Mona: nadie espera que usted sola los frene, por sus propios medios.

—El General Dorado podría hacerlo —dije apesadumbrada.

—No, no es cierto —contestó Joshua. Lo miré fijamente y él suspiró—. ¿Se ha puesto a pensar por qué el General Dorado viaja con un ejército? Es bien capaz de lanzar rayos y centellas, claro, pero no está mejor equipado para enfrentar a los carex por sí solo que usted. Más bien, lo que sucede es que a él lo apoyan dos mil hombres entrenados, todo el tiempo. Si él estuviera aquí, le diría exactamente lo que le estoy diciendo.

—¡Oh! —exclamé. Y volví a la cocina absorta en mis especulaciones.

VEINTIOCHO

Me pasé la mayor parte del día preparando grandes cantidades de Bob. La masa seguía llegando de todas y cada una de las panaderías de la ciudad: carretas llenas de barriles que se desbordaban de masa, bebederos de caballos y calderos y cubetas de masa. Los sirvientes de palacio iban acumulando todo alrededor del patio.

Me quedé paralizada cuando vi un ataúd, sin tapa, y la masa asomando por encima de los bordes. Era un cajón sencillo, de madera de pino, sin adornos, pero un ataúd, sin duda.

—¿De dónde lo trae?

—De la iglesia de los Ángeles Acongojados —explicó el que manejaba la carreta, y que le estaba ayudando a uno de los lacayos a levantarlo—. Se les terminaron los barriles que usan para recoger el agua de lluvia. Dijeron que nunca se había usado, si es eso lo que le preocupa.

Si lográbamos sobrevivir a esto, yo tendría que buscar esa iglesia para ir a hablar con la persona a cargo de la cocina. Con todo, era un *montón* de masa. Seguramente alcanzaría para hacer medio gólem.

Pero estaba contando con que debía preparar más Bob. Por lo general, hay que tener cuidado cuando se le agrega agua y harina a un prefermento de masa madre, para garantizar que las proporciones sean las adecuadas y demás, pero en el caso de Bob, eso era fácil. Hundí las manos en la sopera y traté de convencerlo de que el mundo necesitaba un montón de Bob.

Y como eso coincidía con lo que el propio Bob siempre había pensado, muy pronto me había apoderado de un bebedero de caballos y varios lacayos habían vaciado sacos de harina de cincuenta libras. Añadí un par de pescados muertos cuando nadie miraba.

Para media tarde, Bob ya había llenado seis barriles, y ahí di con un ejemplo de lo que en *Sombras en espiral* llamaban la magia simpática. A pesar del hecho de que estaban en barriles aparte, los seis eran Bob. Si metía el brazo en uno y le decía a Bob que era un prefermento bueno y maravilloso, el mejor del mundo, los seis barriles burbujeaban de contento. Cuando le expliqué que los carex eran malas personas, que querían hacernos daño a mí y a mi tía, y llevarse la harina y los peces muertos de Bob, los seis barriles bufaron y silbaron y tentáculos enharinados azotaron el aire.

—Eso no es *nada* aterrador —dijo Spindle, apareciéndose a mi lado—. ¿Qué tienes ahí?

—Es Bob, nada más. Bueno, un montón de Bob. No vayas a tocarlo —me froté la nuca, cansada—. ¿Dónde estuviste todo el día?

Se encogió de hombros.

—Por ahí… ya sabes.

Lo cual quería decir que no tenía ganas de hablar al respecto. Lo miré con cierta curiosidad, y se sonrojó.

—Estaba buscando a Molly, la Matarife, si es que quieres saber.

—¡Oh! —había estado tan atareada que no había pensado en ella—. ¿Se encuentra bien?

—Está bien, pero no piensa venir a ayudar —cruzó los brazos, con fuerza, y clavó la vista en sus zapatos—. Dice que no es para personas insignificantes como ella. Dice que la van a destruir. Le dije que la necesitábamos, que no había más magos que tú, pero se negó a oírme.

Me sentí decepcionada, pero traté de que no se me notara.

—Creo que la última guerra fue muy dura para ella. Se fue con el ejército una vez, y cuentan que fue ahí cuando enloqueció.

—Que esté loca no quiere decir que no pueda ayudar —dijo Spindle, rascando el suelo con un pie.

Me acordé de tío Albert, cuando dijo que si se le da una medalla a alguien, ya no hace falta responder preguntas ni arreglar lo que esté mal. ¿Acaso a Molly le habían dado una medalla por hacer caminar a los caballos muertos hacia el campo de batalla?

Era demasiado y yo tenía apenas catorce años y si no me ponía a trabajar, no importaría cómo surgían los héroes ni si eso era bueno, malo o indiferente. Le di un golpe a Spindle en el brazo.

—Ven, ayúdame a meter a Bob en frascos. Le diré que tú eres amigo.

Hicieron falta más de cien frascos para envasar a Bob. Creo que usamos todos los que pudieron hallarse en palacio. Comimos betabel encurtido y huevos en vinagre y res en escabeche y espárragos encurtidos de almuerzo y cena, para vaciar más frascos y, para cuando terminamos, yo ya no quería volver a ver un encurtido o una conserva en el resto de mis días. La labor se nos hizo más difícil porque Bob estaba resistiéndose como desquiciado (creo que Spindle echó un par de frascos de chiles en escabeche en los barriles cuando me descuidé), así que Spindle y mi tía y yo éramos los únicos que podíamos envasar el prefermento en los frascos.

Jenny, la fregona, nos ayudó mucho. Seguía encontrando frascos olvidados en los rincones y nos los llevaba, que era mucho más de lo que había hecho la jefa de cocina.

—¡Ay, *ella*! —suspiró Jenny—. Se fue muy molesta luego de que tu tía le dio su buena reprimenda. Pero no le vayas a contar que fui yo quien te trajo los rábanos en conserva. Son su especialidad, ¿sabes? Se pondría iracunda si supiera que estás embutiendo masa en todos esos frascos.

Yo estaba sellando la tapa del último frasco cuando Joshua apareció a mi lado. Estaba anocheciendo. El cielo se veía envejecido y del color de la sangre por encima de las murallas hacia el occidente.

—¿Mona? —preguntó.

—Están acabando el horno en este momento —dije, sin mirarlo—. Se necesita una hora más para que caliente en forma pareja, y después podremos empezar a hornear.

Asintió.

—En ese caso…

Algo se posó en mi hombro.

Solté un chillido y me agaché, y mi hombrecito de jengibre se trepó a mi cabeza y empezó a agitar los brazos enojado frente a mi atacante. Joshua, quien debía ayudarme, soltó la carcajada, en lugar de eso.

Era una paloma.

Era un pájaro grande, gris y lustroso, con esa leve iridiscencia aceitosa en las plumas del pescuezo, en todo caso, una paloma. Puedes verlas por todas partes de la ciudad.

Esponjó el pecho y bajó el pico para mirarme, que no es el tipo de comportamiento que uno esperaría de un pájaro que vive en las canaletas de los tejados.

Joshua finalmente logró dejar de reír y dijo:

—Creo que es una de las de Annelise. Revise si trae un mensaje.

—¿Un mensaje? —miré al ave, que estaba tan cerca de mi cara como para resultar incómodo.

La paloma levantó una pata. Tenía una capsulita atada a ella. Con el pico, la retiró y me la tendió.

—Joshua, ¡la paloma me está dando algo!

—Es una paloma mensajera —contestó él—. Annelise es una maga que viaja con el ejército. Lo suyo son las palomas mensajeras. Lastimosamente, puede enviarlas hacia *acá*, pero no podemos hacerlas volver a ella. Son aves que funcionan sólo en un sentido. Pueden encontrar su camino a su palomar, y eso es todo. En todo caso, Annelise puede hacerles un encantamiento para que encuentren a una persona específica.

—¿Y no debería estar tratando de encontrarlo a usted? ¿O a la Duquesa?

—La Duquesa recibió una hace unas horas —contestó Joshua, y la risa se fue desvaneciendo en su voz—. Recibieron nuestro mensaje. El ejército está a poco más de tres días de camino de aquí. Se desplazan a marchas forzadas, y esperan reducir ese tiempo, pero ni siquiera un ejército puede estar corriendo todo el camino hasta llegar aquí.

Bueno, yo no tenía muchas esperanzas. Se sintió menos como un puñetazo en el estómago y más bien como una confirmación de lo que yo había sabido desde un principio. El ejército no podría salvarnos. El General Dorado no podría salvarnos. Dependía enteramente de nosotros.

La paloma agitó la cápsula del mensaje ante mis ojos. La recibí, la tomé con cuidado entre mis dedos, y pensé que me daría un picotazo.

Había una nota adentro. Estaba escrita con pulcritud en una hoja de papel cebolla, y plegada con tal minuciosidad que cabía toda en la diminuta cápsula. La desplegué y leí:

Para Mona, la maga de la panadería,
con saludos del General Ethan.

Ah, claro. Ahora el General Dorado me enviaba cartas. Ése era el paso siguiente, obviamente. Y después de eso, la Virgen de los Ángeles Acongojados bajaría de la torre de su iglesia, se arremangaría y empezaría a amasar codo a codo con tía Tabitha.

—¿De Ethan? —preguntó Joshua.

Asentí con la cabeza.

—¿Cómo supo quién era yo?

—La Duquesa envió un reporte muy detallado con los jinetes que fueron a alertar al ejército, y usted es la única maga que tenemos a nuestra disposición. No puedo imaginar que haya muchas jovencitas magas en el palacio en estos momentos —Joshua rio con cansancio—. Ojalá fuera así. Con unas cuantas como usted, ni siquiera necesitaríamos al ejército.

—Ja, ja —dije, alisando el papel para leer lo que seguía.

Su Excelencia la Duquesa me informa que en este momento en
que más necesitada está nuestra ciudad, tú diste un paso al frente.
Recibe toda mi gratitud, maga Mona. Te ruego que hagas todo lo
que esté en tus manos y no escatimes ningún esfuerzo para sal-
var nuestra ciudad. No permitas que aquello que parecería una
locura o imposible te haga desfallecer. En el campo de la magia,
la creatividad es tan importante como el conocimiento. El mejor
mago que he conocido se hubiera podido considerar un hechicero
menor, para nuestros parámetros, pero era incansable en cuanto
a buscar maneras de que las cosas resultaran con los medios que
tenía a la mano. Espero que tú seas como él.
Llegaremos con ustedes lo más pronto que podamos.
Atentamente,
General Ethan

Una vez cumplida su misión, la paloma se levantó pesadamente de mi hombro y voló alrededor del patio, remontándose más alto. Desapareció por encima de los tejados del palacio, seguramente en un palomar oculto donde anidaban las palomas mensajeras.

Doblé la nota y me la metí en el bolsillo. No esperaba recibir una carta del General Dorado, así que era un poco tonto sentirme decepcionada por el hecho de que esa carta no incluyera algún buen consejo como "A propósito, dejé el arma secreta superpoderosa bien escondida en el tercer armario de las escobas que se encuentra al lado izquierdo".

A pesar de todo, un arma secreta hubiera estado muy bien.

Podría pensarse que eso de tener al General Dorado observándome a la expectativa, así fuera a través de una paloma mensajera, resultaría intimidante. Pero la verdad es que, cuando tenía claro que todos moriríamos si yo fracasaba, añadirle eso de que "y el gran héroe de nuestro ejército estará muy decepcionado" no significaba mucho.

De cierta manera, la carta me animaba. "En el campo de la magia, la creatividad es tan importante como el conocimiento". Si alguien lo sabía bien, era el propio General Dorado. Al fin y al cabo, él era un mago, y uno muy bien entrenado. Si él afirmaba que uno podía hacer mucho con sólo un poquito de magia... bueno.

No se podía decir que mis gólems de masa de pan no fueran algo creativo. Pero tenía que pensar en otras cosas aún más creativas.

—Estamos empezando a calentar el horno —me avisó uno de los herreros cuando pusieron la primera carga de carbón.

—Tiene cosa de una hora antes de que pueda trabajar aquí —dijo Joshua, cuando le di la espalda a los hornos—. Venga. Los carex ya llegaron a las afueras.

VEINTINUEVE

Joshua, la Duquesa y yo estábamos en la muralla sobre la gran puerta de la ciudad, contemplando el ejército de mercenarios carex. ¡Era desolador!

Hubieran podido llegar a la ciudad antes del anochecer, de haberlo querido. Todo lo que tenían que hacer era marchar pasando de largo por las granjas de las afueras. Pero, en lugar de eso, se habían detenido allí para prender fuego a todos y cada uno de los campos por los que pasaban. La luz del día se estaba desvaneciendo, pero el trigo en llamas dibujaba finas líneas brillantes que se iban apagando una a una, a medida que las granjas quedaban convertidas en cenizas.

Me pasé las manos por la cara. Era tal mi ira que se me salían las lágrimas. Spindle estaba a mi lado, con los brazos apoyados en las almenas, y la misma expresión de cuando había encontrado el brazalete de Tibbie en la panadería. El hombrecito de jengibre escondió la cara entre mi cabello.

No tenía ningún *sentido*. Eso era lo que más rabia me daba. Claro, los carex tratarían de matarnos porque querían nuestra ciudad, y eso era terrible, pero al menos había una justificación. Quemar las granjas era destrucción sin sentido.

No podríamos conseguir alimentos ni suministros más allá de donde estaba su ejército, así que no estaban quemando los cultivos para evitar que nosotros los aprovecháramos. Era como si le arrancaran las alas a una mosca sólo porque podían hacerlo.

—A la gente la evacuamos esta mañana —dijo la Duquesa—. Y también a los animales. Todos los parques de la ciudad están atestados de cerdos y pollos y vacas, y los granjeros se gritan unos a otros —suspiró—. Al menos no vamos a perder muchas vidas en esto. Pero, por todos los dioses, es una lástima semejante *desperdicio*.

El ejército estaba cerca. Podían distinguirse los individuos en las filas disparejas que marchaban hacia nosotros.

Eran muchísimos.

Pero no me pregunten cuántos. Soy capaz de calcular al ojo una taza de harina o una cucharada de polvo para hornear, pero los ejércitos no son ingredientes. Eran muchísimos. Comparados con la mísera cantidad de hombres que yo había visto entrenando de nuestro lado.

Entonces, estamos perdidos, me dijeron mis entrañas.

Así es, confirmó mi cabeza.

Parece que estamos de acuerdo.

La gran puerta de la ciudad estaba cerrada, claro, todas las puertas de las murallas de la ciudad estaban cerradas y protegidas con rastrillos de hierro, pero la ciudad no terminaba allí. El problema de tener una ciudad amurallada es que limita su propio crecimiento. Las murallas de entonces eran en realidad el tercer o cuarto trazo de murallas alrededor de la ciudad, que formaban anillos concéntricos como los de una cebolla. Desafortunadamente, generaciones pasadas habían aprovechado las murallas anteriores para sacar de ellas materiales de construcción, así que si no lográbamos resistir en la puerta, no teníamos una posición de retirada a la cual retroceder.

Fuera de las murallas no hay una transición marcada con la ciudad de un lado y el campo de otro. Más allá de las puertas hay una especie de ciudad también. Las personas que llevan sus mercancías para vender en la ciudad llegan acaloradas y con sed, así que alguien monta un puesto para vender comida y bebida a quien lo necesite. Con el paso del tiempo, ese puesto se convierte en una posada con todas las de la ley, y después alguien más instala otro puesto de comida, y así sucesivamente. Hay quienes no pueden permitirse vivir en la ciudad y, en lugar de establecerse en un lugar como el Codo de Rata, deciden vivir fuera de las murallas. Y hay toda una serie de oficios que nadie querría tener dentro de la ciudad, como los matarifes y los curtidores (los olores relacionados con la curtiembre pueden lograr que a uno se le desprenda la nariz de la cara), así que unos y otros necesitan un lugar donde vivir y alguien instala otro puesto de comida para venderles (aunque la mayoría ya tienen el sentido del olfato completamente quemado desde hace tiempo, así que no pueden saborear nada) y… y así sucesivamente. A lo largo de los caminos que llevan a la ciudad, hay por lo menos media milla de aglomeración antes de llegar a las murallas.

Yo esperaba que los carex incendiaran eso también, pero no fue así. Joshua negó con la cabeza cuando le pregunté.

—Las llamas se extenderían con demasiada rapidez —dijo—. Tienen que montar campamento ahí, y muy probablemente toda esa zona ardería como yesca. Si tuvieran que ponerse a apagar incendios, ya no podrían pelear contra nosotros —se llevó la mano a la empuñadura de la espada—. Saben que tal vez todavía haya personas allí (siempre hay quienes no hacen caso de las órdenes de evacuación), pero incluso si tuviéramos una docena de asesinos bien entrenados ocultos y a la espera en el matadero, ellos perderían menos hombres que si le prendieran fuego a todo.

—¿Y tenemos una docena de asesinos bien entrenados? —pregunté esperanzada. El Hombre Color Retoño definitivamente me había amargado la idea de utilizar asesinos, pero estaba dispuesta a dejarme convencer de lo contrario.

—No —contestó Joshua.

Spindle tosió. Todos volteamos a mirarlo, y él volvió la vista al cielo, con las manos tras la espalda, y dijo:

—Bueno… no exactamente asesinos… no.

—Spindle —empezó la Duquesa, entre divertida y cansada—, ¿qué es lo que tú sabes que nosotros desconocemos?

—Hay un par de tipos —explicó—. De los del Nido de Ratas, ya se imaginan. No somos como el ejército, pero ésta es nuestra ciudad también —se rascó la barbilla—. Me enteré de que un par de ellos salieron por los túneles de los contrabandistas. El Babosas no quiso ir, pero Benji, el Tuerto y Clavija roñosa sí, y la mayoría de los matones del Manorrota.

—Los nombres de estos personajes no dejan de asombrarme —murmuró la Duquesa—. La verdad es que, en contraste, los nobles no tienen nada de imaginación. Me pregunto si Manorrota estaría interesado en formar parte del gabinete…

—No sé si servirá de mucho que anden allá afuera, pero mal no nos hará… —terminó Spindle.

—Puede ser de enorme ayuda —dijo Joshua—. Eliminar a unos cuantos guerreros individualmente no hará mayor diferencia, pero si consiguen que los carex estén intranquilos y se pongan a perseguir sombras… siempre es preferible enfrentarse a un ejército que no ha dormido bien.

—Si llegas a tener oportunidad, Spindle —siguió la Duquesa, al parecer perpleja—, te pido que les extiendas nuestro agradecimiento de parte de la Corona al Tuerto Benji, al Manorrota y… en fin, a todos. Supongo que no querrán que se les haga un reconocimiento público.

—Se están deteniendo —dijo Joshua, inclinándose sobre las almenas.

Tenía razón. Se habían detenido a unos cuantos cientos de pasos de la puerta. Podíamos oírlos en la distancia, un murmullo de voces, abucheos y risotadas, no muy diferentes de los sonidos de la propia ciudad.

—¿Podríamos hacer algo? —pregunté—. ¡Están ahí, quietos!

Joshua meneó la cabeza, negando.

—Están fuera del alcance de las flechas. Saben perfectamente lo que están haciendo. Van a levantar campamento, y Oberón les debe haber dicho que no tenemos los recursos para atacarlos.

Nos quedamos entre las almenas mientras el sol se metía más allá del enemigo. El humo que se elevaba de los campos incendiados formaba negras columnas contra el atardecer.

Le di la espalda a la vista. Me sentí ancianísima, como si hubiera envejecido una vida entera en el rato que llevaba ahí. La Mona que había pasado la tarde tapando los frascos de prefermento de masa madre me parecía lejana y joven e inocente, y la Mona que había encontrado a una niña muerta en el piso de la panadería era una persona completamente diferente, de una vida aparte.

Es raro sentirse así cuando uno tiene catorce.

—Necesito volver a los hornos —dije—. Tengo unas cuantas ideas, y no nos queda mucho tiempo.

TREINTA

Cuando regresé a la cocina de palacio, los herreros no estaban listos todavía. Argonel estaba supervisando uno de los escudos que se llenaban de carbón y brasas, que no había quedado bien soldado a los demás, y había derramado su contenido sobre las charolas de galletas.

—Mil disculpas, maga Mona —dijo, llamando a un aprendiz para que tomara su lugar—. Había amenazado con hacer azotar al responsable de semejante cosa, pero me temo que fui yo mismo. En una hora, o menos, espero, lo tendremos todo listo.

—No hay problema —dije, distraída, y le di un golpecito en el brazo. Tenía unos bíceps más grandes que mi cabeza—. Tengo que hacer algo más primero.

"Siempre es preferible enfrentarse a un ejército que no ha dormido bien…".

Estaba por cruzar la puerta de la cocina cuando Harold, el guardia, se acercó y me llevó aparte.

—Maga Mona…

Estaba segura de que iba a cansarme de que me llamaran así, maga Mona, antes de que todo esto terminara.

—¿Sí?

Se apoyó en el otro pie y anunció:

—Mona... el mago Elgar escapó.

Mi cabeza todavía estaba llena de carex y campos incendiados, y empecé a decir:

—¿Quién? —y sentí que se me hacía un vacío en el estómago al darme cuenta de que me hablaba del Hombre Color Retoño—. Escapó —añadí en voz débil.

Harold asintió.

—Tal vez tenía un aliado en palacio. No hemos tenido tiempo de desenmascarar a toda la gente de Oberón. No debe haber podido escapar por sí solo de los calabozos para magos, pero hemos estado tan restringidos de personal que no fue posible vigilar las celdas con la regularidad debida y... bueno... se nos fue...

El vacío era como si mi estómago se hubiera caído al suelo y estuviera a varios pasos de mí. Del otro lado del patio, los aprendices gritaron:

—¡Arriba! —y el escudo crujió pendiendo de las cadenas. Se oyó un silbido producido por el carbón que cayó por los bordes, y alguien soltó un improperio.

—Sería muy arriesgado de su parte tratar de llegar hasta usted —me dijo Harold con franqueza, poniéndome una mano en el hombro—. Seguramente intentará cruzar las murallas para encontrarse con Oberón. Sería suicida que viniera tras usted.

—Él no está bien de la cabeza —dije, recordando la voz riéndose en el sótano bajo la panadería. No es que Elgar estuviera loco. Molly, la Matarife, estaba loca, y a ella jamás haría algo semejante. Había algo muy retorcido en Elgar, una especie de oscuridad terrible—. No sé si le importe que sea un acto suicida.

Harold no me llevó la contraria.

—Yo estaré en guardia a su lado —aseguró—. No quedará sin vigilancia ni por un instante. Si llegara a atacarla, tendrá un poco de tiempo para improvisar algo de magia para defenderse.

No supe si reír o llorar, o ambas cosas. ¿Algo de magia para defenderme? ¿Qué podía hacer? ¿Preparar un panecillo de combate para enfrentarlo con eso? A menos que Harold se las arreglara para darme dos horas con un horno relativamente caliente, no había mucho que yo pudiera hacer sin preparativos adicionales.

No mencioné nada de eso. No importaba si había cien hombres color retoño tratando de darme caza, seguía habiendo miles de carex alrededor de la ciudad con intención de atacarla. No podía hacer nada con respecto a Elgar por el momento. Pero sí podía intentar hacer algo para repeler a los carex.

"En el campo de la magia, la creatividad es tan importante como el conocimiento...".

—Muy bien —le dije a Harold—. Venga conmigo.

—¿Tía Tabitha? —saludé al entrar en la cocina—. Necesito preparar masa para galletas de jengibre, y unas cuantas charolas para hornear.

Probablemente serían los peores hombrecitos de jengibre de los que se haya tenido noticia. Se supone que la masa se debe dejar reposar un par de horas antes de hornearla, pero yo no tenía tiempo. No importaba, porque eso me ayudaría a que fueran aún peores, tal como yo quería.

Mi tía me ayudó a que la masa quedara uniforme. Era una tanda grande, teniendo en cuenta que era como el doble de lo que hacemos en la panadería, que nos alcanza para cuarenta o cincuenta galletas. Spindle se sentó encorvado junto al fogón, mirándonos, y mi hombrecito de jengibre se quedó en la repisa sobre la chimenea, ojeando con desconfianza la tanda de masa que yo estaba preparando. Jenny corría de un lado para otro, trayendo y llevando cucharas o harina o toallas de cocina o lo que fuera que necesitáramos. Harold se quedó al lado de la puerta, y se veía tan firme y profesional y vigilante que me conmovió hasta las lágrimas.

—¿Pimienta de cayena en la masa de jengibre? —preguntó mi tía con voz suave—. ¿Estás segura, Mona?

—Le pondría vidrio molido también, si no fuera porque me lastimaría las manos —contesté, volcando la mayor parte de la pimienta, mientras miraba alrededor en busca de algo peor—. ¿Tendremos veneno para ratas, por casualidad?

Jenny lo encontró, un frasco grande y lleno de gránulos de color terroso. Llevó el frasco, entre orgullosa y preocupada. Mi tía se pasó las manos por la cara y dijo:

—*Mona*...

—Nadie va a comer estas galletas —expliqué—, espero. Necesito que sean *malas*, malintencionadas —le agregué el veneno a la masa.

—Supongo que sabes lo que estás haciendo —se excusó tía Tabitha, y le puso veneno a su parte de la masa.

—No muy bien —dije, y me sorprendió darme cuenta de que yo estaba sonriendo—, pero ya lo veremos.

La masa entre mis manos era mala, mala y llena de malas intenciones. Eso se sentía. Tenía malicia. Quería hacer daño. La alimenté todo lo que pude con mi furia al ver los campos incendiados, con el pánico de saber que el Hombre Color Retoño había escapado.

Para cuando terminara, no sería necesario preocuparse por el matarratas. La masa trataría de ahogar a cualquiera que intentara probarla y comerla.

No es que me gustara hacer tal cosa. Lo que sucede con quienes cocinamos es que estamos alimentando a otros, y eso es bonito. Uno prepara cosas que saben bien y con las cuales las personas se sienten bien porque les da gusto comerlas. Lo mejor de ser panadera es ver cuando alguien que muerde un pastelito de moras o una rebanada de pan de masa madre recién sacado del horno, generosamente untada de mantequilla, cierra los ojos para disfrutar mejor el sabor. Uno hace que las vidas ajenas sean mejores, aunque sea sólo un poquito. Es casi imposible seguir triste cuando uno puede comerse un pastelito de moras. Estoy casi segura de que eso debe ser un hecho demostrado por la ciencia.

Hacer unas galletas que eran malas y de pésimo sabor, que nadie en su sano juicio iba a probar, era… pues… como ser una antipanadera. Lo opuesto de lo que se suponía que debía ser yo.

Apreté las mandíbulas y recordé los campos en llamas.

Mi tía me ayudó a formar una gran bola de masa en cada charola, y después a amasarlas para que quedaran aplanadas sobre la superficie. Pero fui yo la que cortó las galletas en forma de hombrecito. No tenía un molde cortador, así que me quedaron algo irregulares, pero todas tenían sus dos brazos y sus dos piernas. Eso era lo importante.

Además, eran bien grandes, para la escala de los hombrecitos de jengibre. En cada charola de hornear cabía sólo una de esas galletas, más o menos un codo de anchas por uno y medio de largas. Al final, nos salieron veintitrés hombrecitos.

Metimos las charolas al horno. Los hornos de palacio eran perfectos para ese fin, porque podían alojar veintitrés charolas sin problemas. Reuní los sobrantes de masa luego de cortar todas las galletas y los metí en el tazón de amasar. Si el libro estaba en lo cierto, esos trozos estaban unidos a las galletas y yo esperaba que me permitieran usar la magia simpática para controlar a los hombrecitos a partir de esa bola de masa.

Bueno. Eso era la mitad del asunto nada más. Me volteé hacia Spindle.

—Spindle, para lo demás, voy a necesitar tu ayuda.

Él se levantó del escalón frente a la chimenea y me hizo una imitación de saludo:

—¡A sus órdenes, mi general!

Tía Tabitha recogió todos los utensilios que habíamos usado para batir y amasar, y fue a llevarlos al fregadero para asegurarse de que los lavaran de inmediato y que nadie fuera a probar por error la masa con veneno matarratas. Me recosté en el marco de chimenea, junto a Spindle.

—Mira, tú conoces a mucha gente, ¿verdad? A esos que van a ir a molestar a los carex esta noche, ¿cierto?

—Claro —contestó—. Anduve con ellos en otros tiempos. No con los muchachos del Manorrota, pero sí con algunos de los otros.

—¿Sabes de alguien que pueda sacar de la ciudad un par de sacos con galletas? —le pregunté, señalando los hornos con un movimiento de cabeza—. Van a ser unos hombrecitos de jengibre bien malvados. Creo que puedo lograr que sean lo suficientemente listos como para meter en problemas a los carex. No son exactamente combatientes, pero querrán hacer diabluras. Algunos de los hombrecitos de galleta comunes y corrientes se vuelven traviesos a veces, y hacen cosas como atar entre sí los cordones de un par de zapatos o algo así, pero éstos serán peores. Pensé que, por ejemplo, podían asustar a los caballos y cortar cuerdas aquí y allá y meter piedras en las camas de varios…

—... echar pimienta en la harina de las provisiones y prenderles fuego a las esterillas de dormir...

—... robarles las dagas y los calcetines...

—... ¡sacarles los ojos mientras duermen!

—No exageremos, Spindle.

—¿Alguna vez has tratado de pelear sin ojos?

—No, y tú tampoco, así que no empieces. En todo caso, necesito a alguien que se lleve dos sacos con galletas al exterior de las murallas y allá las libere, en las cercanías del campamento de los carex.

Spindle asintió.

—Muy bien. Yo me encargo.

—¡No, tú no! —grité—. ¡Podrían matarte! ¿No puedes buscar a alguien que vaya a salir... Bob, el Escurridizo o como quiera que se llame, y que ellos se hagan cargo?

—Ya todos salieron —contestó Spindle—. Y me tomaría horas encontrar a alguien más y convencerlo de que lo haga. Yo sé cómo salir. Sé atravesar por el matadero. No van a atraparme.

—¡*No*, Spindle!

Se cruzó de brazos.

—Mira, Mona, puedo hacerlo. Deja que me encargue. No soy mago, como tú, ni tampoco soy combatiente. Si los carex entran a la ciudad, no voy a servir de mucho aquí. Pero en cambio, soy muy bueno para escabullirme y pasar desapercibido. No quiero decir que podría robarles a los centinelas lo que traigan en los bolsillos, porque seguramente no puedo ni tampoco lo intentaría. Pero puedo acercarme lo suficiente para soltar allí estas cosas.

—Pero...

—Tal vez esto sea lo único que puedo hacer para ayudar, así que déjame hacerlo.

Probablemente debí haber dicho que no. Era una locura dejarlo salir de las murallas. Pero también tenía razón, y no era mucho más peligroso que colarse a hurtadillas en el castillo, ¿verdad? Lo había hecho diez veces mejor que yo, que me había quedado atorada en el escusado.

Además, si estaba fuera de las murallas, al menos no quedaría atrapado en el fuego cruzado si el Hombre Color Retoño llegaba a atacarme.

—Muy bien —dije sin ganas—. Puedes llevarte ambos sacos, pero ten mucho cuidado. Si te llegan a matar, no me lo voy a perdonar *jamás* de los jamases.

—Ya, ya…

Me tomó diez minutos preparar una medida grande de glaseado, y para cuando terminé, las galletas estaban saliendo del horno. Mi tía regresó de los fregaderos y Spindle se apropió de dos sacos de arpillera que obtuvo al vaciar las papas que contenían, y que dejó regadas por toda la despensa.

—Sabes que *teníamos* los sacos que habían quedado de la harina que utilizamos…

—Bueno, ahora tenemos estos costales que eran de las papas.

Jenny se tapó la boca con las manos, para ocultar la risa.

—¡Huy, la cocinera va a estar iracunda cuando lo vea!

Sacamos las galletas del horno y las dejamos en la enorme mesa de madera. Rápidamente les pinté ojos y bocas a cada una, con el glaseado. Les puse colmillos. No les servirían para morder, pero parecía muy adecuado que los tuvieran.

Una vez que todas recibieron su toque de glaseado y que se enfriaron un poco, tomé la bola de masa y respiré hondo.

—¡Muy bien, hombrecitos de galleta, atención! —dije—. Tenemos trabajo por delante. Van a salir de las murallas para hacerle la vida lo más difícil que puedan a los que van a encontrar allá. Ahora, ¡arriba! —y puse magia y voluntad en la bola de masa y a través de ella, en las galletas.

Hubo un instante eterno, larguísimo, en el que no sucedió nada, y entonces puse más empeño y magia, arrugando la cara (no puedo explicarlo bien, pero era como empujar la magia y amasarla dentro de mi cabeza), y entonces uno de los hombrecitos se sentó en su charola. La cocina se llenó de los leves crujidos de las galletas al desprenderse de las charolas, para sentarse, estirarse y mirar a su alrededor.

—Bueno —seguí—, esto es lo que vamos a…

Una de las galletas tomó una cuchara de cocina y le asestó un golpe a la galleta que tenía al lado, en plena cabeza. La galleta golpeada retrocedió arrojando migas y se abalanzó sobre la que la atacaba, pero se le quedó una pierna pegada a la charola. (Al parecer, no me había quedado tan bien engrasada).

—¡Alto! —grité, apresurándome a llegar, mientras la galleta sin pierna brincaba enfurecida detrás de la galleta armada con la cuchara—. ¡No más! ¡Ya no más!

Otros de los hombrecitos de galleta se sumaron a la refriega. Algunos atacaron a los que tenían al lado, mientras los demás empezaron a buscar armas entre los utensilios de cocina. Dos formaron una alianza temporal y voltearon una charola a modo de barricada.

—¡*Deténganse* todos, ya!

No me prestaban atención. Había un frasco con nueces en un extremo de la mesa, y las dos galletas de la barricada lo abrieron y empezaron a lanzar las nueces indiscriminadamente hacia todos lados.

Spindle se metió bajo la mesa. Harold sacó su espada y la agitó sin saber bien hacia dónde, si debía protegerme de un ataque o atravesar con ella a una galleta rebelde. Tía Tabitha se armó con una sartén y frenó a una galleta que blandía un batidor en cada mano y mostraba una expresión homicida en la cara.

¡Qué horror!, pensé, hundiendo los dedos en la bola de masa de jengibre. *Metí la pata por completo. ¿En qué estaba pensando cuando hice esto? Si uno prepara pan malvado, no va a seguir indicaciones por más que uno se lo pida amablemente. ¡Qué pérdida de tiempo y de energía!*

De repente, se oyeron unos cacerolazos muy fuertes. Levanté la vista. Todos los demás también. Mi leal hombrecito de galleta se había plantado en el centro de la mesa, y golpeaba una charola de hornear con una cuchara, como si fuera un gong.

Pensé que las galletas malvadas lo iban a apedrear con las nueces e iba a abalanzarme a rescatarlo... era apenas de una cuarta parte del tamaño de los otros, y estaba tan duro que las nueces bien podían rebotar, pero ¿y si se quebraba? Y ahí me di cuenta de que los hombrecitos de jengibre malos lo miraban fijamente.

Cuando estuvo seguro de que había atraído la atención de todos, soltó la cuchara y agitó los brazos, dando zancadas para delante y para atrás, acompañadas de miradas fulminantes.

Era completamente absurdo y aún no acabo de creer lo que pasó, pero de alguna manera se comunicó con las demás galletas. No quiero que me malinterpreten, pero la masa de pan o de galleta no es inteligente. No es como para que los hombrecitos terminen discutiendo cuestiones filosóficas en su lenguaje de galleta.

A pesar de todo, mi galleta de jengibre se las arregló para transmitirles algo a las galletas malvadas. Era un asunto de mímica, movimiento de brazos y miradas. Duró cosa de un par de minutos y, mientras tanto, los hombrecitos malvados parecieron un poco avergonzados, hasta donde las galletas pueden expresar esas cosas. El que estaba armado con la cuchara le ayudó al que sólo tenía una pierna a desprender la que le faltaba, que había quedado pegada a la charola, y los que estaban arrojando nueces taparon el frasco y trataron de dar la impresión de que no habían hecho nada malo.

—Pues… que me lleven los… —dijo mi tía para sus adentros.

Mi hombrecito de galleta terminó con su mensaje, se dio la vuelta, hizo una reverencia y extendió un brazo en mi dirección. Las galletas malvadas voltearon a mirarme, expectantes.

Supuse que era mi turno. Tosí para aclararme la garganta.

—Bueno… pues… si pudieran meterse en estos sacos, mi amigo Spindle los llevara después a un sitio en el que podrán ser todo lo malos que quieran. Habrá un montón de personas tratando de dormir, y quiero que duerman lo menos posible. Corten cuerdas, amarren los cordones de los zapatos y… y…

No supe qué más decir. Los hombrecitos de galleta sonreían como lobos, si los lobos fueran planos, dorados y olieran levemente a pimienta de cayena. Se me ocurrió que algo preparado con veneno matarratas y malas intenciones seguramente tendría mejores ideas para molestar y desesperar a un ejército durmiente que una simple panadera humana.

—Eeeen fin… hagan lo peor que puedan. Pero sólo después de que estén fuera de los sacos y Spindle les indique que llegó el momento. Es una orden.

Las galletas se movieron sobre sus pies y no me miraron a mí, sino a mi tieso hombrecito de jengibre, que levantó un puño hacia ellos (al menos lo que podría parecer un puño de parte de un muñeco de galleta). Spindle salió de debajo de la mesa, y las galletas se metieron en los sacos sin mayor discusión. Me había temido que se convirtieran en una pila imposible de manejar, pero todas se acostaron muy derechitas, apilándose en orden, así que cuando Spindle se echó los sacos al hombro, parecía más uno de esos personajes que se ganan la vida haciendo pequeñas reparaciones y remiendos, con sus herramientas al hombro, que un San Nicolás cargado de regalos de Navidad.

—¿Estás seguro de que puedes hacerlo? —le pregunté preocupada.

Spindle miró los bultos con cierto recelo:

—Mientras a éstos no se les ocurra hacer nada raro…

Mi hombrecito de jengibre brincó a uno de los sacos para treparse al hombro de Spindle, sin más.

—Irá contigo —le dije—. Si las galletas se rebelan, él se ocupará de que vuelvan a comportarse —esperaba que eso fuera verdad. Esperaba que mi muñequito mantuviera a Spindle a salvo, o que Spindle se encargara de que mi muñequito estuviera a salvo, o…

—Tengan mucho cuidado, los dos —dije sin poder hacer mucho más—. Vuelvan en cuanto dejen las galletas al otro lado —ya había anochecido por completo, y Argonel estaba en la puerta de la cocina. En un lado de su cara, yo alcanzaba a ver el resplandor rojizo de nuestro horno a cielo abierto. Había llegado el momento de hacer los gólems.

—Voy a estar bien —me aseguró Spindle—. No pienso acercarme a los carex —se cambió los sacos al otro hombro para darme una especie de abrazo torpe de medio lado—. Nos vemos en unas cuantas horas. ¡Dales con todo! —y salió por la despensa. Mi tía me miró con recelo, como si supiera lo que planeaba Spindle, y luego, de manera muy evidente, decidió no preguntar más y miró para otro lado.

Respiré hondo. No tenía tiempo para preocuparme. Había demasiado por hacer todavía.

—El horno ya está a la espera, maga Mona —dijo Argonel.

—No me llame así —dije hastiada, y me dediqué a construir a los defensores de la ciudad con masa de pan.

TREINTA Y UNO

Los gólems de pan no iban a quedar lisos y parejos. No había manera de conseguirlo. Cada uno requería un par de cientos de libras de masa, y lo que acabamos haciendo fue poner bolas del tamaño de una cabeza en una de las gigantescas charolas de hornear, para así ir armando una especie de figura humana. Al final, resultarían con la parte posterior completamente plana, y yo ya empezaba a preocuparme por cómo los desprenderíamos de las charolas. Tía Tabitha había volcado un balde lleno de aceite tibio en la superficie, pero se estaba quemando con rapidez.

Nos iría bien si el aceite era lo único que se quemaba.

Por lo general, el pan se tarda una media hora en el horno, más o menos, dependiendo del tamaño de la hogaza. Un horno más caliente logra que esté listo más rápido, pero hay un límite a ese tiempo: uno no puede meter la masa en las llamas ardientes y esperar que esté horneada en cinco minutos. Lo que resultaría es una bola de masa cruda con una corteza negra chamuscada.

Yo no tenía idea de la temperatura del horno a cielo abierto. En todo caso, era más caliente de lo que yo solía usar. Los herreros lo estaban calentando cual si fuera una forja. Argonel se disculpó dos veces por el hecho de que no estuviera aún más caliente.

—No podría trabajar el hierro en este horno —dijo con su profunda voz, al poner una mano sobre los carbones.

—El pan es menos complicado que el hierro —le dije, con la esperanza de que fuera verdad. A este paso, iba a acabar con gólems renegridos por fuera y con el corazón crudo. A lo mejor, eso no importaba.

Apreté los dientes, tendí mi mano izquierda por encima del calor abrasador, y apoyé la punta de un dedo sobre la cabeza del gólem. *No te vas a quemar. No quieres quemarte. Hay mucho calor aquí, pero debes dejarlo llegar a tu centro, y no quemarte.*

Había que convencer a una gran cantidad de masa. Cuando retiré la mano, mi dedo índice estaba rojo, muy rojo. Lo miré sin saber qué hacer, y mi tía sujetó mi mano para meterla en una cubeta de agua.

—¡Por los dientes de Dios, Mona! ¿Pretendes quemarte los dedos?

El agua se sintió tan terriblemente fría que ahogué un alarido. Saqué la mano y todo se veía bien, menos la punta del dedo. Una ampolla grande y acuosa se estaba formando, y me dio la impresión de que los vellitos de mi brazo se habían chamuscado.

—Tenía que tocarlo —dije secamente, acunando mi mano—. Como no está hecho con una sola tanda de masa, no puedo hablarle a distancia como hice con los hombrecitos de jengibre.

Me miró sin entenderme, pero Argonel asintió.

—No soy mago —empezó—, pero una vez trabajé con un herrero mago, y decía exactamente eso. Siempre estaba quemándose cuando preparaba aleaciones.

—No me estarás diciendo que vas a tener que meter la mano en el horno y quemarte con *todas y cada una* de estas cosas, ¿o sí? —preguntó mi tía, horrorizada.

Sentí que de alguna parte bajo mis costillas brotaba una carcajada histérica, pero logré contenerme. Necesitaba que confiara en mí, o que por lo menos no me impidiera hacer lo que tenía que hacer.

—Eso no es nada comparado con lo que harán los carex —dije, mirando la ampolla en mi dedo—, si llegaran a cruzar las murallas.

Se hizo un largo silencio, interrumpido por el silbido del carbón y del vapor que salía de esa excesiva cantidad de masa horneándose demasiado rápido en un calor desmesurado.

—La miel es buena para las quemaduras —tía Tabitha rompió el silencio con tono sombrío—. Voy a buscar un poco, y algo de gasa. Y trata de no olvidar que eres la única maga que hay, y que a nadie le servirá que te lastimes o te hieras, y quedes inválida antes de que comience la batalla.

—Sí, tía Tabitha —contesté humildemente.

Y resultó que tenía que tocar a los gólems dos veces. La primera, para convencerlos de que no se quemaran. La segunda, para que se pusieran de pie.

—Las manos sanan pronto —dijo Argonel y puso una de las suyas en mi hombro. Tenía unas manos tan feas. Las mías iban a terminar así también, después de todo esto. No me importaba. Si lograba seguir con vida, que tuviera las manos llenas de cicatrices me tenía sin cuidado.

Los escudos que se columpiaban por encima de la charola fueron retirados con un movimiento. Debajo, el pan había tomado un lindo color dorado y había crecido un poco más. El gólem resultante tenía unos doce codos de largo, y apenas unos dos de espesor. Iba a parecer un guerrero terriblemente delgado.

—¡Arriba! —le dije, resistiéndome al impulso de alejar mi dedo del calor—. ¡Levántate! ¡Necesitamos que pelees!

El libro de *Sombras en espiral* estaba en lo cierto. Animar algo de ese tamaño no era más difícil que animar las galletas malvadas. El problema no era darle vida, sino mantenerlo en una sola pieza.

Se desprendió de la charola. La parte de atrás se había requemado, se veía negra como el carbón, a pesar de la magia, y franjas enteras de masa se quedaron pegadas al metal. Esos agujeros le dejaron heridas blancas en la parte de atrás.

—¡Espátulas! —gemí mirando a Argonel, con las manos bien hundidas en una cubeta de agua—. Necesitamos raspar esa masa de la charola de alguna forma...

Asintió.

—Nosotros nos encargaremos de eso. Tú encárgate de *él*.

El gólem se mecía tambaleante en el extremo de la charola. Era gigantesco, más alto que una casa de un piso, y se veía absurdamente delgado y tembleque. ¿Podría atacar al enemigo? ¿Iba a partirse si lo intentaba? ¿Cómo habíamos sido tan idiotas de pensar en enfrentar a los carex con algo hecho de masa de pan?

El gólem dio un paso y se tambaleó.

Oh, cielos, ¡no pensé en los pies! Tiene pies de hombrecito de jengibre. ¿Cómo se va a sostener?

Los pies eran el problema, efectivamente, o más bien, la ausencia de pies. Nuestro hombrecito de galleta podía equilibrarse en el extremo de sus piernas porque es pequeño y ligero. El gólem de pan era lo menos ligero que pudiera existir. Las piernas eran bultos disparejos, al igual que el resto de su cuerpo, y si trataba de dar un paso en ellas, iba a caerse de narices al suelo.

—¡Quieto ahí! —le dije—. ¡No te vayas mover! Mmm, recuéstate en esa pared, ahí, y ya se nos ocurrirá algo.

El gólem se apoyó pesadamente contra la pared. Era colosal. Tenía brazos como troncos de árbol aplanados. Y si yo no lograba que caminara hacia la puerta, resultaría totalmente inútil.

Argonel y mi tía llegaron a mi lado. Se nos unió un aprendiz flaquito y sin cejas. Nos quedamos mirando fijamente al hombre de pan.

Sentí que iba a ponerme a llorar. Mi brillante idea, y todas estas personas esforzándose para hacerla realidad, y al final la cosa esa no podía ni caminar. ¿Qué especie de maga era yo, entonces? Y no era cosa de hornearlo con más masa en el lugar de los pies, porque la masa no funciona así. Si uno agrega más masa, resulta con galletas más grandes y extendidas, pero no más altas. Los hombrecitos de galleta son todos más bien planos, pensándolo bien.

—La base —dijo el aprendiz sin cejas de repente—. Si la base sobre la que camina fuera más ancha no importaría. Tal vez podríamos atarle unas láminas en las piernas.

—¡Pero claro! Necesita zapatos, pobre señor —exclamó tía Tabitha—. ¿Argonel?

El herrero asintió.

—Creo que… con barriles. Si consigue meter cada pie en un barril, podemos embutirle paja alrededor para fijarlo y amarrarlo a cada pierna con correas de cuero.

—¿Y cree que funcionará? —le pregunté, mirando al extraño gólem, tan flaco y desgarbado—. Pensé que iba a resultar más… más parecido a un guerrero.

Argonel hizo una pausa en medio de las indicaciones para sus aprendices, que buscaban barriles.

—Mag... Mona, creo que si yo fuera el enemigo, y viera venir un gigantesco hombre de pan hacia mí, incluso uno tan raro como éste, me lo pensaría dos veces.

Harold, que había estado atento a todo desde lejos con expresión precavida, se acercó.

—La fuerza de un soldado es limitada, Mona. Si los carex tienen que abrirse paso por entre este ejército de masa de pan, no van a tener ya fuerzas para atacar a nuestros hombres.

Suspiré. Tenían razón, pero no era suficiente. En el fondo, yo había tenido la esperanza de que mis soldados de masa de pan fueran a poner la batalla a nuestro favor, que a lo mejor, si yo lograba fabricar suficientes gólems, podrían aplastar al enemigo sin que ninguno de nuestros hombres recibiera ni un rasguño.

En lugar de eso, tenía un gólem que apenas podía tenerse en pie. ¿Cuántos más alcanzaría a hacer antes del amanecer?

Sólo había una manera de saberlo.

Mientras se horneaba el segundo gólem, fui con el primero. Imagino que tenía la sensación de que el pobre estaría muerto de pánico... era ciego y no podía sostenerse derecho en sus pies... pero no debí preocuparme. El pan no puede sentir miedo. Uno puede arrojar un pan por un acantilado y caerá sin siquiera una sombra de preocupación. No sufre de nervios porque no los tiene.

Al gólem se le había dicho que se recostara en la pared, y estaba preparado para hacerlo por toda la eternidad si era necesario. No le preocupaba nada.

Los aprendices, que batallaban por meterle un barril en el extremo de cada pierna, estaban un poco preocupados. Me adelanté y posé una mano lo más arriba que pude en el muslo del gólem.

Levanta el pie para que te puedan poner tus zapatos nuevos.

El gólem levantó su enorme pie.

—¡Huy! —tía Tabitha estaba en lo alto de una escalera con un tazón con glaseado de crema de mantequilla. Sujeté la parte baja de la escalera, que se movió cuando la pierna de pan sobre la cual estaba apoyada se levantó.

—¡Tía Tabitha!

—Sólo un momento, querida Mona… ¡tengo que pintarle ojos al pobre!

Sostuve la escalera mientras los aprendices embutían paja a toda velocidad en los barriles y mi tía se apoyó en toda la cara de pan horneado. Cuando finalmente terminó de hacer los trazos, el gólem tenía ojitos de glaseado y una sonrisa medio tonta.

—¿Tenías que ponerlo a sonreír? —le pregunté.

—Pensé que eso ayudaría a que se viera amable.

—¡Se supone que debe hacer pedazos a los mercenarios carex!

—Está bien… —suspiró, tomó una porción de glaseado y dibujó unas cejas diagonales, enojadas—. ¿Ya estás contenta?

—Ni un poquito.

El aprendiz sin cejas tomó la escalera. Tenía una ampolla en todo un lado de la cara, probablemente causada por un encuentro con el horno. Me miré el dedo quemado y no pude evitar la tentación de frotármelo con otro dedo y hacer que el líquido que llenaba la ampolla se moviera de un lado a otro (no me digas nada, como si no hubiéramos hecho *todos* eso mismo). Dolía. Supuse que iba a dolerme aún más antes de que amaneciera.

A medianoche, otros dos gólems estaban recostados contra la muralla y yo tenía una ampolla en el dedo medio que hacía juego con la del índice.

Los zapatos de barril funcionaban. Cuando le pedí al primer gólem que marchara a un lado y otro del patio de palacio, lo hizo. Cada paso era como diez pasos humanos, y destrozó un bebedero de caballos sin darse cuenta. Empecé a sentir algo de optimismo pensando en las probabilidades que tenía.

El esfuerzo de animar a los gólems no era excesivo. Había animado decenas de hombrecitos de jengibre al mismo tiempo, y tres gólems no eran demasiados. Lo que me estaba agotando eran mis saboteadores de galleta allá afuera en la oscuridad de la noche. Veintitrés galletas inteligentes era mucho por mantener en juego. No era que yo tuviera que hacer algo en sí, pero sentía que mi energía se iba gastando poco a poco. Mis músculos estaban un poco más cansados de lo que deberían y, cuando me puse de pie, las rodillas no se sintieron muy firmes. Era una sensación como de estar haciendo todo eso mientras cargaba un bulto de diez kilos al hombro... no me había parecido tan pesado al principio, pero luego de unas horas, ya sentía el desgaste.

Con el cuarto gólem en el horno, y el segundo y el tercero en proceso de adaptarles sus zapatos, mi tía me arrastró a la cocina.

—Come —dijo, poniendo jamón y encurtidos frente a mí.

Me alegró que no fuera un sándwich. No creo que hubiera sido capaz de comer pan en ese momento.

Inesperadamente, el peso de mi magia se alivianó un poco. Un momento después caí en cuenta de que debía ser porque una de las galletas malvadas había sido destruida. Miré mi encurtido con el ceño fruncido.

Había planeado retirarles la magia cuando todo terminara... esas cosas eran demasiado peligrosas como para dejarlas sueltas sin control... pero no me gustaba pensar que algún carex hubiera acabado con una de ellas. Espero que no haya tratado de comérsela. Eran enemigos y todo, pero había ciertos límites. Me parecía que dejar que las personas comieran galletas con veneno matarratas iba en contra de todos los principios de ser panadera.

Me había comido la mitad del jamón cuando otra galleta desapareció. Y luego otras dos.

La bola de masa de jengibre seguía en la repisa de la chimenea. La tomé entre mis manos, y hundí los dedos en la masa. *¿Qué está pasando allá?*

No me llegaba nada claro. Había un bombardeo de imágenes en mi mente... *tic tic tic.* Era como el experimento en el que yo había tratado de oír a través de un panecillo, pero con imágenes, porque les había puesto ojos a los hombrecitos de jengibre. Eran demasiado rápidas y entrecortadas para distinguir algo con claridad. Olí humo y oí gritos de hombres y sentí la maliciosa satisfacción de una galleta envenenada que había hecho alguna diablura. Creo que una de ellas iba corriendo a campo traviesa, y otra estaba poniendo piedrecitas en un zapato. Una más se veía rodeada por piernas y corría entre cajas. Y luego alguien rugía y una sartén del tamaño de una carreta venía hacia mí...

Solté la bola de masa de jengibre. Unos momentos después, perdí a otra galleta. Probablemente, la que recibió el golpe de la sartén. Esperaba que, antes de apagarse, hubiera podido hacer daños en la tienda que servía de cocina.

—¿Mona? —tía Tabitha me miró—. Estás blanca como una sábana. ¿Qué te pasa?

Me dolía la cabeza como si me martilleara. Eso de usar hombrecitos de jengibre como espías nunca iba a funcionar. Si trataba de mantenerlo durante mucho tiempo más, terminaría teniendo que recostarme con un paño frío sobre los ojos. Ver el mundo a través de ojos de glaseado es muy *impactante*.

—Nada —dije, con voz ronca. Me lavé las manos antes de terminarme los encurtidos—. Nada que pueda resolver desde aquí. Es hora de ir a levantar el siguiente gólem.

Sólo puedo recordar dos ideas coherentes a lo largo de esa noche que me pareció eterna.

La primera era que me sentía tan cansada que, si los carex lograban cruzar las murallas y nos mataban a todos, había muchísimas probabilidades de que yo estuviera profundamente dormida mientras todo sucedía.

La segunda no era una idea, sino más bien una pregunta, y se repetía cada vez que tenía un instante libre: *¿Dónde diablos se habrá metido Spindle?*

TREINTA Y DOS

Una hora antes del amanecer, Joshua salió al patio. Acabábamos de levantar al último gólem. Eran siete en total, y supe, por la expresión pintada en la cara de Joshua, que no había tiempo para hacer el octavo.

—Llegó el momento de ir a las puertas —dijo—. La Duquesa ya se encuentra allá, organizando a las tropas. Mona…

Se interrumpió en ese punto porque, si seguía diciendo lo que planeaba, tendría que pedirle a una muchachita de catorce años que se presentara en el frente de batalla, y le parecía terrible pero sabía que tenía que hacerlo, y yo sabía que tenía que ir con él porque alguien debía darles instrucciones a los gólems.

Eran muchas cosas que él no quería decir. Me encorvé de hombros y contesté:

—Sí. Vamos.

Cargamos las carretas con la masa sobrante. Había un montón todavía, tal vez dos carretadas, y sólo la Virgen de los Ángeles Acongojados sabía lo que iba a hacer con ella en el frente, sin horno. A pesar de todo, nos la llevamos.

Entre una carreta y otra, con los pies calzados con barriles que resonaban al caminar como gigantescos cascos de caballo, iban los gólems.

Se sostenían en pie, lo cual me daba esperanzas. Cada uno llevaba un poste en una mano, para usarlo como garrote (Argonel había ofrecido requisar la colosal hacha ceremonial que los antepasados más remotos de la Duquesa habían utilizado para decapitar toros. Rechacé la idea. Por un lado, controlar un hacha requiere mucho más cerebro que un garrote, y, por el otro, me remordía la conciencia de pensar en esos toros ancestrales). Tía Tabitha les había dibujado caras a los gólems, aunque los últimos no tenían cejas enojadas, y los últimos tres ni siquiera tenían bocas.

No había nadie más en las calles. Llegamos a la puerta justo en el momento en que esa luz entre parduzca y grisácea que precede al amanecer empezaba a cubrir las murallas.

De nuestro lado de la puerta se encontraba una de las plazas más grandes de la ciudad. Tenía que serlo para poder alojar todas las carretas y carros que llegaban de fuera, y para darles espacio para voltear hacia la calle por la que planeaban seguir. Cuatro calles llegaban a la plaza por el lado de la ciudad, sin contar con el que atravesaba la puerta: dos corrían paralelas a las murallas, y dos, en ángulo, en la parte más alejada de la puerta.

Todas esas calles, menos una, estaban bloqueadas con carretas volteadas y barricadas de madera. No eran nada bonitas. Parecían la mezcla de una tienda de muebles y un puercoespín. Había sillas y camas y grandes chapas de madera clavadas al azar para cubrir los huecos, y en algunas había sacos de arena en la base, para apuntalar las sillas. Por las barricadas asomaban muchísimas lanzas.

Los gólems eran bastante altos y podían atravesarlas, pero el enemigo sí tendría que trepar por encima.

—Tenemos reclutas armados con lanzas al otro lado de cada barricada —dijo Joshua con voz tranquila—. Y todos los arqueros de la ciudad están en las murallas o en lo alto de las edificaciones que rodean esta plaza. Tenemos que frenarlos aquí o entrarán en la ciudad, y la pelea será casa por casa.

No hacía falta que dijera más. Alcanzaba a imaginar lo que podría ser eso de estar acurrucados en un sótano, oyendo cómo forzaban las puertas, y después hombres armados con espadas abriéndose paso y...

—Entonces, situemos a los gólems en la plaza —dije rápidamente, frotándome las palmas de las manos. Los dedos de la izquierda estaban cubiertos de miel, que es buena para las quemaduras, y envueltos en gasa. Latían al mismo ritmo que mi corazón.

Joshua asintió.

—Estarán esperando que los carex pasen por la puerta —(no dijo que era una estrategia "si acaso" entraban, sino que dio *por sentado* que pasarían)—. Si los gólems pueden hacerlos retroceder por la puerta, que lo hagan.

Asentí. En un recipiente grande, yo tenía siete bolas de masa a medio cocer, que había arrancado de cada gólem. Argonel había conseguido pintura, y cada gólem tenía un brazalete mal pintado de color diferente, y con ese color había marcado la bola de masa correspondiente para que, al menos en teoría, yo pudiera controlar a cada uno a través de la magia simpática.

Había funcionado para ponerlos a marchar. No habíamos tenido más que unos cuantos minutos para probarlo. No tenía la más remota idea de cómo funcionaría con órdenes más complejas. Los gólems eran bastante tontos, incluso para estar hechos de pan, y yo estaba increíblemente cansada.

Había perdido más de la mitad de las galletas malvadas. Había logrado dormir unas cuantas siestas breves de diez o veinte minutos mientras los gólems se horneaban, pero cada vez que una galleta malvada caía, había despertado de golpe nuevamente. Nada semejante había ocurrido con mis otras obras de panadería animadas, tal vez porque siempre les retiré la magia antes de que fueran a comérselas o las destruyeran o lo que fuera. Era una sensación desagradable. El agotamiento empezaba a asomarse a los límites de mi campo de visión como moho grisáceo.

Una vez que los gólems estuvieron instalados, montaron las barricadas de la última calle. Las carretas en las que habíamos llegado fueron descargadas y volteadas. Los soldados sacaron grandes barreras de madera (reconocí puertas de granero en ellas, por la pintura), y las atascaron entre una y otra edificación.

—Argonel —dije, mientras levantaban la barricada que lo dejaba a él del otro lado junto con la masa y una decena de barriles de repuesto.

—Ha sido un verdadero honor, maga Mona —contestó sonriéndome desde su altura—. No se preocupe.

—Gracias, Argonel —le dije—. Gracias por todo, ya lo sabe.

Asintió. No dijimos más porque yo estaba casi segura de que iba a empezar a llorar si hablaba más, y tal vez él también. No lo sé. Las chapas de madera llenaban el espacio entre nosotros.

—¿Cómo salimos de aquí? —le pregunté a Joshua.

Con un movimiento de cabeza señaló las escaleras apoyadas contra las murallas.

—Las alzamos una vez que empiece el combate. ¿Subimos ya? —Harold trepaba detrás de mí, y tía Tabitha iba detrás de él. Yo podía oír a los arqueros que conversaban en voz baja y se movían en sus lugares en el tejado. Alguien contó un chiste y otro rio con una carcajada breve, como un ladrido.

La vista desde lo alto de las murallas era de una negrura interrumpida por el resplandor rojizo de los campamentos de carex. Alcanzaba a distinguir las sombras de hombres en movimiento, pero nada más.

La Duquesa estaba aguardando arriba. Llevaba puesta una armadura. Al verme sonrió.

—Mona querida... —la sonrisa se desvaneció—. ¿Podemos conseguirle una armadura?

—Mona no tiene entrenamiento para pelear con armadura —explicó Joshua—. Incluso si lo tuviera, no contamos con equipo para jovencitas —llamó con un gesto a un ayudante de campo, un hombre alto que estaba al alcance de su voz—. Krin, ve a la armería y trata de conseguir algo que sirva para proteger a la maga y a su tía.

Mi tía rio.

—¡Sospecho que les va a resultar más fácil encontrar algo para Mona que para mí!

La Duquesa estiró una mano para sujetar el brazo de mi tía y dijo:

—Señora mía, no estamos dispuestos a perderla a usted o a su sobrina, que ha hecho tanto por nosotros, a causa de una flecha perdida o un golpe.

Mi tía había perdido mucho de su temor ante la realeza en el último día, y le dio unas palmaditas en la mano a la Duquesa para luego decir:

—No se preocupe, Excelencia. Se necesita mucho para deshacerse de mí. Alguien tiene que asegurarse de que todos ustedes, magos y guerreros, se acuerden de comer.

Otra de las galletas malvadas desapareció. Quedaban diez. Me pregunté si habrían conseguido algo, aparte de dejarme tan cansada que lo único que quería era recostarme contra la muralla de piedra y dormir un poco.

¿Dónde estará Spindle? ¿Andará por ahí en la negrura de la noche? ¿O ya volvería a la ciudad? ¿Habrá hecho alguna tontería?

Mi hombrecito de jengibre estaba allá afuera también. Yo no sabía dónde. No tenía forma de rastrearlo, como con las galletas malvadas, pero estaba segura de que sentiría algo si llegaba a desaparecer.

—¿Éste sí es el lugar indicado para que la Duquesa permanezca? —le pregunté a Joshua, deliberadamente—. Quiero decir, si logran entrar a la ciudad...

La Duquesa tenía un oído muy agudo. Se acercó y se apoyó en las almenas, a mi lado.

—Podría esconderme en el palacio —dijo—. Tiene puertas muy gruesas, fuertes. Podría pasar los próximos dos días encogida en una habitación oscura, mientras mi gente muere, a la espera de que las puertas caigan finalmente y que los carex vayan por mí. Pero ya fui demasiado cobarde los últimos meses. Me parece que temo más a esa habitación oscura que a morir aquí, al aire libre —se encogió de hombros.

—¿Y qué pasará si perdemos? —pregunté.

—Si Oberón tiene algún control sobre los carex, entonces me apresarán, y lo más probable es que me ejecuten de inmediato, tras un juicio planeado para convencer a los nobles de que todo sigue bajo el imperio de la ley y que ellos pueden seguir con su vida como siempre. En cuanto a ti... bueno... es difícil decirlo, mi niña, pero has sido una amenaza y un obstáculo para él, y sospecho que, si te llega a atrapar, te hará ejecutar —ladeó la cabeza—. Y si no controla a los carex, entonces moriremos seguramente en cuanto venzan nuestras defensas.

Asentí. Eso era lo que había imaginado.

Sentí las rodillas débiles y temblorosas, y el estómago retorciéndose, pero no dije nada. La Duquesa había vuelto a ponerse su máscara real, y se mostraba firme, competente e inspiradora, y yo no quería lloriquear frente a ella.

—Tendrán que pasar por encima de mi cadáver —gruñó tía Tabitha.

—Y de los nuestros —agregó Joshua secamente—, pero dudo que encuentren mucha resistencia si entran a la ciudad. Sucede que no tenemos suficientes tropas.

El ayudante llegó con una carga de cuero y cadenas. Tal como Joshua había predicho, no había mucho que me pudiera servir. Tuve que consolarme con un casco de cuero y un chaleco pesado confeccionado con cuero y trocitos de metal cosidos que, según Joshua, solía usar el tamborilero. No estaba nada mal. El chaleco era como el delantal que yo usaba en la panadería, sólo que más pesado. Por lo menos, tenía los brazos libres.

Mi tía, por su parte, recibió una cota de malla que la cubría por entero. Muchos guardias son corpulentos. Por lo general, no eran voluminosos exactamente en las mismas zonas del cuerpo que ella, pero logró ajustarla.

La cota de malla era terriblemente adecuada. De no haber sido una panadera, probablemente habría sido una de esas mujeres guerreras del norte, con pecheras enormes, que cantan ópera y llevan las almas de los valientes caídos.

Mientras le ayudaban a ponérsela, volví a mirar el campamento de los carex.

—¿Cuándo sucederá algo? —le pregunté a Joshua.

—Han estado sucediendo cosas toda la noche —contestó—. Una de las tiendas grandes que sirven como cocinas se incendió hace unas horas, y han tenido problemas con los caballos. Deduzco que será por causa de los hombres que Spindle nos mencionó antes, que han estado azuzando a las bestias.

Sonreí. Los camaradas de Spindle o tal vez una manada de galletas malvadas.

—Deberían atacar al amanecer —dijo Joshua, mientras mi sonrisa se desvanecía—. O cuando haya luz suficiente para ver.

El ataque llegó veinte minutos después de la salida del sol.

Tía Tabitha dijo que habían transcurrido veinte minutos. Tiene un reloj interno bastante exacto. Siempre sabe cuándo hay que sacar los pastelitos del horno. No me parecieron veinte minutos, sino veinte *años*.

El cielo parecía de huevo crudo, blanco viscoso y con trazos rojos.

—Se están formando para desplazarse —explicó Harold, de pie entre las almenas, junto a nosotros. Joshua había ido a hablar con los arqueros del lado izquierdo de la puerta.

Yo no podía describir bien lo que estaba sucediendo, sólo que los carex se habían puesto en movimiento más o menos en dirección nuestra y que se iban convirtiendo en una multitud que se acercaba. Parecía más bien el gentío que se ve cuando el circo llega a la ciudad, y no algo de tipo militar.

Y entonces, empezaron a avanzar hacia la muralla.

—¡Arqueros! —gritó una voz, y resonaron otras voces repitiendo el mismo mensaje a lo largo de la muralla. ("¡Arqueros!", ¡Arqueros!", "¡Arqueros!".)

A ambos lados de nuestro pequeño núcleo, hombres armados con arcos se adelantaron hasta el borde de las murallas y engancharon una flecha a las cuerdas.

—¡Sostengan! —gritó la voz, y oímos una especie de eco de los gritos siguientes. ("¡Sostengan!", "¡Sostengan!", "¡Sostengan!".)

Los carex se lanzaron a correr.

—Quietos —murmuró Harold sin dirigirse a nadie en especial—. Quietos, quietos... esperen a que estén a tiro.

Pareció que se demoraban una eternidad. Yo quería que dispararan sus flechas y que la cosa terminara de una vez, que le dispararan a ese gentío que se abalanzaba hacia nosotros blandiendo espadas y hachas y... ni siquiera sé qué era eso que se veía como una bola con puntas que sobresalían... ¿quién carga una bola con puntas y púas? Pero los arqueros esperaron y esperaron el momento indicado.

—¡AHORA!

("¡Ahora!", "¡Ahora!", "¡Ahora!".)

Las flechas cayeron como un diluvio, con un silbido semejante al de la mantequilla sobre la sartén, amplificado cientos de veces.

No tuvo efecto.

Bueno, estoy segura de que algo hizo: oí a algún carex que gritaba y unos cuantos cayeron, pero si quedaron huecos en la multitud, fueron llenados de inmediato por otros hombres. Era extremadamente desmotivador.

Hubo otra descarga de flechas. Las tropas carex siguieron corriendo hacia nosotros. Eran tantos que los de más atrás ni siquiera habían abandonado su campamento. Podían darse el lujo de atacarnos en oleadas mientras el resto se quedaba cómodamente alrededor de la fogata, asando malvaviscos. Eso me pareció terriblemente injusto. Al menos hubieran podido fingir que éramos peligrosos. Era cosa de simple buena educación.

—¡Hondas! —gritó la voz en el borde de la muralla. ("¡Hondas!", "¡Hondas!".)

Los arqueros retrocedieron un paso y buscaron más flechas. Cincuenta guerreros (ninguno era guardia, pues vi mujeres y niños allí, algunos apenas mayores que yo) armados con hondas de cuero pasaron al frente y acomodaron los frascos llenos de prefermento en sus armas, para luego hacerlos dar vueltas por encima de sus cabezas.

Llegó el momento, Bob, pensé para mi prefermento preferido. *Ésta es tu hora. Espero que lo hagas muy bien y que estés enojado a morir.*

No era cosa fácil. Las piedras que normalmente se arrojan con hondas son mucho más pequeñas que los frascos. Un par cayeron y se quebraron contra la muralla, y otros no lograron llegar mucho más allá, pero la mayoría consiguió alcanzar las filas de los carex con el sonido agudo del vidrio que se rompe.

Y eso sí se notó. En parte era el simple hecho de recibir un golpe en la cabeza con un frasco de vidrio, que hace que uno se pare un momento. Pero Bob estaba de malas esa mañana y había tenido toda la noche para cocerse en su jugo, literal y metafóricamente. Los carex que recibían el impacto se encontraban con una masa viscosa enfurecida que quemaba como ácido y que hacía lo posible por colarse bajo su armadura.

Se oyeron muchos alaridos. Se abrieron huecos en las filas, pues uno que otro carex dejaba de correr para empezar a zafarse la armadura y así librarse de los Bob. Otros hombres redujeron el paso para averiguar por qué sus compañeros gritaban y se desnudaban en medio del campo de batalla, y algunos resultaron golpeados por trocitos errantes de Bob, que de inmediato trataron de meterse por sus narices.

—¡Dales duro, Bob! —lo animaba mi tía, de pie junto a mí—. ¡Muéstrales a esos cochinos mercenarios de lo que eres capaz!

—¡Hondas! —gritó la voz en el borde de la muralla. ("¡Hondas!", "¡Hondas!".)

La segunda oleada de Bob impactó al enemigo. Dado el enorme caos que estaba provocando, yo empezaba a pensar que ojalá hubiera dedicado menos tiempo a los gólems y más a preparar carretilladas de Bob. Aún tenía un frasco y media cubeta o algo así en palacio, así que, si lográbamos contener a los carex hasta el final del día y se retiraban en la noche, podría tener la posibilidad de preparar más prefermento.

Los encargados de las hondas retrocedieron y los arqueros, ya con nuevas flechas, pasaron al frente. Los huecos que Bob había abierto en las filas enemigas se agrandaron con los disparos de los arqueros, y el gentío que llegó al final contra las puertas se veía ralo en algunas zonas.

Yo esperaba que la multitud llenara esos vacíos, pero no fue así. Algunos de los mercenarios que habían recibido un golpe de Bob en plena cara quedaban tendidos y nadie quería acercárseles. Bob era perfectamente capaz de saltar de una persona a otra si estaba lo suficientemente enojado. Antes había estado a punto de atacar a uno de los guardias que movía de un lado a otro los barriles llenos de prefermento.

Los mercenarios caídos se sacudían, pero eso era todo. Sentí náuseas. Por un lado, los odiaba por haber quemado los campos, por atacar mi ciudad, por trabajar para Oberón... pero, con todo y eso, la muerte a manos de un prefermento no es algo que le desee a nadie. Era para sentir pena por ellos, y yo era la culpable de su destino.

Si tan sólo se fueran, pensé. *Si tan sólo se dieran media vuelta para irse, no tendríamos que llegar a este punto.*

Las filas de carex se separaron. Un jinete a caballo se acercó por el pasillo abierto. Tras él venían otros dos hombres cabalgando también. Uno llevaba una bandera blanca.

—Y ahora, la farsa... —murmuró la Duquesa.

—Imagino que sería demasiado pedir que ya se estuvieran rindiendo —dije.

—Demasiado, sí. Me parece que ése es Oberón.

Y lo era. El antiguo inquisidor cabalgó hasta quedar a unos siete pasos de la muralla, y miró hacia lo alto. El jinete que no llevaba la bandera se acercó aún más.

—Será algún tipo de heraldo —murmuró Harold—. Y el otro definitivamente es Oberón.

—¡Dispárenle! —susurré con fuerza, casi brincando—. Tenemos arqueros. ¡Dispárenle!

—Se presenta con una bandera blanca —dijo la Duquesa cansada—. No se dispara contra quienes llevan una bandera blanca.

—¡Pero es *Oberón*!

—Créeme, Mona, comparto tus sentimientos por completo, pero no disparamos contra alguien que lleve bandera blanca con la esperanza de que, si algún día nosotros llevamos una bandera blanca, nos devuelvan el favor. Son las reglas de la guerra.

—¡Su Señoría Oberón, inquisidor de la ciudad, se dirige a la Duquesa traidora! —gritó el heraldo. Su voz era potente y resonaba a lo largo de toda la muralla.

Los hombres apostados en la muralla abuchearon.

La Duquesa puso los ojos en blanco y se acercó a las almenas. Con las manos alrededor de la boca, para hacerse oír, gritó:

—Si Oberón busca traidores, ¡debería mirarse al espejo! Soy la Duquesa, legítima gobernante de esta ciudad.

Los hombres vitorearon. El caballo del heraldo se movió para quedar de lado, pisoteando con sus cascos.

—Su Señoría le hace el siguiente ofrecimiento: que usted abra las puertas de la ciudad y deponga las armas de inmediato, que toda agresión contra nuestros aliados carex cese al momento, que la Duquesa se entregue...

—¡Yo puedo ahorrarles tiempo! —gritó Joshua a cierta distancia sobre la muralla—. Su Señoría bien puede tragarse sus palabras.

—¡Jamás nos rendiremos! —gritó la Duquesa—. ¡Jamás nos someteremos al yugo de un traidor apoyado por asesinos a sueldo! ¡Lucharemos por nuestra ciudad hasta el último de sus habitantes!

Se oyeron oleadas de vítores y vivas en el filo de las murallas. Los hombres empuñaron espadas y arcos en alto. Entre las voces, la Duquesa susurró:

—Al menos hasta esta tarde, cuando sea eso o que incendien la ciudad entera a nuestro alrededor.

Tía Tabitha resopló.

El heraldo se dio media vuelta para alejarse.

TREINTA Y TRES

La mirada de la Duquesa y la mía se cruzaron, y sus labios se curvaron en algo que vagamente recordaba una sonrisa.

—No serviría de nada que nos rindiéramos, Mona. Los carex saquearían la ciudad de todas maneras. A lo mejor Oberón cree que los puede mantener bajo control y aprovecharlos como si fueran su propio ejército, pero una vez que crucen las murallas, van a destrozar la ciudad en busca de provisiones y oro, y luego se instalarán en las ruinas. Y cuando el ejército regrese, serán ellos los que tengan que sitiar la ciudad. Lo mejor que podemos hacer ahora es reducir el número de enemigos y hacer que les cueste caro cada trozo de ciudad que logren tomar —suspiró—. El General Dorado será un buen gobernante. Seguramente mejor de lo que he sido yo. Ruego porque alcance a gobernar.

Oberón se alejó por el corredor que habían abierto los carex, junto con el heraldo y el abanderado. La multitud se cerró detrás.

Miré por encima de las almenas.

—Mmmm... ¿y ahora qué van a hacer? —ninguna de las edificaciones que había afuera eran lo suficientemente altas como para permitirles llegar al tope de las murallas. Las leyes de la ciudad eran muy estrictas con eso. Y no tenía mucho sentido atacar una muralla de piedra con una espada, aunque algunos de los carex estaban golpeando los bloques de piedra con la empuñadura de sus espadas, de cualquier manera.

—Van a tratar de derribar la puerta —explicó Harold—. Ahora traerán el ariete —señaló una nutrida fila de hombres que se protegían la cabeza con sus escudos para esquivar las flechas. Iban cargando un tronco muy grande, que en el extremo tenía una gran bola de hierro moldeada con la forma de un puño.

—Un puño de hierro —dijo la Duquesa—, por todos los cielos. Sabía que podrían tener uno, pero confiaba en haberme equivocado.

No pregunté por qué se llamaba así, pues era bastante obvio. Los carex iban a golpear la puerta con su puño de hierro hasta derribarla.

—Hay un rastrillo de hierro que la protege, ¿cierto? —pregunté—. ¿Eso no será suficiente para que resista?

Harold negó con la cabeza.

—El rastrillo tal vez resista, pero no el mortero que mantiene todo en la muralla. Un arma como ésa puede sacar el rastrillo del muro o deformarlo lo suficiente para que puedan entrar deslizándose a través de él.

¡*Tonc!*, el puño de hierro golpeó la puerta.

—No parece que haya tenido muchas consecuencias —estiré el cuello, tratando de ver. Mi tía me sujetó por la ropa y tiró de mí hacia atrás.

—Espere y verá —contestó Harold.

¡*Tonc!*, una leve vibración recorrió las piedras de la muralla.

¡*Tonc!*

¡Tonc!

¡Tonc!

—Esto no me gusta para nada —dije, a nadie en particular, mientras el polvo caía en remolinos desde la parte de arriba de la muralla hacia abajo. Se sentía como si el puño de hierro fuera a echar abajo la construcción entera, y no sólo la puerta.

—A mí tampoco —aseguró la Duquesa.

¡Tonc!

¡Tonc!

¡CRONCH!

—Eso se oyó feo.

—Sí, seguro que sí.

¡Criiii-cronch!

—Ya casi atravesaron el rastrillo —dijo Harold.

Yo había confiado en que las puertas resistirían un poco más. Hasta media mañana, por lo menos. Teníamos que mantenerlos a raya durante dos días, mínimo, si el ejército iba a llegar para salvarnos a todos, y en cuestión de media hora ya estaban casi a punto de derribar nuestras murallas.

Era terrible.

—Por lo menos, no están pasando por encima de las murallas —dijo Harold, respondiendo a mis preguntas silenciosas—. Los arietes como este puño de hierro son un equipo de ataque muy pesado para llevarlo de aquí para allá. No pueden darse el lujo de traer más equipo en su marcha.

Los arqueros seguían en lo suyo. Los honderos disparaban para defendernos. El aire silbaba con flechas, y los golpes de las piedras arrojadas con las hondas se intercalaban entre los silbidos, mientras el Puño de hierro iba moliendo la puerta.

¡Cronch!

¡Cronch!

Cada vez que uno de los que cargaban el puño de hierro caía, otro corría bajo un escudo para ocupar su lugar. Ojalá yo hubiera tenido un océano entero de Bob para echarles por encima.

Joshua corrió hacia nosotros, bajando la cabeza para no golpearse con las cuerdas de los arcos preparados.

—¿Mona? Ya casi atraviesan la puerta. En cosa de un momento habrá llegado la hora de los gólems.

Me moví al otro lado de la muralla para mirar hacia el interior. Los oídos me zumbaban y mis pies parecían estar muy muy lejos, allá abajo.

—Sí —dije remotamente—. Claro —tomé el recipiente con la masa de pan.

¡Cronch!

¡Cronch!

¡CRAC!

La madera se astilló. El siguiente golpe atravesó la puerta y al mirar abajo vi el puño metálico del ariete que asomaba sobre la plaza.

Joshua había sugerido la manera de ubicar a los gólems: tres en semicírculo en el frente, alrededor de la puerta, y cuatro más atrás, en un semicírculo más amplio. Toqué las tres bolas de masa que correspondían a los gólems en primera línea, Rojo, Azul y Negro, y pensé: *¡Al ataque! ¡Detengan a esos hombres!*

Los gólems se adelantaron. Sus pies calzados con barriles resonaron con fuerza en el empedrado, y se oyeron incluso por encima de los gritos de los carex. Los enemigos entraron en torrente por la puerta agujereada, pasando al lado de los que cargaban el ariete, hacia la plaza... y allí frenaron en seco.

Bueno, tal vez jamás habían visto a un hombre de doce codos de alto hecho enteramente de masa de pan. Y menos aún, a siete de estos hombres.

El gólem del brazalete rojo levantó su poste que hacía las veces de garrote y golpeó en la cabeza al guerrero que venía al frente, con lo cual cayó.

Los mercenarios miraron a su líder. Por suerte, no voltearon hacia lo alto de la muralla, donde hubieran visto a una jovencita de catorce años gritándole con ferocidad a un tazón lleno de masa de pan.

Pero hay que reconocer que los carex no se quedaron perplejos durante mucho tiempo. Había una razón por la cual eran los mercenarios más temidos en todas partes: podía ser que ellos no usaran la magia, pero comprendían cuando la tenían al frente y, aunque le temían, no se les ocurría retroceder.

Y tampoco a los gólems.

Rojo, Azul y Negro agitaban sus garrotes, logrando que los guerreros se golpearan entre sí o contra las murallas, derribándolos en el empedrado. Yo me sentía absurdamente orgullosa. Esos golpes eran potentes. Siempre me había impresionado la fuerza de los hombrecitos de jengibre en relación con su tamaño, y con mis gólems sucedía lo mismo: eran muy fuertes. Podían estar hechos de pan, de simple pan, pero por la manera en que se movían, también habrían podido ser de piedra.

El primer grupo de carex que había cruzado la puerta no consiguió pasar más allá de los tres gólems. El segundo grupo, en lugar de enfrentarlos, trató de atravesar esa línea, para ir a dar a los brazos de Verde, Blanco, Naranja y Morado.

Bueno, no a los *brazos*, sino a las *rodillas*…

El tercer grupo de carex se detuvo en la puerta y pareció que discutían acaloradamente entre sí acerca de la mejor manera de avanzar. Los arqueros pudieron derribar a unos cuantos más.

Tomé la bola de masa de Rojo.

Abajo en la plaza, Rojo soltó su garrote, dio dos zancadas pesadas, y recogió el extremo del Puño de hierro.

No pudo levantar el ariete, porque hasta el pan mágico tiene sus límites, pero consiguió llevarlo a rastras hacia la plaza. Los hombres que lo sujetaban por el otro extremo gritaron y chillaron, pero no se soltaron, hasta que se dieron cuenta de que iban hacia el interior de las murallas. Como habían visto lo que les sucedió a los otros carex, tuvieron el buen juicio de soltarse. Rojo logró meter todo el Puño de hierro y lo dejó apoyado contra la muralla.

—¿Saben algo? Siempre había querido tener uno como ése —opinó la Duquesa.

Rojo empuñó su garrote en el momento exacto para enfrentar la siguiente avanzada de carex.

Esta vez, venían preparados. Atacaron las rodillas de los gólems, justo por encima de los barriles. Imagino que pensaron (quizá con algo de razón) que si rompían el pan en ese punto, los gólems caerían y no servirían de nada.

Era un plan bastante bueno. Sin embargo, quien haya intentado cortar una hogaza de pan sabrá que no se logra clavándole un cuchillo. Meterle el cuchillo no logra mucho, y sí puede ser que la hoja quede atrapada en la corteza. Lo que se necesita es un cuchillo de sierra, y moverlo hacia delante y hacia atrás para poder cortar una tajada. Y toma algo de tiempo.

Hundí mis dedos en la masa. Por lo general, cuando hacía algo semejante, era un espectáculo de baile con la intención de entretener a los clientes de la panadería, pero...

—¿Están bailando el *can-can*? —preguntó Harold sin poder creer lo que veía.

—El can-can de batalla —dijo la Duquesa al verlo—. Es una maniobra táctica muy antigua, que se usó antes para derrotar a los guerreros de Quilmarkia que atacaban con un vals bélico, si mal no recuerdo.

—Acaba usted de inventar todo eso, Excelencia.

—Bueno, *obviamente*.

Los gólems podían hacer una patada voladora bastante buena. Hacía que sus piernas quedaran fuera del alcance de los carex, y cada vez derribaban espadas con ese movimiento. Rojo tenía una espada clavada en la rodilla izquierda, y Azul tenía dos en la derecha. Negro se llevaba el trofeo con tres espadas y un hacha a medio muslo. Pero como al pan en realidad no le importa tener un cuchillo clavado, eso no hacía que los gólems atacaran más despacio.

Las patadas también implicaban que los que empuñaban las armas recibieran en el torso todo el impacto de un barril impulsado a gran velocidad y quedaran fuera de combate.

Hubo una breve pausa, en tanto los carex trataban de decidir qué hacer a continuación, mientras se mantenían fuera del alcance de nuestros arqueros. Un semicírculo despejado se formó frente a la puerta.

Aproveché la oportunidad para recostarme contra las almenas. El peso de la magia que había estado llevando sobre mis hombros se había hecho mayor cuando empezó el combate. Ni siquiera la pérdida de otro par de galletas malvadas en algún momento de la batalla había servido para equilibrarlo. Sentía como si tratara de correr pendiente arriba con un morral de piedras al hombro.

Tía Tabitha me puso la mano en la frente.

—Estás colorada —dijo en tono acusador—. Y además, te sientes caliente.

—Tía, estamos en plena guerra. No creo que pueda ir a recostarme un rato.

Frunció el ceño.

—Trata de cuidarte, mi niña. Eres mi única sobrina.

—Y también soy la única maga que queda en esta ciudad —me enderecé.

La única maga, fuera de Molly, la Matarife. Ojalá ella estuviera conmigo. No sé si serviría de mucho… pero sería mejor saber que no soy la única.

Y más que nada, desearía que Spindle estuviera aquí. Espero que se encuentre bien.

Un grupo de carex con arcos se abrieron paso entre la multitud enemiga, que estaba de pie a la espera, con escudos por encima de las cabezas.

Los arqueros llegaron a la primera línea, hincaron una rodilla en el suelo y empezaron a dispararles a los gólems.

Comencé a reír. No podía evitarlo. Cuando uno clava una serie de palillos en una hogaza de pan lo que le queda es… no sé… algo así como canapés o bocadillos. En todo caso, no resulta un gólem muerto. Evidentemente, los carex seguían sin entender a qué se enfrentaban.

Nuestros arqueros se inclinaron por encima de las almenas para disparar sus flechas, y durante unos momentos lo que se vio eran los carex lanzando flechas a los gólems, y nuestros hombres lanzando flechas a los carex, y al final había menos arqueros enemigos, y Rojo y Negro parecían erizos. Azul, que había quedado algo protegido por la puerta caída, se quedó allí hasta que un carex imprudente trató de meterse tras la puerta y acabó recibiendo un tremendo golpe de garrote en plena cara.

Los arqueros retrocedieron. Hubo más discusión al nivel del suelo.

Esta vez, en su ataque, enviaron al doble de tropas. Los cuatro gólems de la segunda línea también tuvieron que hacer el can-can de batalla, y después de unos diez minutos frenéticos, me dolía terriblemente la cabeza, pero los carex no habían logrado ningún avance. Dos o tres habían logrado rebasar la línea de gólems hasta las barricadas, pero allí fueron recibidos por los arqueros en los tejados.

Sentí una suerte de esperanza opaca. Ni siquiera el mirar al otro lado de la muralla y ver todos los carex que aún quedaban logró desvanecerla.

—Ese barril de Azul se ve bastante vapuleado —dijo la Duquesa.

Asentí.

—Se supone que Argonel tiene unos de repuesto en las carretas —hice que Azul se retirara, y Blanco ocupó su lugar. Azul caminó hasta la barricada que estaba en la calle que llevaba al palacio. Era la más baja de todas, y Azul podía pasarla por encima, aunque con cierta torpeza.

Al ver que la cantidad de gólems disminuía, los carex atacaron de nuevo. Fueron repelidos, pero más de ellos consiguieron llegar hasta las barricadas. Ahora Negro cojeaba. Uno de los enemigos, tan valiente como suicida, armado de un hacha, había trepado por la pierna de ese gólem y le había asestado un buen par de hachazos en la rodilla, antes de que el gólem lograra zafárselo.

—¿Puedes sanarlos? —preguntó la Duquesa.

Me mordí el labio.

—Tengo que ponerle un parche. No es una herida, como tal, su pierna no va a resistir del todo. Tengo masa y puedo arreglarlo, pero necesito bajar para que pueda funcionar.

Azul dio un paso por encima de la barricada y volvió a la batalla. Los carex retrocedieron de nuevo.

Harold y la Duquesa conferenciaron brevemente.

—Rápido —dijo ella—, antes de que llegue otro ataque. Bajen a ese tejado, y den un rodeo por detrás... Harold sabe por dónde. ¡Apúrense!

Seguí a Harold. Mi tía bajó las escaleras detrás de nosotros. Llegamos a un tejado, y luego bajamos por unas escaleras de incendio hasta la calle.

Estar al nivel del suelo era aterrador. No era posible ver lo que estaba sucediendo, y sólo se oía el rugido sordo del ejército cercando la muralla. Me angustié. Si los carex atacaban antes de que regresáramos arriba, los gólems podían pelear por sí solos, pero si llegaba a pasar algo inesperado... bueno... el pan no tiene pensamiento independiente.

Si los carex atravesaban las barricadas mientras nosotros estábamos abajo, íbamos a vernos envueltos por una marea enfurecida de hombres con espadas. Eso podía ser emocionante, quizá durante treinta segundos, pero no emocionante de manera positiva, sino todo lo contrario.

Parecía como si dar el rodeo a la plaza tomará mucho más tiempo que cruzarla, a pesar de que íbamos corriendo. El empedrado era de esos cantos rodados, redondeados como panecillos de azúcar, y debíamos tener cuidado porque siempre son algo resbalosos bajo los pies.

Cuando al fin dimos vuelta en una esquina y vimos a Argonel y los barriles, dejé escapar un grito de emoción.

Argonel se dio media vuelta y por poco le parte la cabeza a Harold con su martillo de herrero antes de darse cuenta de quiénes éramos.

—¡Ah, son ustedes! Mag... Mona, los gólems están funcionando mucho mejor de lo que imaginábamos —sonrió—. ¿Y qué hacen ustedes por aquí en lugar de estar en las murallas?

—Vinimos debido a Negro —dije, tomando la bola de masa marcada con negro para ordenarle que se acercara a nosotros cruzando por encima de la barricada—. Si no lo arreglamos, perderá una pierna.

Argonel asintió. Todos nos dispersamos cuando el pie de Negro se apoyó de nuestro lado. Se tambaleó un momento... esa rodilla estaba a punto de ceder... pero pudo recuperar el equilibrio.

Arranqué un buen trozo de masa de uno de los barriles y lo embutí en el tajo que el hacha le había abierto en la pierna. (Tuve que subirme en un barril para alcanzar. El carex que le había hecho el corte era mucho más alto que yo.) Tía Tabitha llegó por detrás de mí y me fue pasando otros puñados de masa, hasta que conseguí rellenar el tajo.

—Muy bien —dije—. Ahora veamos si funciona —puse las manos a cada lado de la masa cruda y me concentré en convencerla de que quería amalgamarse con el pan que la rodeaba, sellando el tajo, para convertirse en parte del gólem.

Era difícil. La magia simpática estaba operando en mi contra esta vez, porque esa masa no formaba parte de la misma tanda que la del gólem ni había sido horneada con él. Ya empezaba a sentir que mi magia se agotaba y durante cosa de uno o dos minutos no sucedió nada.

Vamos, vamos... tú puedes.

Se oyó un alarido desde la barricada. Levanté la cabeza y vi que los carex habían aprovechado que se había abierto una entrada en la alineación de gólems, y habían arremetido de nuevo. Esta vez, venían y venían cada vez más. Y trepaban. Los hombres de las barricadas las defendían a lanzazos para hacerlos retroceder, y mientras yo miraba, dos cabezas con sus cascos asomaron por encima.

Argonel y Harold se apresuraron a ayudar.

Esos primeros dos carex fueron arrojados hacia atrás, pero ahora otros tres venían subiendo, y uno más...

Ay, Virgen de los Ángeles Acongojados, uno ya había logrado trepar hasta lo más alto de la barricada y venía hacia mí...

Mi tía le arrancó el martillo de los dedos a un aprendiz, que se había puesto de un pálido verdoso, y cargó contra el enemigo, aullando.

Volví a poner las manos sobre la masa que tenía delante y pensé: *Ahora, pórtate bien y conviértete en un parche para este gólem, ¡PERO YA!*

Negro gruñó. El parche de masa burbujeó hasta quedar en la posición adecuada y se endureció formando una corteza harinosa. Me bajé del barril, justo para alcanzar a ver a mi tía llegando junto al carex.

El guerrero enemigo evidentemente no sabía qué pensar de esa mujer enloquecida que le hacía frente, con su bata de casa aleteando al viento sobre la cota de malla. La miró boquiabierto. Tía Tabitha le asestó un martillazo con tal fuerza que hizo que el casco se le volteara sobre la cabeza, y el hombre cayó. Ella lo pateó unas cuantas veces. Definitivamente, tenía una opinión muy clara sobre las personas que intentaban invadir su ciudad.

Al llegar al suelo, sentí que la cabeza me daba vueltas y, durante un minuto más o menos, estuve a punto de desplomarme. La magia se me iba en un goteo incesante, como la sangre de una herida abierta.

Pero si tía Tabitha estaba peleando con los carex, yo no podía perder el tiempo desmayándome. Me mordí los labios y pensé: *¡Ya basta!*, y el mundo se estabilizó y dejé de ver los contornos borrosos y algo grisáceos.

Solté el aire. Era hora de devolver a Negro a la batalla... giré para darle una palmadita en la pierna.

—Debes regresar ahora, como un buen gólem...

Esa palmadita me salvó la vida.

El cuchillo del Hombre Color Retoño chocó en ángulo contra mi hombro, justo por detrás de mi cuello, y la punta resbaló en mi chaleco incrustado de metal.

Grité. Hubiera querido soltar un alarido poderoso, pero lo que salió fue un quejido débil. Harold y Argonel y mi tía estaban atareados en las barricadas, y había carex trepando por los costados y Negro los hacía rodar hacia atrás, pero algunos habían alcanzado a pasar y el Hombre Color Retoño pudo alzar su cuchillo para un nuevo intento y ese olor denso y dulce que ya conocía nos rodeó y lo vi mostrarme los dientes como haría un animal.

—La tercera es la vencida, insignificante maga panadera —bufó, y supe que mi racha de buena suerte había terminado.

TREINTA Y CUATRO

Tiene algo atascado entre los dientes. Ahí estaba yo, al borde de la muerte, apuñalada por un mago desquiciado, y lo que yo veía era eso: que el hombre tenía algo verde entre los dientes.

Por suerte, el resto de mi cuerpo sí sabía lo que era importante. Mis rodillas decidieron hacerme rodar hacia un lado, sin molestarse en avisarle a mi cerebro.

Conseguí ponerme de pie y salí disparada corriendo, resbalando en el empedrado. Si podía volver a las murallas, seguramente Joshua y la Duquesa me defenderían o podríamos hacer caer de la escalera al Hombre Color Retoño o algo así. Él no podría subir una escalera con un cuchillo en una de las manos, ¿cierto?

De inmediato, me di cuenta de que estaba en problemas. El peso de la magia aún estaba conmigo, incluso al ir huyendo para salvar mi vida. Era como tratar de correr con bloques de cemento amarrados a los tobillos. Abandoné sin ninguna piedad a las galletas malvadas que quedaban, y recuperé algo de energía mágica, pero no me atreví a abandonar también a los gólems. Ellos eran lo único que defendía a la ciudad de los carex.

Ay, Dios, ay, Dios, voy a morir…

Podía oír las pisadas de Elgar tras de mí. ¿Dónde se habían metido los arqueros? ¿No podría alguno mirar hacia mi lado y ver lo que estaba sucediendo y lanzarle una flecha? Y el chaleco, que me había salvado la vida antes, ahora podría matarme. Me acaloraba y pesaba tanto, y no me permitía respirar bien al oprimirme el pecho, y ese horrible olor especiado me iba llenando los pulmones y me lo hacía todavía más difícil.

¿Será ésta la calle que me lleva de regreso a la muralla? Creo que sí. Hay un edificio al final, de ladrillo rojo, con la escalera de emergencias...

El Hombre Color Retoño me agarró por el hombro, me volteó a la fuerza y me arrojó contra una pared en un callejón secundario.

Supongo que ya no importa.

Elgar sujetó mis dos muñecas con una sola mano (es totalmente injusto que a los catorce años, incluso si uno tiene unos antebrazos muy forzudos, las muñecas sigan siendo tan delgadas que un adulto las pueda mantener sujetas con una sola mano). Agité los brazos, y creo que debió sorprenderse por mi fuerza, pero eso no me llevó más allá, sino de vuelta contra la pared, con un golpe duro. La sangre me latía en los oídos.

Levantó el cuchillo. La hoja brilló. El sol relumbraba en el callejón, y eso quería decir que era casi mediodía. Habíamos resistido hasta mediodía. No estaba nada mal, ¿cierto?

—No escaparás de nuevo —dijo Elgar—. No pensaba irme de la ciudad sin antes verte muerta —a duras penas podía oírlo por encima del latido de la sangre en mis oídos y los gritos de la batalla a unos cuantos pasos, pero fue más o menos eso lo que me dijo.

—Pensé que... que se habría ido... a buscar a Oberón —jadeé.

Él escupió.

—Ese idiota. Una vez que él tomara la ciudad, planeaba matarlo, en todo caso. ¡Un mago emperador! ¡Imagina eso!

Supongo que todas las personas verdaderamente malas piensan que se están utilizando unas a otras de manera muy inteligente. Y todas quieren el poder. Nunca las vemos acuchillándose unas a otras para ver a quién le toca encargarse de hacer el pan.

Y como ya iban a matarme, justo en ese minuto, y ya nada importaba más, le dije a Elgar:

—Tiene algo entre los dientes.

Parpadeó. Supongo que no es el tipo de cosa que alguien diría cuando está a punto de ser apuñalado.

—¿Qué?

—Entre los dientes. Es una cosa verdosa…

—¿Y a ti *qué* es lo que te pasa?

Ésa era una excelente pregunta. Yo estaba pensando lo mismo.

El Hombre Color Retoño levantó más el cuchillo, y entonces algo sucedió muy rápido y una cosa hecha de trapos y hueso pasó frente a mi cara y Elgar salió volando por el callejón, porque Nag acababa de darle un golpe con su cabeza.

Al parecer, el ruido que venía oyendo no era sólo el latido de la sangre en mis oídos.

—¡Sí, sí! —gritó Spindle, bajándose del caballo en el que venía con Molly, y los cascos de Nag resonaban en el empedrado—. ¡Sí, eso es! ¡Ésa va por Tibbie, monstruo verde! ¡Espero que te pudras!

Nag, que ya estaba muerto, no tuvo inconveniente con que Spindle se bajara de su lomo, ni tampoco dio señales de notar que yo abrazaba una de sus patas traseras con toda mi fuerza. Molly, la Matarife, resopló.

—Me da la impresión de que siempre te encuentro en problemas, panaderita.

—¡Estoy viva! —gemí contra la cadera huesuda de Nag—. Molly... Nag... *Spindle*...

Spindle levantó la vista del flácido cuerpo de Elgar.

—¿Qué?

—¡Estás vivo! ¡Yo también! —empecé a reír histérica porque, si no, iba a tener que sentarme a llorar allí mismo en el callejón—. ¡Estamos todos vivos, menos Nag, claro! Estamos... ¡aaargh!

Sentí que se me apretaba el nudo del estómago. Me arrodillé, y expulsé por la boca toda la cena de la noche anterior.

—¡Puaj! —dijo Spindle, que había dejado de patear a Elgar y ahora le registraba los bolsillos.

—Esas cosas pasan —dijo Molly, la Matarife, con voz firme—. Cada quien reacciona a su manera, así que no te burles, Spindle.

Y él puso los ojos en blanco.

Me limpié la boca y sentí que algo me jalaba el cabello hacia atrás. Al mirar, vi a mi hombrecito de jengibre parado en mi hombro. Él agitó la mano para saludarme.

En realidad, uno no puede abrazar a una galleta, pero apoyé la mejilla contra él y sentí un enorme alivio.

—¿Qué les *pasó*? —pregunté—. ¡Me he estado muriendo de la preocupación! ¡Pensé que los carex los habían atrapado!

Spindle puso los ojos en blanco.

—Ellos podrán ser muy buenos con sus espadas y eso, pero no tienen ni la más remota idea de cómo ponerle las manos encima a alguien como yo. Entré a su campamento y salí, y lo último que vi era que esos diablillos de jengibre estaban cortando las cuerdas que sostenían una de las tiendas donde guardan sus provisiones. El problema fue volver a la ciudad y entrar —escupió en el empedrado—. El Babosa, ese idiota, me atrapó y empezó a decirle a todo el que quisiera oír que yo era un espía y que no me debían dejar entrar de nuevo. Le pareció la cosa más graciosa del mundo, al muy bestia.

—Por suerte, yo llegaba y convencí al Babosa de que eso no era cierto —dijo Molly con voz suave. Le dio una palmada a Nag en el hombro—. Supuse que lo mejor sería devolverlo yo misma a la ciudad, porque nada tiene pies ni cabeza en medio de una batalla.

Exhalé. Mi estómago se aquietó. Mi hombrecito de galleta estaba bien. Spindle estaba bien. Todos...

Uno de los gólems se apagó, como una estrella fugaz.

—¡Los gólems! —me enderecé de repente. Ya no quedaba nada en mi estómago, pero incluso si hubiera algo, no era el momento para enfermarme. Tenía que volver con los gólems, *en ese instante*.

Corrí por el callejón. Spindle soltó una maldición y corrió tras de mí. Y pude oír el paso irregular de los cascos de Nag que nos seguían.

Salí del callejón y prácticamente fui a dar a los brazos de tía Tabitha.

—¡Mona! ¡Creíamos que algo te había sucedido...!

—¡Algo me sucedió! Elgar trató de acuchillarme y Nag me salvó y... pero eso no importa en este momento. ¡Perdimos un gólem!

—Dos —dijo mi tía acongojada, y antes de que terminara de decirlo sentí que otro más caía—. Ya descubrieron cómo derribarlos, y después no pueden volver a levantarse.

Nos dimos prisa en volver a la barricada. Tomé mi recipiente con las bolas de masa, pero ya era demasiado tarde. Un tercer gólem se tambaleaba hasta caer como un árbol gigantesco, y los carex saltaron sobre él, cortando y aserrando con sus espadas, como ciegos tratando de tajar pan.

Había mercenarios trepando por las barricadas. La nuestra era la más baja y menos sólida, y era evidente que ellos lo sabían. Si lograban llegar a la cima y derrumbarla, no tendrían que escalar ninguna de las otras... tendrían la vía abierta hacia la ciudad y podían atacar a los defensores por la retaguardia en las demás calles.

Les di órdenes a los cuatro gólems que quedaban para que se ubicaran en forma de cuña frente a nuestra barricada y la defendieran. Eso nos daría algo de tiempo, pero... ¿tiempo para qué?

Seguíamos teniendo masa sobrante. Cuando descargaron los carros, dejaron unos seis barriles alineados a cada lado de la calle, y ese ridículo ataúd que llegó de la iglesia de los Ángeles Acongojados apoyado sobre los barriles.

Argonel y Harold se retiraron de las barricadas. Los gólems distraían lo suficiente a los carex para que los guardias comunes pudieran encargarse.

—Mona, tenemos que sacarla de aquí. Van a cruzar la barricada... —dijo Harold.

—No —contesté. Un plan estaba formándose en mi cabeza. No era muy bueno pero ¿qué más nos quedaba por hacer?—, no. Ayúdenme a voltear estos barriles: necesito toda la masa que podamos obtener.

—Pero...

Argonel lo hizo a un lado, agarró un barril y lo volcó de costado. La masa se derramó viscosamente sobre la calle. No estaba bien para ser masa de pan. Era más dulce y en la superficie flotaban unos grumos de color café oscuro.

—¿Masa con chispas de chocolate? —preguntó mi tía sin más—. ¿Quién se tomaría el trabajo de preparar masa de galletas?

En un lado del barril estaba el nombre de una de las pastelerías más exclusivas de la ciudad. Volcamos otros cuatro barriles, y tres eran de masa de chispas de chocolate.

Bueno, muy bien. Masa de galletas con chispas de chocolate. Puedo hacerlo. No debería ser muy diferente de la masa de pan, sólo que está sin hornear...

Otro gólem se apagó. El rugido triunfante de los carex chocó con la barricada.

Metí ambas manos en la masa, hasta los codos, tratando de pensar. Tía Tabitha y Argonel siguieron vertiendo masa a mi alrededor, formaba un montón en la calle, que me llegaba hasta las rodillas. No tenía la figura de un hombrecito de jengibre. Ponerse de pie no le serviría de gran cosa y, además, yo iba a necesitar un rodillo de amasar del tamaño de un tronco de árbol para poder hacer una cosa así. Me decidí por algo que se arrastrara, sin patas, viscoso...

¡Despierta!, le dije a la masa con desesperación. *Vamos, anímate. Te necesitamos.*

La masa no quería responder. No le gustaba la forma que yo había decidido darle. No era una forma de verdad. No iba a pasar por el horno. La masa estaba fría y tiesa tras haber pasado toda la noche en los barriles, y se percibía la obstinación.

¡No tenemos tiempo para esto! ¡Anímate, arriba!

Había demasiados tipos de masa combinados. No querían mezclarse. Salté sobre el montón y empecé a zapatear y taconear, amasando todo con mis botas. *Eres toda una. Una y la misma. ¡Anímate!*

Mi hombrecito de jengibre me tiró de la oreja. Levanté la vista y vi a uno de nuestros guardias caer desde lo alto de la barricada. No era ninguno que yo conociera, pero era de los nuestros. Un carex estaba ahí, empuñando la espada ensangrentada, ¡y no había nadie que lo detuviera!

Argonel y Harold se adelantaron de un brinco, para posicionarse de manera que quedaran entre la barricada y yo, pero estaba claro que se había acabado el tiempo. Incluso si frenábamos a éste, vendrían más.

¡ARRIBA!, le grité a la masa. Me quedaba tan poca magia, no podía enfocar la vista, pero tenía mucha rabia y pánico que debían servir de algo, y los inyecté con mis manos en el montón de masa. ¡ARRIBA, COSA TONTA! ¡ANÍMATE Y PELEA!

Y cobró vida.

Era... bueno, supongo que era una babosa, pero hubiera podido ser cualquier otra cosa. Traté de visualizarla como una babosa, porque la magia funciona mucho mejor cuando las cosas tienen forma de animales o personas. Entonces, una babosa. Una babosa con puños. Tenía apenas la altura para llegarle a la cintura a una persona, pero la parte del frente podía levantarse del suelo y estirar un par de brazos flexibles, y se arrastraba sobre el empedrado hacia la barricada, para sorpresa de los dos carex que se hallaban en lo alto.

—¡Por todos los dioses y todos los demonios! —exclamó Molly, la Matarife—. ¿Qué has hecho, panaderita?

—Lo mejor que pude —contesté, tratando de ponerme en pie. Mis rodillas cedieron. Me di cuenta, con cierta perplejidad, de que la energía que normalmente hacía funcionar mis piernas ahora se estaba yendo en animar a la monstruosa babosa de chispas de chocolate.

La plasta de masa alcanzó la barricada. Nuestros guardias se escabulleron a su paso. Trepó a lo alto sin dificultad. Era lo suficientemente pegajosa para no tener problemas a la hora de apoyarse y sostenerse, a pesar de no tener pies ni manos.

Uno de los carex atacó la plasta con su espada. La hoja se hundió en la masa con un ruido de succión y no volvió a salir. La babosa se defendió con un tentáculo y golpeó a ambos atacantes hasta hacerlos rodar hacia la plaza.

La plasta no era muy rápida, pero sí verdaderamente *aterradora*.

Sin embargo, ¿qué podía hacer contra miles de carex?

Tía Tabitha me puso la mano en el hombro. Sentí que me balanceaba con el peso.

Le había puesto mucha magia al pájaro de masa y había explotado. Si le metía un exceso de magia a la plasta, también explotaría. Si lograba que llegara al punto donde se hallaba el grueso de las tropas de carex, podía darle toda esa magia para convertirla en una gigantesca bomba móvil.

Sabía, mientras me sentía a punto de desplomarme bajo la mano de mi tía, que ése sería mi final. Había llevado la magia mucho más lejos de lo que creía posible, y ya estaba hecho. Si trataba de meter más de mí en la babosa de masa, sería la energía que hacía latir mi corazón e impulsar a mis pulmones. Podía llevarla a través del campo de batalla y hacerla volar, pero sería la última cosa que podría hacer.

Me puse a pensar que era probable que los gólems siguieran activos un poco después de mi muerte. Unos minutos, al menos, tal vez una hora. Seguramente, no lo bastante para salvar la ciudad, pero sí tal vez lo suficiente para que las cosas resultaran un poco diferentes. A lo mejor, tía Tabitha y Spindle y Argonel alcanzarían a huir.

—Llévenme junto a la masa —dije, medio ahogada. Mi lengua se sentía torpe y rara en la boca.

Mi tía sacudió la cabeza.

—Ya no puedes más —comentó—. He visto cadáveres con mejor cara que tú en este momento, Mona.

Quise reír. En un minuto o algo así, eso ya no sería un problema.

—Tengo que hacerlo —contesté, forzando las palabras a salir—. ¡No hay otros magos!

Traté de avanzar a gatas. El hombrecito de jengibre trató de evitarlo jalándome por la oreja. Necesitaba esa masa para hacer magia simpática. ¿Por qué estaban tan lejos los barriles? Si no podía llegar hasta ellos, no sería capaz de conseguir que explotara la babosa.

Se hizo una larga pausa. Mi tía se retorcía las manos, y entonces, Molly, la Matarife, se bajó de su caballo diciendo:

—Como sea, sí hay una maga más.

TREINTA Y CINCO

Sentía como si levantar la cabeza fuera el mayor esfuerzo que había tenido que hacer en mi vida. Si no hubiéramos perdido otro gólem, creo ni siquiera eso habría conseguido. Pero ese hilo de energía volvió a mí, y miré hacia arriba.

Molly me sostuvo la mirada un momento que me pareció largo. Sus ojos eran oscuros y profundos. No sé qué vería ella en los míos.

Se dio vuelta y se dirigió hacia Nag, que bajó su huesuda cabeza y juntaron sus frentes, la mujer viviente y el caballo muerto.

—Tenemos que salir de aquí... —empezó de nuevo Harold, y entonces el mundo se movió hacia un lado, y yo caí.

—¡Mona! —dijo mi tía.

—Hey, ¿qué pasó? —preguntó Spindle.

Ambos se abalanzaron para levantarme y me di cuenta de que ninguno de los dos había sentido el movimiento.

Alcé la vista. Molly se mecía hacia un lado y otro. Los huesos de Nag vibraban con un ritmo extraño: *tu-tum, tu-tum, tu-tum*.

Hubiera apostado todo lo que tenía y pudiera llegar a tener en la vida a que era el latido del corazón de Molly.

La vi caminar muy rígida dándole la vuelta a Nag para montarse en su lomo. La osamenta de caballo siguió vibrando al son del latido óseo.

—¿Oyes un ruido? —preguntó Spindle.

En la plaza, los carex peleaban contra la babosa de masa cruda y las flechas silbaban y el ejército rugía y los aceros entrechocaban... pero en nuestro lado de la barricada todo parecía extrañamente silencioso, salvo los huesos de Nag.

Y entonces lo oí. Parecía agua corriendo, muy a lo lejos, desde algún lugar de la ciudad.

Molly, la Matarife se inclinó sobre el pescuezo de Nag. Se sacudía, como si estuviera llorando, pero no hacía ningún ruido.

El sonido se iba acercando, haciéndose más profundo y fuerte. Si era agua, parecía una inundación y no un torrente.

—Molly... —dije. Había hecho algo con su magia, algo que hizo moverse al mundo, algo colosal...

Ella me miró y sonrió, sólo un poco. Sus dedos se agitaron en un breve saludo cargado de ironía.

La calle empezó a sacudirse. Los edificios crujieron como si el Puño de hierro los estuviera golpeando. Tía Tabitha gritó:

—¡Terremoto! —pero Spindle soltó un chillido y señaló algo al final de la calle.

Molly, la Matarife, había convocado a los caballos muertos de la ciudad para que fueran en su defensa, y los caballos habían acudido.

Estaban hechos de huesos, como Nag, y resplandecían al sol como si fueran de marfil.

Muchos de ellos debían haber salido del mismo suelo o de criptas subterráneas, y tenían polvo y tierra adheridos. Algunos parecían tan viejos que ya casi ni huesos eran, sino nubes de polvo en forma de caballos al galope. La magia que los mantenía en una sola pieza era muchísimo más fuerte que cualquier cosa que yo pudiera hacer, o cualquier cosa que hubiera *visto*...

Ya entendía por qué el ejército había querido reclutar a Molly. Lo increíble es que la hubieran dejado ir...

Mi tía nos levantó a Spindle y a mí, a cada uno con un brazo, y nos empujó hacia la pared. Por el rabillo del ojo vi a Argonel arrojando a su aprendiz al vano de una puerta. Los hombres en las barricadas se pusieron de pie para mirar boquiabiertos a los caballos... primero, la plasta de masa en forma de babosa, ahora esto... y entonces los más listos se dieron cuenta de que quienquiera que se atravesara en el camino de ese avance iba a ser pisoteado. Se dispersaron.

Los caballos chocaron con la barricada, que cayó bajo sus cascos. Crines de polvo de huesos se agitaron en el aire tras ellos. Verlos saltar sobre los de la muralla fue como estar frente a una catarata de huesos. Nunca había visto nada semejante, y supuse que, aunque llegara a vivir cien años, no volvería a ver algo así.

—¿*Cuántos* serán? —preguntó tía Tabitha, en voz muy baja.

Traté de pensar cuántos *podrían* ser. Nuestra ciudad tiene siglos de historia y muchas generaciones de caballos han vivido y muerto dentro de sus murallas.

Molly, la Matarife, los había convocado a *todos*.

Cargaron sobre la plaza y a través de la puerta, rumbo al ejército carex, con Nag a la cabeza y Molly montada en su lomo.

Cuando el ejército de huesos terminó de pasar frente a nosotros, cuestión de minutos, imagino, aunque a mí me pareció que habían transcurrido horas, tardamos un poco en estar dispuestos a dejar las murallas. Cuando uno ha visto algo así, algo imposible y glorioso y horrible, y todo a la vez, se necesita un minuto para poder volver a pensar de verdad.

—¡Oh! —exclamó tía Tabitha al fin—. ¡Por todos los cielos!

El hechizo se rompió. Spindle brincaba asestándole puñetazos al aire, y gritaba:

—¡Hurra! ¡Muéstrales cómo se hace, Molly! ¡Dales su merecido en nombre de Tibbie!

—¿Ya terminó? —preguntó Argonel—. ¿Maga Mona, sabe usted si ya acabó?

—No tengo idea —confesé, probando a pararme sobre mis pies. Parecía que funcionaban—. ¿No deberíamos... ir a ver?

Como un pequeño nudo apretado, Harold y Argonel y tía Tabitha, Spindle y yo, además de un aprendiz y tres o cuatro guardias, avanzamos hasta el extremo de la calle. La barricada había quedado reducida a un montón de astillas, y nos asomamos con cautela.

No había ni un ser viviente en la plaza. El monstruo de masa cruda iba reptando en un lento circuito alrededor de las murallas. Las puertas de la ciudad habían sido arrancadas de las bisagras.

Avanzamos despacio. Me apoyaba en Spindle, en parte para no caerme, y en parte para evitar que él saliera corriendo.

En la puerta contemplamos el campo de batalla.

Era un mar de huesos dispersos.

Cientos de caballos muertos, desde esqueletos casi enteros hasta torbellinos de polvo se abrían paso entre los carex. Al fin y al cabo, la mayor concentración de caballos no estaba en la ciudad, sino en las fosas de los mataderos, situados todos fuera de las murallas. Cientos de ellos venían desde el interior de la ciudad, pero miles provenían de fuera, y atacaron al ejército de los carex como un martillo.

Los mercenarios retrocedían, tratando de dar pelea, pero los huesos son peores que el pan: si uno le clava una espada a un esqueleto, eso no lo frena, y hay muchas posibilidades de que uno pierda la espada en el proceso.

—Van en retirada —murmuró Harold—. Dulce madre de todos nosotros, se están batiendo *en retirada*.

Ya nadie disparaba desde las almenas en lo alto de las murallas. Sospecho que los arqueros, al igual que todos nosotros, estaban mirando hacia abajo boquiabiertos.

Elegimos ir alejados de las murallas. El camino se hundía un poco y desde ahí pudimos ver el ejército de esqueletos avanzando ante nuestros ojos, una punta de flecha hecha de huesos que se clavaba cada vez más hondo en las tropas enemigas.

—Ya casi acaban con ellos —dijo Argonel—. ¿Irán a retroceder?

Harold negó con la cabeza.

—No creo que a estas alturas estemos lidiando con tácticas normales de guerra.

La punta de flecha llegó al otro lado del ejército enemigo, dejándolo partido en dos. Y al parecer, eso fue la gota que rebosó la copa porque, mientras mirábamos, los hombres dejaron incluso de intentar defenderse. La retirada se convirtió en desbandada, y ésta, en fuga desesperada.

El ejército de los carex se dispersó y huyó.

Cuando por fin encontramos a Molly, la Matarife, la hallamos muerta.

Era lo que yo me esperaba. Creo que lo supe desde el momento en que ella tocó el testuz de Nag con su frente. Había hecho lo que yo pensaba hacer con el último gólem: se había volcado entera en la magia y la había impulsado con su propia muerte.

Pero tenía la esperanza de equivocarme.

Molly estaba tendida en un pequeño claro en medio del campo de batalla, con quinientos caballos de huesos rodeándola, mirándola. No había ni una sola marca en su cuerpo. Estaba de lado, acurrucada, como si se hubiera deslizado del lomo de Nag y colapsado por agotamiento, y supongo que eso fue exactamente lo que sucedió.

—Fue la magia lo que la llevó a su muerte —dije con voz ronca.

—Siempre dijo que mezclarse con ejércitos y generales llevaba a la muerte —contestó Spindle, limpiándose los ojos. Me daba cuenta de que se sentía culpable por haberla convencido de participar… y a pesar de eso, nos había salvado. Si él no lo hubiera hecho, los carex habrían estado recorriendo nuestras calles en estos momentos.

La Duquesa y Joshua habían descendido de las murallas, y todos juntos caminamos a través de ese ejército silencioso. Órbitas oculares vacías nos seguían al pasar. De no haber estado tan exhausta, me habría parecido aterrador, y como además el ejército de carex se había desbandado, lo que sentíamos era más bien alivio.

Y tristeza y dolor. Todavía quedaba lugar para sentir eso.

—Ella salvó a todos —dijo la Duquesa, mientras Joshua se inclinaba para cerrarle los párpados a Molly.

Un suspiro poderoso llenó el aire y todos los caballos de huesos se replegaron y se derrumbaron sobre el suelo. Nubes de polvo blancuzco se elevaron en espirales para asentarse lentamente alrededor de nosotros.

Nag fue el único que quedó en pie y, mientras lo mirábamos, dobló las patas hasta quedar de rodillas y extendió la cabeza sobre el suelo, junto a Molly, la Matarife. Eso me hizo llorar todavía más, porque fue cuando supe que definitivamente había muerto.

La Duquesa me miró sin saber qué hacer.

—Mona... tú la conocías. Ella nos salvó. Sin ustedes dos... ¿qué debemos hacer? ¿Qué querría ella ahora?

Spindle y yo nos miramos, pero fue él quien habló.

—Querría que la enterraran junto a Nag —contestó, pasándose una manga por la cara—, y no en una de esas tumbas grandes y vistosas, porque le parecería una bobería. Tal vez un parque. Le hubiera gustado un parque.

—¿Con una estatua, tal vez? —preguntó la Duquesa—. Tenemos que hacer *algo* en su honor.

Spindle y yo nos miramos de nuevo. Me tragué el nudo que tenía en la garganta y traté de hablar.

—Una estatua de Nag estaría muy bien —opiné—, pero sin nada de tonterías. Tendría que mostrar a Nag como era de verdad y no... ya sabe... heroico. Ella no querría que la hicieran ver como una heroína.

—No —contestó la Duquesa—. A nadie le gusta que lo obliguen a ser héroe.

Joshua levantó a Molly con delicadeza, y la llevó en brazos de vuelta a la ciudad.

A nuestra ciudad.

Y todos nos fuimos a casa.

TREINTA Y SEIS

El ejército llegó dos días más tarde, un día después de lo esperado, pero eso no fue problema. La mayoría de los carex no pararon de correr hasta llegar a las montañas. El ejército llegó a tiempo para alcanzar a muchos rezagados y a la mayoría de los heridos, y todos ellos decidieron rendirse. Los mandaron a reconstruir las granjas en las afueras. La Duquesa tenía un cierto sentido de justicia poética.

En total, aparte de Molly, la Matarife, perdimos siete vidas. Cinco eran personas que habían estado apostadas en las barricadas, una era un viejo veterano de otras guerras que se había ofrecido a pelear de nuevo y que sufrió un paro cardiaco en medio de la batalla, y el último, un guardia que hallaron en un callejón, degollado. Estábamos casi seguros de que había sido obra del Hombre Color Retoño. También hubo otros en las granjas de las afueras que se habían rehusado a evacuar, pero no había nada que hubiéramos podido hacer respecto a ellos, y me empeñé en no sentir remordimientos por eso.

Joshua dice que tuvimos tan pocas bajas (qué manera más *tonta* de referirse a las vidas truncadas) porque los gólems resistieron hasta que Molly, la Matarife, hizo su parte. Me gustaría pensar que está en lo cierto. El General Dorado me ofreció un trabajo con el ejército, pero les dije que no quería ni pensar en hacer gólems por lo menos durante un año, y tía Tabitha señaló que yo tenía *catorce* años, edad que no era suficiente para andar entre militares. Eso me dio algo de vergüenza, pero también me produjo alivio. No es fácil rechazar un ofrecimiento de alguien como el General Dorado.

Y yo iba a decirle que no. Con todo, me caía bien lord Ethan, pero no iba a participar en nada que implicara convertir a otras personas en héroes.

Los objetos personales de Oberón, un anillo y algunos documentos, aparecieron en el campo de batalla, pero nadie logró identificar un cadáver como suyo. Spindle tiene una teoría al respecto, en la que se incluye la frase "completamente desfigurado". Le produce cierta satisfacción pensarlo. Yo tengo otra teoría: creo que es posible que haya conseguido huir, dejando un rastro falso tras de sí. Mientras se mantenga alejado, bien lejos de mi ciudad, no me importa. Me gustaría verlo castigado, pero, más que nada lo quiero lejos, muy lejos.

Spindle ahora vive junto con nosotros. Pintamos su habitación de manera que ya no fuera rosa y no tuviera el muestrario de puntadas de bordado colgado en una pared. No estoy muy segura de que él verdaderamente quisiera vivir con nosotros, pero la Duquesa amenazó con hacerlo caballero, y si uno va a ser caballero, primero tiene que pasar por ser escudero. Cuando descubrimos que eso implicaba pasar todo el tiempo al cuidado de la armadura y el caballo de algún personaje, y tomar lecciones de caballería, no vio la hora de irse con nosotros.

Pero aún quedaba el asunto de la ceremonia...

—¡Quédate quieta! —dijo mi tía, enderezando los pliegues de mi vestido—. Deja de retorcerte la falda con las manos, que la vas a arrugar.

—La Duquesa fue muy amable al acceder a hacer todo esto de una sola vez —dije con voz débil, tratando de no apretar puñados de tela y retorcerlos frenéticamente—. Si tuviera que pasar por lo mismo para cada medalla, me moriría.

—No te vas a morir —contestó mi tía—. Vas a estar perfectamente —se ocupó de mi cabello, que era un desastre.

Todos estarán mirando a la Duquesa, pensé. *O a Spindle*, y comparada con él, yo me veía bastante presentable. La Duquesa le hubiera proporcionado con gusto una decena de trajes formales, pero él no quiso saber nada de eso. Cedió ante la idea del uniforme de paje que se había puesto hacía tiempo en aquella noche en el palacio (hacía dos semanas. Había sido sólo dos semanas antes. Sentí que había envejecido tanto en ese tiempo que casi esperaba que mi cabello se hubiera tornado blanco de canas).

Spindle se aflojó el cuello de la túnica y murmuró algo en en lo que él llamaba el canto de los ladrones. El hombrecito de jengibre se enderezó en mi hombro. Tenía botones de azúcar nuevos para la ocasión.

Joshua abrió la puerta y dijo:

—Estamos listos para recibirlos.

—Tengo miedo —susurré.

—Yo también —contestó él en un susurro—. Detesto estas cosas. Usted va primero, así que se puede retirar pronto. Parece que a mí me van a ascender a mariscal, y me toca quedarme hasta el final.

Eso me hizo sentir un poco mejor. Al menos no me iban a hacer mariscala.

Salimos de esa habitación a un pasillo estrecho con una puerta al final. Joshua abrió la puerta, que llevaba a un patio. La ceremonia sería al aire libre. Dos guardias a cada lado golpearon el extremo de sus alabardas contra el piso. Tragué saliva.

—Sigan derecho al frente —murmuró Joshua—. Mona se detiene en el tercer peldaño del estrado, junto al General. Spindle, ve tras ella, y tú te quedas en el segundo peldaño.

Avanzamos. Subí los tres escalones, mirándome los pies para asegurarme de no tropezar o caer. Cuando llegué ante el General Dorado, levanté la vista.

Me pareció tan alto como la primera vez que lo vi. Tenía los hombros algo encorvados, y alrededor de sus ojos había arrugas.

Me hizo un guiño.

La Duquesa estaba en el centro del estrado, en el nivel más alto.

—Gente de nuestra ciudad… —empezó, saludando a la multitud, y ya después no la pude oír más por encima de los vítores.

—¡Caramba! —murmuró Spindle a mi derecha—. ¡Mira cuántos peces gordos!

Los "peces gordos" eran la corte reunida. Había muchos nobles. Supongo que ésos eran el consejo. La mayoría se veían viejos y vestidos con gran lujo, y parecía que estuvieran contrariados, pero había una mujer regordeta que me sonrió. Creo que era la representante de diversos gremios. Tía Tabitha era miembro del gremio de panaderos, así que, de cierta forma, yo era una de los suyos. Me quedé pensando en si el hecho de que una panadera salvara la ciudad tendría implicaciones políticas.

Tío Albert estaba en primera fila, en un costado, y mi tía salió y se unió a él. Argonel también estaba ahí. Había preguntado si Jenny podría ocupar un lugar junto a ellos, y estaba justo detrás de mi tía. Todos sonreían sin parar, menos tío Albert. Cruzamos una mirada y me hizo un leve gesto de asentimiento. Me hizo pensar en qué clase de ceremonia habría tenido él cuando le entregaron la medalla por un asedio que nunca sucedió.

Detrás de los nobles vestidos de colores vistosos había varias hileras de guardias con relumbrantes armaduras, y una multitud numerosa de ciudadanos comunes y corrientes. Gente de nuestra ciudad. El patio estaba repleto de pared a pared, y el gentío se desbordaba más allá del camino para los carros, y se paraban unos sobre los hombros de otros para poder ver mejor. De hecho, vi a la viuda Holloway sobre los hombros de Brutus el cerero.

Había un montón de gente. Me pregunté si iba a desmayarme o a ponerme a gritar o a hacerme pipí o cualquier otra cosa que me avergonzara terriblemente. Parecía muy posible.

Pastelitos de moras. Piensa en pastelitos de moras. ¿Cómo es la receta? Primero, conseguir moras frescas...

—Por lo general, no se reúne una multitud como ésta, a menos que haya un ahorcamiento.

—Saber eso no *ayuda* mucho, Spindle.

El General Dorado disimuló una risita.

—La primera vez es la peor —me dijo en voz baja—. La primera vez que conseguí una gran victoria y me iban a entregar medallas, casi deseé haber perdido en lugar de ganar. Pero después de la primera, las cosas se hacen más fáciles. Vas a ver.

—¡No tengo intenciones de volver a pasar por esto de nuevo! —le contesté en susurros.

—¿No? —me miró levantando una ceja—. Espero que éstas no sean tus únicas y últimas medallas. El heroísmo es un hábito desafortunado.

Dos semanas antes no se me hubiera ocurrido llevarle la contraria al General Dorado, pero abrí la boca para hacer precisamente eso, y luego oí a la Duquesa que decía:

—Mona, la maga de la panadería, ¡un paso al frente! — y la multitud enloqueció y lord Ethan me puso una mano en el hombro y me guio hacia delante.

Miré a la Duquesa. Me sonrió, con su máscara de realeza, y luego *también* me hizo un guiño, que era algo muy poco característico de su investidura.

Metió algo por encima de mi cabeza, que quedó colgando de mi cuello. Era un disco circular con gavillas de trigo labradas. Era la "Gavilla de plata", el más alto honor que la ciudad reconoce, en premio al "valor excepcional". Después, hubo otra medalla, que me prendió en el pecho, con un león de oro, por "servicios extraordinarios a la Corona", y luego vino otra, en un alfiler, que parecía una vaca muy fea, de bronce, plegada para formar un cuadradito, por "coraje en la línea de fuego". La multitud rugió por cada una de ellas. Cerré los ojos y traté de concentrarme en los pastelitos.

—¡Nos complace reconocer los servicios y valor excepcional de una de nuestras ciudadanas más jóvenes! Por lo tanto, de ahora en adelante, Mona, la maga de la panadería, recibirá el título de Maga Real, con el rango y los privilegios que eso le otorga.

¿Maga Real? ¿Cómo maese Gildaen y lord Ethan? Tragué saliva.

—Y para ti, amiguito… —siguió la Duquesa.

Por un instante, no supe a quién le hablaba, y entonces, tomó una cinta muy delgada, con una medalla que se parecía a la Gavilla de plata, pero tenía el tamaño de una moneda de centavo. Puso la cinta alrededor del cuello de mi hombrecito de jengibre.

Uno jamás imaginaría que una galleta pudiera mostrarse llena de orgullo.

—Date la vuelta —murmuró la Duquesa—, cuenta hasta cinco y da un paso hacia tu izquierda. Haremos que Spindle suba hasta aquí y luego pueden retirarse los dos. ¡Qué suerte tienen!

Se me cruzó por la mente que tal vez la Duquesa detestaba esas ceremonias tanto como yo. Al menos yo sólo tenía que pasar por esto una vez, a pesar de lo que dijera el General Dorado.

Me di la vuelta. La multitud rugió a tal volumen que ya no parecían voces.

Y tengo que admitir que durante un minuto me lo creí todo. Nuestra ciudad, mía y de la Duquesa. Ahí en el patio. Casi me olvido de contar hasta cinco.

Uno... Dos... Tres... Cuatro... Cinco...

Spindle llegó. Recibió el león y la vaca plegada en el cuadradito, y la Gavilla de bronce por sus servicios a la Corona, un poco menos extraordinarios (pero a él poco le importó eso). La multitud vitoreó también, y Jenny nos lanzó besos desde detrás de Argonel.

Y luego, el ruido de la multitud empezó a desvanecerse y Harold, que estaba en el extremo más alejado del estrado, nos hizo señas para que nos acercáramos a él, y bajamos del estrado y salimos por la puerta, y al fin nos dejaron irnos a casa sin más.

TREINTA Y SIETE

Tarde o temprano, las cosas vuelven a la normalidad. Joshua viene de vez en cuando a comprar pastelitos. He ido al palacio un par de veces, a tomar el té con la Duquesa. Es raro. Y no tanto porque ella sea la Duquesa, sino porque después de que todo terminó, me di cuenta de que seguía enojada con ella por no haber sido más valiente o más lista o más… no sé… más algo. Cuando uno está a cargo de una ciudad, debe ser responsable. No debería llegarse al punto de que se necesiten un par de chicos y una loca montada en un esqueleto de caballo para arreglar los desastres que uno permitió.

Pero entonces voy a tomar el té con ella y la observo, y no sé si en verdad hubiera podido remediar las cosas. La Duquesa está a cargo de la ciudad tan sólo porque heredó ese puesto, al igual que yo voy a heredar la panadería. Pero tal vez ella no es tan buena para gobernar como yo para hacer pan. Y entonces, ya no sé qué pensar o con quién molestarme…

Supe por Jenny que pasan cosas raras en la cocina de palacio. Hay algo que siempre derriba los pimenteros y que mete sal en lugar de azúcar en la azucarera. Una noche ató todos los delantales juntos y los colgó en la barra del asador.

Creo que puede ser una de las galletas malvadas. *Pensaba* que les había retirado la magia a todas, pero en esos momentos de agitación puede ser que se me haya escapado alguna. Un día de éstos voy a ir a la cocina y a averiguar qué está sucediendo... si la cocinera me lo pide amablemente.

En cuanto a mí, trabajo en la panadería y estoy muy contenta de que así sea. A veces hay gente que viene a ver las medallas o a cruzar unas palabras con una de las figuras heroicas de la Guerra de los Caballos Muertos, pero casi siempre llegan más bien en busca de pastelillos y panes y galletas de jengibre. Seguimos haciendo el mejor pan de masa madre de toda la ciudad, aunque la experiencia de Bob en batalla lo hizo más incontrolable, y tenemos que alimentarlo con un palo, que a veces él disuelve. Mi tío Albert ni siquiera se atreve a bajar al sótano ahora.

Mi galleta de jengibre sigue conmigo. Monta guardia en uno de los estantes sobre el mesón de la panadería y vigila atentamente a los clientes. Oberón y el Hombre Color Retoño podrán haber desaparecido, pero uno nunca sabe.

Unos días después de la batalla, el General Dorado me llevó aparte. Le conté lo que maese Gildaen había dicho sobre él y rio.

—Todo eso es verdad —dijo. Al estar sentado en su oficina con las botas sobre el escritorio, no parecía ya un joven dios sol—. En realidad, no podría contener a un ejército yo solo. Pero en cambio tú... —me miró a la cara con fijeza—... tú lo hiciste por un largo rato.

—¡Una hora, o dos!

—Una hora es una eternidad cuando se está en plena batalla —contestó lord Ethan. Bajó los pies del escritorio y se inclinó hacia el frente—. Necesitas entrenamiento. Sería una tristeza desperdiciar una magia tan poderosa como la tuya.

—No quiero terminar como Molly —le dije. "Mago del gobierno", así había llamado ella a lord Ethan. "Eso no es bueno para personas como tú o como yo".

Y a pesar de eso... a pesar de todo... me lo decía el General Dorado. El héroe del reino.

Ethan suspiró y se pasó la mano por entre el cabello.

—Pobre mujer. Ese poder... en fin. Yo no era ni siquiera un triste recluta cuando ella fue a la guerra, y tiemblo de pensar en cómo la desaprovecharon. Nosotros le fallamos. Y quiero asegurarme de que no suceda lo mismo contigo.

Me miré las manos.

—Lo que te dije en la ceremonia lo dije con toda sinceridad —siguió. Cuando levantó la vista, tenía una sonrisa tristona, el tipo de sonrisa que se le ofrece a un amigo o a un colega, pero no a una chiquilla—. El heroísmo es una mala costumbre. Una vez que incurriste en él, otras personas empiezan a esperar que recaigas. Si la ciudad volviera a correr peligro, todo el mundo se acordará de que tú los salvaste la vez anterior, y se olvidarán de todos los detalles desagradables y agobiantes en los que estuviste a punto de perecer, y que tuviste que dormir una semana entera y que el dolor de cabeza no cedió durante tres días.

—Fueron sólo dos —murmuré. El dolor de cabeza en cuestión me había llegado como si una tonelada de ladrillos me hubiera caído encima de repente, al alejarnos del campo de batalla. Joshua tuvo que cargarme hasta mi cama. Al parecer, es algo normal que sucede con la magia, cuando uno se exige más de la cuenta.

—Bueno, eres joven. Si yo intentara hacer algo así ahora, preferiría que me matara el esfuerzo, porque recuperarme sería peor.

Resoplé.

—Ven al palacio cuando puedas —dijo con voz afectuosa—. Te daremos algo de entrenamiento. Tal vez te sirva. No vamos a arrastrarte a esto a la fuerza. Si lo hiciéramos, tu tía vendría a decirnos unas cuantas cosas, ¡y la verdad es que sería preferible enfrentar a los carex que a ella! —se estremeció teatralmente, y no pude evitar reír, pero no duró mucho la carcajada.

—La Duquesa… —empecé, sin saber bien cómo iba a terminar la frase.

—¿Sí?

—Si ella le hubiera puesto freno a Oberón —dije casi llorando. Sentía que algo me había estado dando vueltas en el pecho desde la muerte de Molly, la Matarife. Tenía ganas de gritar o llorar o estallar de ira o… algo así. Algo que me ayudara a encontrarle el sentido a todo eso—. ¿Por qué no impidió todo lo que pasó? ¿Por qué nadie lo hizo?

Su mirada voló a la puerta por un instante. Supongo que quería asegurarse de que estaba cerrada y de que nadie pudiera oírnos. Se me cruzó por la mente que lo que acababa de decir podía considerarse traición y, claro, se lo había dicho al hombre que estaba a cargo del ejército. A lo mejor, lo siguiente que diría él sería que me callara o me mandaría a los calabozos.

En lugar de eso lo que dijo fue:

—Lo sé.

Me tomé la cabeza con ambas manos y miré al piso. La alfombra tenía un diseño de rayos entrelazados.

El General Dorado suspiró.

—Me he visto exactamente en el mismo cuestionamiento que tú —comenzó—. Y ¿qué podemos hacer? No puedes poner a los militares a cargo de la ciudad. Somos muy útiles como vasallos y terribles como amos y señores. Y si se me llegara a meter en la cabeza declararme mago-emperador, lo que Elgar soñaba hacer, espero desde el fondo de mi corazón que alguien me lo impidiera.

Nos miramos a los ojos y después los dos volteamos para otro lado.

Luego de un momento dije:

—Nunca tuve la intención de ser una heroína.

Él tenía una expresión solemne en el rostro.

—Nadie lo hace nunca con esa intención —añadió.

Seguramente iré al palacio a aprender más, al menos a aprender un par de cosas. Hay muchos conceptos en *Sombras en espiral* que sigo sin entender del todo. Y el General tenía razón en una cosa: nadie iba a olvidar quién los había salvado. Nunca se sabe si alguien lo necesitará de nuevo para defender la ciudad. Pero no quiero ir más allá de aprender algo más. Molly también estaba en lo cierto. Los poderosos pueden aplastarnos cual insectos. No quiero que me aplasten, y tampoco quiero estar en la posición de aplastar a nadie.

Por el momento, lo que quiero es hacer pan y pastelitos y aprender a ser la mejor panadera de la ciudad. La magia es agotadora.

Así que, si alguna vez pasas por la Calle del Mercado, justo antes de entrar al Codo de Rata, voltea por la calle Gladarat y camina una media cuadra. Te encontrarás ante la mejor panadería de la ciudad.

Y si estoy de buenas, y me lo pides con amabilidad, podría incluso hacer que bailen los hombrecitos de jengibre para ti.

AGRADECIMIENTOS

La historia de Mona se tomó más tiempo en llegar a ser un libro que todos los demás proyectos en los cuales he trabajado. Empecé a finales de 2007. No sabía hacer pan ni pasteles (y sigo sin saber), pero me compré una batidora Kitchenaid y empecé a seguir las recetas sin mucho entusiasmo. Digo, no era mucho mi entusiasmo porque no es que me interesara convertirme en panadera, sino porque quería entender cómo se sentía la masa y lo que hacía cuando uno metía las manos en ella.

La ruta de "el libro de la maga del pan" hasta su publicación tuvo muchas idas y venidas. Lo compró una editorial y allí pasó por un proceso de edición, y luego pasó por otro, y fue abandonado, pasó a otros editores, adquirí de nuevo los derechos, y mi irremediablemente optimista agente lo seguía ofreciendo a un editor tras otro, quienes parecían no entenderlo. A muchos les gustó, pero ¿qué iban a hacer con él? Se necesitaba que fuera una historia más oscura. No, más oscura. No, un momento, ¡demasiado oscura! Mona era demasiado mayor. O era demasiado joven. Tenía la edad correcta, pero sonaba demasiado mayor, y se necesitaba que fuera más dulce. ¿En serio tenía que empezar con lo del cadáver? ¿O tal vez se podría entrar de manera menos directa en la situación del cadáver?

A final de cuentas, el problema es que se trataba de un libro infantil muy oscuro y que yo, bajo el nombre de Ursula Vernon, había escrito libros de un tipo más optimista y fantasioso. Si una editorial llegaba a comprarlo, necesitaban que yo escribiera otros cuatro libros antes de que pudieran deslizar éste entre los demás o, si no, mi marca quedaría en el limbo (y eso que siempre he tenido la sensación de que a los niños les gustan libros más oscuros de lo que preferirían sus padres y los bibliotecarios, pero también entiendo que unos y otros son los que controlan qué libros se compran, y un librito extraño donde aparecen un prefermento de masa madre con tendencias carnívoras y ejércitos de caballos muertos es difícil de vender).

A la larga, resultó más sencillo publicarlo por mi propia cuenta, como T. Kingfisher, cuya marca cobija más que nada "cosas que me apetecía escribir". *Minor Mage*, mi primer libro para niños, que también era demasiado oscuro para poderse considerar un libro para niños, encontró un público entusiasta. Espero que este libro también.

Irónicamente, lo publico en inglés en pleno Covid 19, cuando en Estados Unidos todos empezamos a hacer pan de masa madre en casa y luego protestamos contra la brutalidad de la policía. De repente, un libro que empecé hace doce años se vuelve relevante. ¡Quién lo iba a pensar!

Mi gratitud, como siempre, a la gente encantadora de Argyll por publicar el volumen impreso, a mis fabulosas correctoras de pruebas Jes y Cassie, y a KB, que lleva tiempo sufriendo la labor de editarme. A Shepherd, por insistir en que era "bueno, de verdad" incluso cuando intentaron cambiar "monarca" por "parásito de la clase trabajadora" en la revisión editorial. Y, como siempre, a mi adorado Kevin, que lee mis cosas cuando entro en pánico y convencida de que todo es terrible. Eres maravilloso y te quiero, así como la masa de jengibre ama las especias.

T. Kingfisher
Carolina del Norte
Junio de 2020

Esta obra se imprimió y encuadernó
en el mes de enero de 2023, en los talleres
de Impregráfica Digital, S.A. de C.V.
Av. Coyoacán 100-D, Col. Del Valle Norte,
C.P. 03103, Benito Juárez, Ciudad de México.